W0306489

Von Marcel Pagnol
liegt als Goldmann-Taschenbuch außerdem vor:

Marcel. Eine Kindheit in der Provence (3750)

Marcel
Pagnol

Marcel und Isabelle

Die Zeit der Geheimnisse

Wilhelm Goldmann Verlag

Aus dem Französischen übertragen von
Pamela Wedekind
Titel der Originalausgabe:
Le Temps des Secrets

1. Auflage Juli 1979 · 1.–30. Tsd.

Made in Germany 1979
Genehmigte Taschenbuchausgabe
© 1964 by Albert Langen · Georg Müller Verlag GmbH, München und Wien
Umschlagentwurf: Atelier Adolf & Angelika Bachmann, München,
unter Verwendung einer farbigen Zeichnung von Gay Spindler, München
Druck: Mohndruck Reinhard Mohn GmbH, Gütersloh
Verlagsnummer: 3759
Lektorat: Martin Vosseler · Herstellung: Lothar Hofmann
ISBN 3-442-03759-X

Meinem Sohn Frédéric

Nach der schrecklichen Schloßgeschichte, die durch Bouzigues Triumph ruhmvoll beendet worden war, zog Freude in der kleinen Bastide-Neuve ein, und die großen Ferien begannen.

Trotzdem verlief der erste Tag nicht so, wie ich ihn in bebender Vorfreude erlebt hatte; Lili kam nicht, um mich in der Dämmerung herauszurufen, wie er es versprochen hatte, und ich schlief fest bis um acht Uhr.

Es war das leise Knirschen eines Hobels, das mich weckte.

Rasch lief ich hinunter, um mir Aufklärung zu verschaffen.

Ich fand meinen Vater auf der Terrasse: er hobelte die Reißschiene einer in der Winterkälte aufgequollenen Tür wieder gerade und Hobelspäne, geringelt wie ein Bischofsstab, häuften sich bis unter sein Kinn.

Ohne seine Arbeit zu unterbrechen, zeigte er mit dem Finger auf ein Blatt Papier, das an einem Grashalm am unteren Ast des Feigenbaumes aufgehängt war: ich erkannte Schrift und Orthographie meines lieben Lili.

»morgen kann man nicht zu den Vallen gehen, ich bin mit meinem Vater für die Ernte auf dem Veld von *Pastan* gewesen Komm man ißt under den Flaumenbäumen. Komm. Eile Dich nicht man ist dort den ganzen Tag Dein Freund Lili. Der Esel ist auch da Du kannst darauf reiten Kom Dein Freund Lili der Feigenfresser vom vorigen Jahr singt Kom.«

Meine Mutter, die gerade herunter gekommen war, sang schon in der Küche.

Während ich genießerisch meinen Milchkaffee trank, richtete sie meinen Rucksack her: Brot, Butter, Wurst, Pastete, zwei rohe Koteletts, vier Bananen, einen Teller, eine Gabel, ein Glas und Salz in einem Stückchen Schilfrohr, das mit einer Eichel zugestöpselt wurde.

Den Sack über der Schulter, meinen Stock in der Hand, brach ich ganz allein zu den verzauberten Hügeln auf.

Um zum »Feld der Feigenfresser« zu gelangen, mußte ich nur die kleine Hochebene von Bellons überqueren und in das Tal hinuntersteigen: wenn ich aus der Schlucht wieder heraufkletterte, konnte ich das einsame Feld in einer knappen Stunde erreichen. Aber ich beschloß, einen Umweg über die Gipfel zu machen, indem ich über die Schulter der Tête-Ronde stieg, deren höchster, schwarzer Kiefernwald über drei weißen Felsstreifen in den Morgenhimmel ragte.

In der sengenden Julisonne zirpten die Grillen; am Rand des Maultierpfades glitzerten Spinnennetze zwischen den Ginsterbüschen. Während ich langsam zu Baptistes Ruheplatz hinaufging, setzte ich meine Sandalen in die Fußspuren des vergangenen Jahres, und das Land erkannte mich wieder.

Als ich mich nach Redouneau wandte, flogen zwei Haubenlerchen, groß wie Amseln, aus einer Pistazie auf: ich schleuderte meinen Stock, ließ mir viel Zeit (genau wie Onkel Jules) und schrie: »Bum! Bum!« Dann stellte ich fest, daß ich die erste erlegt, aber zu tief gezielt hatte, um auch die zweite zu treffen, und ich war tief enttäuscht darüber.

Der alte Schafstall hatte die Hälfte seines Daches eingebüßt, aber der Feigenbaum an der verfallenen Ruine hatte sich nicht verändert; über seiner grünen Krone ragte wie immer der lange tote Ast ins Azurblau des Himmels.

Ich umfaßte den Stamm mit meinen Armen, und unter dem Summen der Bienen, die Honig aus den runzligen Feigen saugten, küßte ich seine Elefantenhaut und flüsterte ihm Worte der Freundschaft zu.

Dann folgte ich dem langgestreckten Felsengelände, das die Ebene von La Garette beherrscht. Am Rand des Felsens fand ich die kleinen Steinhaufen wieder, die ich mit meinen Händen aufgeschichtet hatte, um die Kreuzschnäbel und die Berglerchen anzulocken. Zu Füßen dieser »Vogelstangen« hatten wir unsere Fallen im vorigen Jahr aufgestellt, also in längst vergangenen Zeiten...

Als ich am Fuß des Kapitells vom Taoumé ankam, setzte ich mich unter die schiefe Föhre und betrachtete lange die Landschaft.

In der Ferne zu meiner Rechten, jenseits der niedrigeren Hügel, erglänzte das morgendliche Meer.

Vor mir, zu Füßen der Bergkette von Marseille-Veyre, die weiß und nackt wie eine Sierra ist, wogte leichter Nebel über dem ausgedehnten Tal des Huveaune...

Zu meiner Linken schließlich stützte die blätterbewachsene Hochebene von Plan de l'Aigle das unermeßliche Plateau, das in sanftem Hang bis in den Nacken des Garlaban ansteigt.

Eine leichte Brise erhob sich und entfachte plötzlich Lavendel- und Thymianduft.

Auf meine Hände gestützt, den Oberkörper zurückgelehnt, atmete ich den brennenden Geruch meiner Heimat ein. Plötzlich spürte ich unter meiner Handfläche durch den Teppich der Kiefernreiser hindurch etwas Hartes, das kein Stein war. Ich kratzte den Boden auf und förderte eine Messingfalle zutage; eine Drosselfalle, ganz schwarz von Rost: ohne Zweifel eine von denen, die wir während des Gewitters am Ende der Ferien verloren hatten... Ich betrachtete sie lange und genau so ergriffen wie der Archäologe, der in der Tiefe seiner Ausgrabung den erloschenen Spiegel einer toten Königin entdeckt... Sie war also ein ganzes Jahr lang liegengeblieben unter den kleinen, trockenen Nadeln, die langsam eine nach der anderen auf sie heruntergerieselt waren, während die Tage auf mich herunterfielen... Sie mußte geglaubt haben, daß sie für immer verloren sei...

Ich küßte sie, dann machte ich sie auf. Es schien, daß die Sprungfeder ihre ganze Kraft bewahrt hatte. Da rieb ich sie gegen die Erde: ein dünner Goldfaden zeigte sich, und ich sah, daß es leicht sein würde, sie wieder in Ordnung zu bringen: ich stand auf, steckte sie in meinen Rucksack und lief im Galopp nach Passe-Temps hinunter, wo der Schnitter Lili mich erwartete.

Ich fand ihn inmitten eines Feldes, das sich schmal auf der Sohle des zwischen zwei hohen Felsmauern eingezwängten Tales erstreckte. Rechts war es von gepflegten Oliven eingefaßt und links unter dem Felsen von einem Wirrwarr dichtbelaubter Bäume: es waren Pflaumenbäume, beladen mit runden Früchten, die gerade blau wurden.

François, mit gespreizten Beinen, schwang seine Sichel im Fluge, Lili folgte ihm und band die Garben zu Bündeln... es war schwarzes Korn, der Weizen der Armen. Die Ähren waren dünn gesät, und es gab sogar große, leere Stellen, wo die Kaninchen das noch grüne Getreide gefressen hatten, wie die Wunderkinder es machen; dann, nach dem Tod der Vogelscheuche, die von den Ratten ausgezogen worden war, hatten die Häher, die Elstern und Rebhühner nach Belieben die reifen Körner gepickt.

Als ich diese Verheerungen beklagte, lachte François und sagte: »Weine nicht um das verlorene Getreide; sie haben dafür bezahlt!«

Lili erzählte mir, daß sein Vater auf diesem Feld tatsächlich jeden Tag zwei bis drei Hasen erlegt hatte. Dazu kamen, als die Ähren hoch standen, noch je ein Dutzend junger Rebhühner.

»Das mache ich jedes Jahr«, sagte François. »Nachher sammelt man, was übrigbleibt, für den Hühnerstall.«

Wie mir schien, war das auf diesem entlegenen und unfruchtbaren Stück Erde die einzig vernünftige Art, Landwirtschaft zu betreiben.

Ich leerte meinen Rucksack im Gras aus, während Lili auf einer Sackleinwand den Inhalt einer ledernen Jagdtasche ausbreitete.

Unter dem Felsen bauten wir einen Herd, indem wir drei große Steine aufeinander schichteten: dann über einer prasselnden Flamme aus Myrten- und Rosmarinzweigen bereitete Lili auf einem viereckigen Rost, den er mitgebracht hatte, meine Koteletts und drei Würste; sie weinten brutzelnde Fettränen, bei deren schwerem, nahrhaftem Dampf mir wie einem jungen Hund das Wasser im Mund zusammenlief. Dieses Frühstück war köstlich, und die Unterhaltung sehr aufschlußreich, obwohl sie durch langes, schweigsames Kauen unterbrochen wurde.

François schnitt die Brotbissen mit seinem Messer und aß ernst mit vollen Backen in einer beinahe feierlichen Stille. Aber plötzlich bemerkte er meinen Porzellanteller und fing zu lachen an wie über einen unvorhergesehenen Scherz. Im Verlauf des Essens kam er mehrmals darauf zurück: er wies mit seiner Messerspitze auf den Teller und lachte wieder lautlos: seine Schultern zitterten unter seinen Ohren.

Als wir bei den Bananen angelangt waren, schälte er seine und sagte: »Das hab ich schon in Marseille gegessen beim Militär.«

Darauf schaute er sie an, lachte noch einmal und verschlang sie.

In diesem Augenblick überquerte eine große grüne Eidechse nicht weit von uns das Feld, ohne sich zu beeilen.

François zeigte mit dem Finger auf sie.

»Du weißt, was das ist?«

»Natürlich. Es ist eine Eidechse. Vergangenes Jahr haben wir ein Dutzend in unseren Fallen gefangen, allerdings nicht gerade mit Absicht.«

»Als ich klein war«, sagte er, »habe ich mindestens fünfzig gegessen. Mein Vater zog ihnen die Haut ab, nahm sie aus und dann zehn Minuten auf Holzkohlenfeuer...«

»War das gut?«

»Nicht schlecht. Aber man muß daran gewöhnt sein. Auf jeden Fall besser als Schlangen.«

Mit dem Bedenken des Feinschmeckers kam er wieder darauf zurück und fügte hinzu: »Ich sage dir das, soweit es meinen Geschmack betrifft... Genauso gibt es Leute, die gern Fuchs essen. Aber ich finde, daß der einen Geruch hat... da ist mir der Dachs noch lieber...«

Er stocherte mit der Messerspitze in seinen Zähnen, klappte das Messer mit einem trockenen Schnappen zu und fuhr fort: »...auch das Eichhörnchen ist gar nicht schlecht, wenn du den Harzgeschmack nicht fürchtest. Aber trotzdem ist es letzten Endes nicht soviel wert wie der Igel.«

Ich konnte kaum glauben, daß er eine so sonderbare Diät befolgte, und fragte: »Haben Sie wirklich all diese Tiere gegessen?«

»Selbstverständlich.«

Er wandte sich zu Lili: »Die Leute aus der Stadt wundern sich immer, daß wir Igel essen. Dafür essen sie Seeigel.«

Nach diesem triumphierend vorgebrachten Einwand schien er einen Augenblick nachzudenken. Dann setzte er plötzlich hinzu: »Und es scheint, daß es sogar Schmutzfinken gibt, die Frösche essen?!«

Er riß seinen Mund weit auf und schloß langsam die Kinnbacken, als ob er etwas Froschartiges zwischen seinen Zähnen zermalmen wollte.

»Oh!« schrie Lili mit einer schmerzlichen Grimasse. »Hör auf! Mir wird ganz übel!«

François erhob sich.

»Was willst du?« sagte er philosophisch. »Man hat ganz recht zu behaupten, daß es in der Natur jeden Geschmack gibt: und mein Geschmack ist eben der Igel! Aber jetzt an die Arbeit!«

Er nahm seine Sichel wieder auf, Lili den Rechen. Ich wurde angewiesen, die Nachlese hinter ihnen einzusammeln und kleine Sträuße von je zehn Ähren zu binden, die später dazu dienen sollten, Rebhühner zu ›mästen‹.

Diese Feldarbeiten dauerten bis Sonnenuntergang, und es war ein unvergleichlicher Tag. Bei der Heimkehr kletterten wir auf die im Karren aufgehäuften Garben, und François führte das Maultier am Zügel.

Unser Weg ging im kühlen Schatten des Tales. Oben, den ganzen Felsen entlang, vergoldeten die Strahlen der untergehenden Sonne die uns zugeneigten Kiefern, und unser Durchzug scheuchte Scharen von Grillen in die Flucht.

Im raschelnden Stroh platt auf dem Bauch liegend, fingen die vertraulichen Mitteilungen an.

Ohne mich anzusehen, sagte Lili mit leiser Stimme: »Ich hatte Sehnsucht nach dir.«

»Ich auch.«

Der Karren schaukelte uns im frischen Duft des bärtigen Korns. Lili fing wieder an: »Morgen früh gehen wir zu den Fallen, aber wir müssen rechtzeitig zurück sein.«

»Warum?«

»Um das Getreide auf der Tenne auszubreiten. Und nachmittags muß man Kichererbsen dreschen, die auf der Tenne trocknen sollen.«

Er schien unruhig und melancholisch.

»Mein Vater will jetzt, daß ich ihm alle Tage helfe, weil ich Haare bekommen habe!«

Er streckte seine Beine aus, um mir auf seinen Waden den braunen Flaum zu zeigen, der seine Freiheit bedrohte.

»Ich komme und helfe dir«, sagte ich.

»Das bringt mich nicht weiter, denn mit den Kichererbsen ist es noch nicht getan. Auf dem Land gibt es jetzt immer Arbeit, aber deshalb brauchst du deine Ferien nicht zu verlieren. Ich gebe dir meine Weidenruten: schöne, rote von den Bäumen. Du legst sie allein aus bis zur Jagdzeit, denn mein Vater hat mir versprochen, mir ab zehnten August morgens frei zu geben und auch am Abend nach fünf Uhr.«

»Nein«, sagte ich, »allein macht mir das keinen Spaß. Da möchte ich lieber mit dir zusammen arbeiten.«

Er sah mich einen Augenblick an, seine Augen glänzten, und es kam mir vor, als ob er rot würde.

»Ich hatte es mir gedacht. Aber trotzdem freut es mich!«

So lernte ich in diesem Jahr das schwarze Korn walken unter der antiken, von Rillen gekreuzten Steinwalke, die das kostbare Maultier zog. Dann warf ich mit der Spitze der Essigbaumgabel das ausgemergelte Stroh in den Wind: das nackte Korn hagelte um meine Füße, während das Stroh weiter entfernt niederfiel und die leichte Spreu in langen, weißen Streifen durch die Olivenzweige flog. Mit dem Dreschflegel drosch ich die Kichererbsen, die von den trockenen Hüllen umschlossen waren wie ein Kügelchen in einer Schelle. Schließlich fertigten wir aus Schilf Gittersiebe an, auf denen die Feigen getrocknet werden. Wir mußten auch jeden Abend Wasser aus der Zisterne heraufziehen, um die Liebesäpfel zu begießen (die von den Franzosen banalerweise Tomaten genannt werden), Salat aufbinden, Gras für die Kaninchen schneiden und die Streu des Maultiers wechseln. Wir versuchten, in der Nachbarschaft der Felder, auf denen wir arbeiteten, Fallen auszulegen, unter den Olivenbäumen oder in den Stoppeln. Aber unser Fang war miserabel: nichtswürdige Elstern, verirrte Spatzen oder so winzige Vögelchen, daß die Falle sie über ihren Kopf hinweg beim Steiß erwischt hatte.

Wir gaben es bald auf und warteten auf die Rückkehr des so lange *perpignanisierten* Onkel Jules.

An diesem Vormittag erklärte mein Vater, es sei höchste Zeit, die blonden Locken des kleinen Paul abzuschneiden, der diese Opferung schon seit langem verlangte.

»In der Schule nennen sie mich das Mädchen«, sagte er, »und das paßt mir gar nicht.«

Er wurde also auf einen Stuhl gesetzt, den man auf eine kleine Kiste gestellt hatte. Ich war beauftragt worden, aus der Küche einen Topf mit passendem Umfang zu entwenden, und um sicher zu gehen, hatte ich gleich zwei mitgenommen.

Den am besten passenden setzte ich ihm auf wie einen Hut und hielt ihn am Henkel fest. Unterdessen schnitt mein Vater mit einer Schere die Locken rund um den Topfrand ab. Das war in hexenhafter Schnelligkeit getan, aber das Resultat war nicht besonders zufriedenstellend, denn als man den Topf abnahm, war das Haar des Patienten merkwürdig ausgefranst. Als er einen Spiegel verlangte, rief mein Vater: »Noch nicht!«

Nun zog er eine ganz neue Haarschneidemaschine aus der Tasche und rasierte sehr geschickt den Nacken, wie man es auf dem farbigen Umschlag des »Petit Journal« bei einem zum Tode Verurteilten sehen kann. Dann versuchte er, die Haare auf beiden Seiten des Kopfes mit Kamm und Schere zu egalisieren. Das gelang ihm recht gut, aber eine so große Anzahl von Korrekturen reduzierte die Länge des Haares auf Null. Paul bewunderte sich im Spiegel, obwohl ihm nicht viel mehr als eine Stirnfranse übriggeblieben war. Er bemühte sich, männlich auszusehen, indem er die Lippen zusammenpreßte und die Brauen runzelte: wirklich schien er mir ganz verändert. Siegesgewiß stellten wir ihn Augustine vor, die sehr gerührt war, aber erklärte, man müsse sich darein fügen, ein Baby zu verlieren, um einen kleinen Buben zu haben, und schließlich sagte: »es stehe ihm sehr gut«. Kurzum, jeder war zufrieden, und Paul fing sofort an, seine Locken um ein rundes Stück Stoff zu nähen, um einen Skalp daraus zu machen.

Zum Unglück verstrickte dieser erste Erfolg Joseph in ein tollkühnes Abenteuer.

Seine älteste Schwester, Tante Marie, hatte ihm eines Tages geraten, die kleine Schwester kahl zu rasieren, damit ihre künftigen Zöpfe dicker wurden, und der Friseur unseres Stadtteils hatte die Vortrefflichkeit dieser Prozedur bestätigt. Er sprach also zu Hause darüber, aber ohne sich über den Vorteil dieses Ratschlags zu äußern: auf den ersten Blick von Augustine hin und ohne ihr Zeit zu lassen, sich dagegen aufzulehnen, erklärte er, es wäre barbarisch, so hübsche Locken abzurasieren, und schloß damit, die Kleine habe ja sowieso schon genügend Haar.

Aber er hatte eine neue Rasiermaschine in der Tasche: wie allgemein bekannt ist, führen schöne Werkzeuge die Hand ihres Besitzers, weil sie wissen, daß der Rost auf sie lauert. Joseph konnte nicht widerstehen, und die Eitelkeit des Friseurlehrlings überzeugte ihn, daß er die Pflicht habe, ein von einem Berufskollegen empfohlenes Verfahren anzuwenden und eine absurde Sentimentalität, die an Fetischismus grenzte, dürfe einen Vater nicht daran hindern, den zukünftigen Haarwuchs seines Kindes zu sichern.

Heimlich führte er seinen Handstreich aus, nicht in der Hoffnung, die Einwände von Augustine auszuschalten, aber mit der Gewißheit, sie gegenstandslos zu machen, da sie ja erst nach vollbrachter Tat erfolgen würden.

Sie erfolgten tatsächlich, und zwar in dem Augenblick, als er schon bereute, die Haarschneidemaschine gekauft zu haben. Der ungehinderte Blick auf den kindlichen Schädel, der ungeheuer groß wirkte, nackt und zerbrechlich wie ein Ei, war wirklich beunruhigend: man sah die Fontanelle schlagen, als ob ein Kücken herausschlüpfen wollte.

Die Reaktion meiner Mutter war äußerst lebhaft, denn sie riß Joseph die Haarschneidemaschine aus der Hand und rannte zum Brunnenschacht von Boucan, in den sie das bösartige Werkzeug versenkte. Mein Vater lachte, aber freudlos, Paul war entzückt und sang:

»Geschoren, ausgerissen,
hat die Grille sie gebissen.«

Ich war sehr betrübt, fragte mich aber, in welcher Hinsicht die ertränkte Haarschneidemaschine der geopferten Lockenpracht nützen könnte.

Unterdessen war das Opfer selbst, seine Locken in der Hand,

ganz allein auf einen Stuhl vor dem Kamin gestiegen und sah diese rosige Pastete im Spiegel mit großen, schwarzen Augen an. Als sie begriffen hatte, daß sie selbst das war, zitterte plötzlich ihr Kinn und sie stieß einen lauten Schrei des Entsetzens und der Hoffnungslosigkeit aus. Meine Mutter kam vom Brunnenschacht zurück, taumelnd wie eine Nachtwandlerin, mit starrem Blick und zusammengebissenen Zähnen. Ohne ein Wort zu sagen, nahm sie das heulende Etwas auf den Arm und trug es in ihr Zimmer hinauf. Mein Vater folgte ihr mit hängendem Schnurrbart und dem verstörten Lächeln des Sünders, die Arme reuevoll ausgebreitet.

Paul scherzte und sagte: »Ein Glück, daß sie die Haarschneidemaschine weggeworfen hat, sonst wärst du jetzt an der Reihe, und dann Mama.«

Die kleine Schwester kam aus dem Zimmer herunter mit einer Pelzmütze, die meine Mutter ihr um den Kopf gebunden hatte, um sie, wie man uns sagte, vor Sonnenstrahlen und Zugluft zu schützen.

Sie stieg wieder auf ihren Stuhl, besah sich von neuem im Spiegel, und da sie bereits empfänglich für modischen Zubehör war, schien sie vollkommen zufrieden.

Unterdessen rollte meine Mutter traurig eine braune Locke in Seidenpapier, die nun neben einer blonden Locke von Paul im Lackkästchen aufgehoben wurde.

Gerade an diesem Tag gegen vier Uhr kamen – ohne Warnsignal – Onkel Jules und Tante Rose auf einem Leiterwagen an, den sie bei einem Gemüsegärtner in Saint-Marcel ausgeliehen hatten.

Die kleine Schwester mit ihrer Mütze auf dem Kopf lief ihnen entgegen, um sie zu begrüßen. Der Onkel stellte seine beiden Koffer ab und nahm sie in die Arme. Um ihm zu danken und ihre Freude auszudrücken, sang sie darauf fröhlich mit hohem Stimmchen ein Lied, das ein Wahlagent für die Gemeindewahlen verfaßt hatte:

»Nieder mit Chanot,
Wie lügt der – oh!
Wartet nicht mehr,
Sondern hängt ihn höher.«

Da dieser aufzuhängende Chanot der katholische Bürgermeister von Marseille war, runzelte Onkel Jules die Augenbrauen, setzte die kleine Schwester nieder, nahm in jede Hand einen Koffer, ging auf Joseph zu, der ihn lächelnd begrüßte, und warf ihm in sarkastischem Ton vor, daß er mit der politischen Erziehung dieses Kindes doch wohl etwas zu früh begonnen habe.

Mein Vater, entzückt, ihren unterhaltsamen Streit so schnell wieder aufnehmen zu können, entgegnete, daß er dieses Lied – dessen brutale Aufrichtigkeit er übrigens billige – selbst nicht gekannt hätte, was der Wahrheit entsprach. Da die Kleine noch nicht in die Schule ging (der Quelle allen Wissens!), konnte nie jemand erfahren, wo sie es aufgeschnappt hatte.

Übrigens wurde diese erste Auseinandersetzung durch einen erstickten Schrei von Tante Rose beendet, denn um sie höflich zu begrüßen, hatte die Kleine ihre Mütze abgenommen. Die Tante glaubte sicher eine Sekunde lang, daß wir sie skalpiert hätten oder daß ein Typhus dieses Opfer gefordert habe. Aber meine Mutter eilte herbei, um sie zu umarmen, und alle beide stiegen hinauf zu den Schlafzimmern, um ihre geflüsterten Unterhaltungen fortzusetzen, die von boshaftem Gelächter und geheimnisvoll entrüsteten »Ah's« und »Oh's« unterbrochen wurden.

Onkel Jules brachte aus dem Roussillon in Schnaps eingelegte Trauben mit, Honigkuchen, der an den Zähnen klebte, eine Gänseleber, so groß wie ein Kalbsherz, Cognac aus der Zeit vor der Sintflut und frisch aufpolierte Zungen-R's.

Der Umfang des Vetters Pierre war beachtlich geworden; die Familie zeigte sich darüber so beglückt, als sollten wir ihn aufessen. Selbst Tante Rose war etwas stärker geworden; ihre neuen Wangen standen ihr gut, und es war viel Platz zum Küssen darauf.

Es war ein vergnügter Tag des Sichwiederfindens, und aus jedem Zimmer des Hauses hörte man Lachen oder Singen.

Dann begann wieder das Leben vom vergangenen Jahr. Wir stellten Patronen her, putzten die Gewehre, und ich hatte die Ehre, die Marschroute für die Eröffnungsjagd aufzustellen: sie wurde ein großer Erfolg, beinahe ein Triumph. Die Jagdtaschen waren geschwollen von Rebhühnern, Lili und ich hatten in jeder Hand ein Kaninchen, während Onkel Jules, wie der Hirte das Osterlamm, einen blonden Hasen von der Größe eines Hundes auf seinen blutfleckigen Schultern trug. Er belehrte uns, daß es sich um einen »Wanderhasen« aus Deutschland handele, der im Monat August nichts mehr hier zu suchen habe, denn sie kämen im Winter hierher, um im Frühling wieder fortzuziehen. Seine Anwesenheit war also unerklärlich. Aber Joseph verglich seinen Fall mit dem eines Berliner Friseurs, der im Auftrag der Gewerkschaft für drei Tage nach Marseille gekommen und nie wieder abgereist war.

Dieser ruhmreiche Beginn verhieß eine glänzende Jagdsaison, und Onkel Jules rechnete schon im voraus die Gewinne aus, mit denen er seiner Ansicht nach die Miete für das nächste Jahr und vielleicht sogar einen bretonischen Jagdhund bezahlen konnte.

Trotzdem bemerkte ich ziemlich bald, daß meine Leidenschaft ihre Heftigkeit eingebüßt hatte und daß auch der Eifer der Jäger nicht mehr so brennend war.

Sicher, es gab noch schöne Tage, aber die Heldentaten von Onkel Jules – immer unfehlbar – waren nur interessante Wiederholungen, und seine seltenen Niederlagen hatten jetzt größere Bedeutung als seine Erfolge.

Ebenso war Joseph nicht mehr als zufrieden, wenn er die abendliche Schnepfe ausnehmen konnte oder einen Hasen mit weißer Blume. Mein Herz schlug nicht mehr so schnell beim Besuch der Fallen, und der plötzliche Aufstieg einer Kette Rebhühner ließ mich nicht mehr an die Erscheinung eines Ungeheuers denken, sondern an eine Panik im Hühnerhof.

Die Erfahrung, die »wertvolle« Erfahrung, hatte meine Hügel entzaubert und die schwarzen Kiefern entvölkert: kein Löwe mehr, kein Grislybär, nicht einmal ein einsamer Steppenwolf! Sie waren alle zurückgekehrt in die Bilderseiten meines Naturkundebuches, und ich wußte genau, daß sie nie mehr herauskommen würden.

Jeden Tag verließen wir gegen elf Uhr die Jäger auf dem Hügel. Lili ging hinunter zu seiner Landarbeit. Wenn meine Hilfe ihre Ausführung beschleunigen konnte, traf ich mich nach dem Mittagessen wieder mit ihm. Aber meistens verbrachte ich den Nachmittag in der Bastide-Neuve.

Nach einigen geringfügigen Arbeiten (einem Gang zum Brunnen von Boucan, aus »fettem Holz« Späne machen und Aufräumen der Vorratskammer) legte ich mich unter einem Olivenbaum flach auf den Bauch, die Ellbogen im trockenen Gras vergraben und den Kopf in den Händen über einem Buch von Jules Verne, den ich gerade entdeckte: Seine wunderbare Einbildungskraft trat an die Stelle meiner eigenen, ohnmächtigen, und seine Einfälle ergänzten die verlorene Zauberwelt meiner Hügel. Mit

Leidenschaft las ich immer wieder ›Kapitän Grants Kinder‹, und vor allem die ›Geheimnisvolle Insel‹, deren Personen für mich ebenso real waren wie mein Vater oder Onkel Jules.

Paul versuchte oft, meine Komantschenseele wieder zu erwecken, indem er mir von weitem wilde Herausforderungen entgegenschleuderte, durch Beleidigungen der Bleichgesichter verschärft. Aber ich hatte mich von Gustav Aymard losgesagt und das Kriegsbeil für immer begraben... Manchmal antwortete ich ihm – ohne auch nur den Kopf zu heben – mit Verwünschungen (in der Sprache der Komantschen), und gelegentlich skalpierte ich ihn sogar, aber nur, um ihm eine Freude zu machen...

An die »Sykomore der Väter« gelehnt (die nur ein alter Mandelbaum war), unter einer Kopfbedeckung aus Rebhuhnfedern, rauchte er einsam, zwischen zwei Hustenanfällen, das Klematis-Kalumet; auf seinen Wangen und seiner Stirn waren Kreidearabesken mit Papierleim festgeklebt. An seinem Gürtel hing seine eigene Mähne, neben dem Skalp einer Puppe, die an Altersschwäche gestorben war.

Von Zeit zu Zeit unterbrach er seine Betrachtungen und lauschte auf die Brise. Dann erhob er sich mit einem Sprung, stieß beim Anblick des unsichtbaren Feindes wildes Kriegsgeschrei aus, warf den »Tomahawk« gegen den Wind und schoß vergeblich Pfeile ab, auf die niemand reagierte... Aber er konnte machen, was er wollte, sein Ruhm gehörte der Vergangenheit an... Er war nicht mehr der gefürchtete Häuptling eines blutdürstigen Pawnee-Stammes, und sein Verhalten verriet eher die Müdigkeit und Melancholie des letzten Mohikaners.

Dieses angenehme Leben, das jahrelang hätte dauern müssen, wurde plötzlich durch eine familiäre Tragikomödie gestört, aus der ich wertvolle Schlüsse hätte ziehen können, wenn ich imstande gewesen wäre, sie zu verstehen. Aber ich war noch sehr jung, und erst seit ich sie aus sehr großer Distanz sehe, ist es mir gelungen, alles zusammenzureimen.

Eines Nachts wurde ich plötzlich durch das Wiehern eines Pferdes aufgeweckt, das direkt vor unserer Tür zu stehen schien. Ich fragte mich einen Augenblick, ob ich diesen langgezogenen, zitternden Schrei nicht geträumt hätte. Aber als ich die Ohren spitzte, hörte ich im Haus ein Kommen und Gehen, das seine

Urheber zu dämpfen suchten: leise Schritte, Gemurmel und Geflüster und vorsichtiges Türenöffnen und -schließen.

Ich stand lautlos auf und öffnete etwas den Laden; der Tag dämmerte, und im Zwielicht sah ich einen Fiaker – jawohl einen Fiaker –, der vor dem Haus am steinigen Abhang stand. Das war ein ungewöhnliches Ereignis und sicher das erste Fahrzeug seiner Art, das sich bis hier herauf gewagt hatte.

Auf dem Bock saß ein Kutscher, der anhaltend gähnte. Wer konnte gekommen sein, um uns vor Sonnenaufgang zu wecken, und warum?

Ich machte ganz sachte meine Tür auf und wußte sofort, wer da war: meine Tante Fifi, eine der älteren Schwestern meines Vaters, eine Frau von großer Autorität. Seit ihrem fünfundzwanzigsten Jahr Direktorin einer Oberschule, regierte sie als vielgeliebte Tyrannin und gab sich vollkommen ihrer Aufgabe hin, die darin bestand, zu lehren, zu erziehen und junge, freigeistige, tugendhafte Bürgerinnen zu formen. Da die Untätigkeit der Donnerstage ihr als verbrecherische Verschwendung erschien, hatte sie die »Eichelgesellschaft« gegründet, deren Zweck die Aufforstung der Hügel von L'Estaque war: einmal in der Woche schleppte sie also einen Generalstab jungfräulicher Greisinnen, denen eine Schar bestürzter junger Mädchen folgte, auf die Hochebene.

Aufmarschiert wie eine Schützenkette und auf Kommando stillgestanden, kratzten diese Gefangenen den steinigen Boden auf und begruben eine Eichel unter einer Handvoll Kiesel. Aus diesem Grund schrieben die Zeitungen über meine Tante, was die ganze Familie mit Stolz erfüllte. Da sie auch der Anti-Tabak-Liga angehörte, für Frauenstimmrecht eintrat und sich dem Kreuzzug für die Säuglingsernährung mit Muttermilch angeschlossen hatte, wurde sie oft vom Bürgermeister und sogar vom Präfekten empfangen. Gut unterrichtete Leute behaupteten, daß sie schließlich in der Ehrenlegion landen würde, und jedes Jahr warteten wir auf dieses ruhmreiche Ereignis.

Kurzum, sie war eine vorbildliche Frau, was sie nicht hinderte schön zu sein und angenehm zu riechen.

An gewissen Ausrufen erkannte ich den Klang ihrer Stimme, aber es war mir nicht möglich, zu verstehen, was sie sagte: im Verlauf einer Minute konnte ich immerhin das Wort »Papa« aufschnappen. Sie sprach also von meinem Großvater, und ich hatte die Vorahnung, daß dieser beinah nächtliche Besuch ein Unglück ankündigte.

Ich liebte ihn sehr, den alten Meister André, aber ich wußte, daß er jeden Augenblick sterben konnte, da er schon sechsundachtzig Jahre alt war. Ich betrachtete dieses ungewöhnliche Alter, das Alter eines Baumes, sogar alles in allem als eine Art Mißbrauch, und jeder neue Tag, den er erlebte, bedeutete eine Kraftprobe von seiner Seite und ein Geschenk für die Familie.

Deshalb war der Schmerz, den sein Verlust mir zufügen würde, schon auf mehrere Jahre meiner Kindheit verteilt und infolgedessen »amortisiert« wie ein altes Mietshaus.

Als ich gerade anfing, dieses Konto mit einigen dicken Tränen zu liquidieren, hörte ich die Stimme meines Vaters in bedenklichem Ton sagen: »Aber Fifi, ich glaube, du scherzest!«

Sie antwortete leise mit einem großen Wortschwall, dann sagte Onkel Jules ernst: »In diesem Alter kann das schlimmer sein, als Ihr annehmt.«

Tante Rose gab eine unverständliche Antwort, die in Gelächter endete.

Ich war sofort beruhigt: Nein, der Großvater war nicht gestorben, denn sie lachten.

»Jedenfalls, wenn er uns sehen will«, sagte meine Mutter plötzlich, »müssen wir so schnell wie möglich zu ihm fahren.«

»Vor allem verlangt er nach Marcel«, sagte Tante Fifi.

»Ich werde ihn wecken«, sagte die Stimme meines Vaters.

Ich beeilte mich, meine Tür wieder zu schließen, sprang in mein Bett und zog die Decke übers Gesicht: dann regelte ich meine Atemzüge nach denen von Paul, der fest schlief, und täuschte den friedlichen Schlaf der Unschuld vor.

Joseph kam geräuschlos herein, eine Lampe in der Hand, deren Schein das Bettuch durchdrang.

Er rief mich mit leiser Stimme, ich antwortete mit einem tiefen Seufzer und drehte mich zur Wand. Da legte er seine Hand auf meine Schulter. Ich zitterte und machte plötzlich die Augen weit auf, indem ich einen verwirrten Ausdruck annahm.

»Komm«, sagte er, »steh auf und zieh deinen Stadtanzug an.«

Ich rieb mir die Augen mit den Fäusten, wie man es zu tun pflegt, und fragte mit verschlafener Stimme: »Was ist denn los?«

»Dein Großvater ist krank und will uns unbedingt sehen.«

Mit einer Angst, die nur zur Hälfte gespielt war, rief ich aus: »Ist er tot?«

»Aber nein«, sagte mein Vater, »ich habe dir doch gesagt, daß er uns sehen will.«

»Muß ich denn auch mitkommen?«

»Ja, du auch, er verlangt nach dir.«

»Ist er sehr krank?«

»Ich glaube nicht«, sagte mein Vater. »Ich glaube, es ist vor allem seelisch. Und deshalb müssen wir hinfahren und ihn trösten. Beeil dich!«

Tante Fifi drückte mich an ihr Herz oder vielmehr an ihre Korsettstangen und sagte feierlich, daß mein Großvater mir eine Ehre damit erweise, daß er mich als den ältesten seiner Enkel an sein Krankenlager rief, denn mir würde später die Aufgabe zufallen, das Haupt der Familie zu sein, nach dem Tod meines eigenen Vaters. Das sagte sie mit eisiger Selbstverständlichkeit, während sie ihre langen kaffeebraunen Handschuhe überstreifte. Unterdessen wechselten Onkel Jules und Tante Rose geheimnisvolle Ausrufe wie: »Das ist ja herzzerreißend komisch!« oder »Noch nie im Leben habe ich so etwas gehört!« Ich dachte, daß ich noch nie im Leben in einem Fiaker gefahren war, und beeilte mich, es mir bequem zu machen. Die Kissen waren weich, und es tat mir nur leid, daß ich keinen so dicken Hintern wie Onkel Jules besaß, um mehr davon profitieren zu können.

Das wunderbare Fahrzeug hatte Gummiräder, und sobald wir auf der großen Straße waren, hörte man nur noch das Klappern der Pferdehufe. Vater und Tante Fifi saßen uns gegenüber, und ich kuschelte mich an meine Mutter, die warm wie ein Vogel war. Niemand sprach... Mit geschlossenen Augen, drauf und dran, wieder einzuschlafen, stellte ich mir vor, ich wäre zu Pferd, und so galoppierte ich ohne mein Wissen der Beendigung eines Abenteuers entgegen, das vor vierzig Jahren begonnen hatte.

1870, während der fünf Monate der Belagerung und in den schrecklichen Tagen der Kommune, wurde Paris lange bombardiert.

Gewiß hatten die Kugeln, die damals von den Kanonen abgefeuert wurden, weder Suchköpfe noch Atomfüllung; trotzdem richteten sie großen Schaden an. Mehrere Geschosse krepierten auf dem Rathaus von Paris, dessen feindurchbrochene Glockentürme der Stolz unserer Steinmetzen waren. Fast alle diese anmutigen Meisterwerke wurden beschädigt oder verstümmelt, und manche fielen auf dem Dach in Stücke.

Als der Friede zurückgekehrt und das Land wieder zu Kräften gekommen war, beschloß die Stadt Paris, dieses Denkmal wiederherzustellen. Das war eine schwierige Arbeit; die Regierung erließ daher einen Aufruf an die Zunft der Steinmetzen, die Meister und Gesellen aufforderte, in jeder Provinz den Tüchtigsten unter ihnen zu nennen.

Die Genossenschaft von Bouches-Du-Rhône wählte meinen Großvater: eine hohe Ehre, auf die ich heute noch stolz bin.

In dieser Zeit war Paris von Marseille weiter entfernt als heutzutage Moskau.

Die Reise dauerte drei Tage und drei Nächte mit hundert Aufenthalten auf Bahnhöfen und der Fahrt durch mehr als fünfzig Tunnels, von denen Mr. Thiers erklärt hatte, daß nur Züge mit rauchgeschwärzten Leichen wieder herauskommen würden.

Trotz alledem dachte mein Großvater André keine Sekunde daran, einen so ehrenvollen Auftrag abzulehnen. Er umarmte also seine liebe Frau, küßte seine vier Kinder, segnete im Vorhinein das fünfte, das unterwegs war, und begab sich auf den Bahnhof, begleitet von seinen Arbeitskameraden, die singend zwei schwere Kisten mit seinem Werkzeug trugen.

An einem schönen Sommermorgen hielt die Lokomotive endlich auf einem ungeheuren Bahnhof, aus dem sie offensichtlich nur wieder herauskommen konnte, indem sie rückwärts fuhr, und Meister André begriff mit roten Augen und halbtot vor Hunger, daß er im »modernen Babylon« angekommen war.

Mit rechter Erleichterung sah er unter der Bahnhofsuhr drei mit Kokarden geschmückte Kollegen stehen, die ihn erwarteten; sie brachten ihm den Willkommensgruß, umarmten ihn und fuhren ihn auf einem mit Bändern geschmückten Leiterwagen zum Gasthof der »Compagnons du Bâtiment«: dort sollte er zusammen mit anderen Berufsgenossen, Maurern und Zimmerleuten, über ein Jahr bleiben.

Das Haus wurde, wie es damals Sitte war, von einer Mère des Compagnons oder Gesellenmutter geführt.

Diese hier war die junge Witwe eines Hammerschmieds, der von einem Turm, auf dem er gerade ein Kreuz befestigte, heruntergestürzt war.

Der Großvater war vierzig Jahre alt, die Herbergsmutter dreißig.

Der Großvater war Provençale. Er sang sehr hübsche Weihnachtslieder und noch häufiger Serenaden. Er lachte gern, und abends, während der kurzen Unterhaltungen am Kaminfeuer, konnte er Liebesgeschichten erzählen.

Die Herbergsmutter kam aus Roubaix. Sie war groß, goldblond und von durchschnittlicher Tugend; aber sie hatte noch nie so schwarze Augen gesehen, man hatte ihr noch nie so reizend den Hof gemacht, und es kam so, wie es kommen mußte.

Der Großvater wurde köstlich verpflegt, sorgfältig gekleidet, zärtlich verwöhnt, und er gratulierte sich jeden Tag dazu, daß das Rathaus so viele Glockentürme hatte, denn er war glücklich wie ein Papst – ich möchte sagen, wie ein Borgia-Papst.

Aber eines Tages hatte ein Geselle, der sich vorübergehend dort aufhielt – wie man sehen wird, war er kein guter Geselle: ein Maurer natürlich – die Dummheit begangen, sich darüber aufzuregen, daß die besten Stücke aus dem Kochtopf direkt auf den Teller des Meisters André wanderten, der am oberen Ende des Tisches saß.

Er wagte nicht, eine Bemerkung darüber zu machen, aber er faßte einen Groll, der sich allabendlich vertiefte und ganz besonders am Sonntag mittag.

Der Maurer schlief im Zimmer neben dem Großvater; die Wand bestand aus hohlen, dünnen Ziegelsteinen, durch die selbst der leiseste Seufzer drang. Das war allem Anschein nach kein großer Nachteil, denn der Maurer schlief früh ein und hörte nicht einmal sein eigenes Schnarchen.

Eines Nachts indessen wachte der ausgehungerte Vielfraß wieder auf durch die schmerzhafte Erinnerung an ein fettes, junges Hühnchen, das er zwischen den Kinnbacken des Meisters André hatte verschwinden sehen. Da hörte er so tiefes Stöhnen von nebenan, daß er glaubte, man ermorde dort eine Frau, und sofort eilte er hinüber, der Unglücklichen zu Hilfe. Die Herbergsmutter anwortete ihm durch die Tür, »man hätte ihn nicht nötig« und fragte ihn ziemlich unverblümt, ob er noch unschuldig sei. Diesbezüglich erteilte der Großvater ihm einen leicht auszuführenden Rat, der, in die Tat umgesetzt, ihn ohne große Unkosten hätte beruhigen können. Der Dummkopf, der keinen Spaß verstand, war fürchterlich beleidigt, und beschloß, sich zu rächen.

Ende der Woche reiste er nach Marseille, wo neue Hafenanlagen gebaut wurden, und eines schönen Sonntagmorgens besuchte er die Großmutter unter dem Vorwand, ihr Nachrichten von ihrem Ehemann zu überbringen.

Er überbrachte sie tatsächlich und überaus genau, denn sowie die Kinder hinausgegangen waren, erzählte er ihr die ganze Geschichte. Da sie noch üppig und frisch war, bot er ihr seine Mitwirkung zu augenblicklicher Vergeltung an.

Die Großmutter antwortete mit einem gutgezielten Fußtritt, und während der Verräter sich mühsam wieder erhob, warf sie ihm seine niedrige Gesinnung vor, sagte ihm voraus, daß er als Hahnrei sterben werde, und beförderte ihn munter auf die Straße.

Sie glaubte nicht unbedingt an den Betrug ihres André, aber der Zweifel fing an, sie zu plagen.

In ihren Briefen – die sie ihrer ältesten Tochter diktierte – spielte sie nicht im geringsten auf den Besuch des Denunzianten an, aber sie erzählte, wie traurig es zu Haus sei, schilderte die Gefahren, die auf junge Mädchen lauern, deren Vater abwesend ist, die Unverschämtheit der Nachbarn und das trostlose Hinschmelzen ihrer nutzlos gewordenen Reize.

Der Großvater wurde sofort von nagender Reue ergriffen, aber da erst die Pflicht kommt und dann das Gefühl, modellierte er seine letzten Glockentürme, und das dauerte noch ein gutes Vierteljahr.

Dann stieg er noch dreimal aus dem Eisenbahnwaggon, um der Herbergsmutter einen letzten Kuß zu geben. Sie vergoß Tränenströme, »wie es bei Châteaubriand üblich ist«, den sie jedoch nicht gelesen hatte, und klammerte sich an seinen Hals; aber die entrüstete Lokomotive pfiff aus aller Kraft, und der Großvater André, eine schuldbewußte Träne vergießend, hatte gerade noch Zeit, auf das Trittbrett zu springen, das sich bereits fortbewegte.

Er fand seine Frau, verschönt durch den Kummer, der sie leichter gemacht hatte, und sehr erregt infolge ihres Witwenjahres. Sie waren verliebt wie am ersten Tag und glücklicher als je zuvor.

Die Kinder waren gewachsen, die Knaben kräftig, die Mädchen schön und gesittet, und ein Architekt brachte Pläne von fünf modernen Mietshäusern, die der Großvater auf einem öden

Grund, genannt »Cours de Chapitre«, aufbauen sollte. Überbeschäftigt mit seiner Arbeit und mit seiner Frau vergaß er die Mère des Compagnons.

Aber die Großmutter vergaß sie nicht.

An einem Sonntagmorgen, während er sich rasierte und sie ihm nacheinander die Schale mit Seifenschaum und das Handtuch reichte, erzählte sie ihm von dem Besuch des unredlichen Gesellen. Aber sie machte ihren Bericht in scherzhaftem Ton und zum Schluß sagte sie: »Über den habe ich wirklich sehr gelacht.«

Der Großvater fand die Sache keineswegs lächerlich. Im Gegenteil, er wurde ganz blaß und seine Hand zitterte so sehr, daß er sich dreimal ins Kinn schnitt. Daraufhin verzichtete er auf die zweite Rasur, zog seine beste Jacke an, wählte seinen schwersten Stock und sagte: »Wenn ich den treffe, bleibt nicht soviel von ihm übrig, um Schmorfleisch zu kochen.«

Die erschreckte Familie wartete den ganzen Tag; er kam erst spät nach Haus, aber ohne das kleinste Stück des Verräters unter dem Arm. Der Elende war in die Bretagne abgereist. Mein Großvater, der glaubte, daß diese nördliche Provinz Grönland glich, tröstete sich mit dem Gedanken, daß das Polarklima ihn noch vor Jahresende erledigen würde. Er sprach also nie mehr von diesem unglücklichen Opfer der Kälte. Aber die Großmutter begann eine Komödie zu spielen, die vierzig Jahre dauern sollte.

Am Morgen gegen fünf Uhr, wenn er seinen Kaffee trank, oder abends vor dem Einschlafen, brachte sie ganz sachte die Unterhaltung auf die Stadt Paris (»Ist es wahr, daß es dort jeden Tag regnet?«), auf die Glockentürme (»Aus was für Stein waren die gebaut?«), auf die Schönheit des Lebens unter Kameraden (»Das ist ja wie eine große Familie.«). Und der überraschte Großvater war bereits in voller Fahrt, von der Mère des Compagnons zu erzählen.

Dann lächelte die Großmutter ironisch, schüttelte mit zusammengekniffenen Lippen den Kopf und sagte: »André, ich weiß genau, daß dieser Geselle mich angelogen hat. Aber mich wundert nur, daß du es nicht lassen kannst, von dieser Frau zu sprechen.«

Und der Großvater wurde so rot, daß man es durch seinen Bart hindurch sehen konnte.

Bis dahin hatte er nur mit Achselzucken geantwortet oder die

Augen zum Himmel aufgeschlagen. Aber nie ein Wort gesagt, denn seine Kameraden nannten ihn »den Aufrichtigen aus Marseille«. Er begriff bald, daß er im eigenen Interesse und in dem seiner lieben Frau die Pflicht hatte, ein einziges Mal zu lügen, und zwar gründlich.

Darum erklärte er, als sie ihn eines Sonntagmorgens mit unschuldiger Miene fragte, ob ihm sein Kaffee genau so gut schmecke wie der in Paris, »daß diese Geschichte ihm jetzt zu dumm sei und daß es besser wäre, ›offen‹ darüber zu sprechen.« Im Schatten dieses Adverbs stürzte der »Aufrichtige aus Marseille« sich in die Lüge.

Er begann zu schwören, bei seinem Winkelmaß und auf die Gefahr hin, es für immer zu verbiegen, daß er niemals unerlaubte Beziehungen zu der Gesellenmutter unterhalten habe. Die Großmutter fiel ihm um den Hals und hatte Tränen in den Augen. Aber Meister André, berauscht vom Erfolg des ersten falschen Schwurs in seinem Leben, fügte hinzu: »Übrigens war sie schon beinahe fünfzig und wog mindestens hundertundachtzig Pfund. Außerdem schielte sie etwas, ihr Haarknoten war nicht größer als eine Nuß, und da sie im hohen Norden geboren war, sprach sie einen unverständlichen Dialekt.«

Das war der nicht wiedergutzumachende Fehler des »Aufrichtigen aus Marseille«, denn die Großmutter hatte sich erkundigt.

Andere Gesellen, die erst kürzlich aus Paris zurückgekommen waren, hatten ihr in aller Unschuld mitgeteilt, daß die Mère des Compagnons ein sehr schönes Geschöpf sei, und ein Gipser aus Saint-Barnabé hatte sogar erklärt, wenn man einen Abguß von ihr machen würde, dann könnte die Venus von Milo sich schleunigst wieder anziehen.

Die Großmutter schleuderte ihm diese Zeugnisse ehrenhafter Männer ins Gesicht, die er unmöglich widerrufen konnte, und der unglückselige »Aufrichtige aus Marseille« verstrickte sich noch tiefer in den Schwindel mit dem Ausruf: »Dann ist die meinige also gestorben. Die arme Frau! Sie hatte allerdings ein Herzleiden... Wenn man so dick ist, lebt man nicht lange... Abgesehen davon ist es sehr schade, denn sie war das, was man eine große Köchin nennt...«

Aber die Großmutter glaubte ihm kein Wort.

Also ließ er einen ergebenen Freund kommen, einen Eisenschmied und falschen Zeugen, der die traurige Nachricht bestätigte und lang und breit vom Begräbnis dieser überlebensgroßen

Frau aus dem Norden erzählte, bei deren Transport auf den Friedhof sechs Leichenträger vor Erschöpfung zusammengebrochen seien.

Die Großmutter machte gute Miene zum bösen Spiel und schien für ein paar Tage beruhigt. Aber eines Abends bei Tisch fing sie an, ihren heiratsfähigen Töchtern gute Ratschläge zu geben: »Hütet euch vor allem vor den Rothaarigen! Wenn Ihr mal einen Ehemann habt, ladet nie eine zu euch ein. Das ist träge, schmutzig und riecht fade, so wie gelber Schweizerkäse: aber es gibt Männer, die haben das gern!«

Sodann beschrieb sie die Hinterhältigkeit, den Hang zum Luxus, die Faulheit und Gefräßigkeit der Rothaarigen und überwachte dabei die Wirkung auf Meister André, der so tat, als höre er nichts und auf das Wachstuch Schlußsteine eines Gewölbes und Jupiters Pfeil und Wurfspieß zeichnete.

Ein bißchen später änderte sie ihre Taktik und machte nachsichtige, großzügige Bemerkungen.

Zum Beispiel billigte sie, daß der Nachbar Benjamin, kaum sechs Wochen nach dem Tod seiner Frau, angefangen hatte, seinem Dienstmädchen den Hof zu machen.

»Was wollt ihr?« sagte sie zu ihren Töchtern, »ein Mann von vierzig Jahren und strotzender Gesundheit kann nicht drei Monate lang wie ein Priester leben. So will es die Natur, und man müßte schön dumm sein, das nicht einzusehen!«

Ein andermal überraschte die Metzgerin ihren Mann, wie er sich in der Hinterstube des Ladens mit zartem Fleisch befaßte, das nicht vom Kalb war. Sie machte eine schreckliche Szene, und man mußte ihr das Messer entreißen, das sie sich zwischen ihre eigenen Koteletts stoßen wollte.

»Mein Gott, ist die dumm!« erklärte meine Großmutter. »Daß ein Mann seine Frau betrügt, ist nicht recht, aber schließlich auch nicht so wichtig. Das kommt alle Tage vor, deshalb braucht man sich noch nicht gleich umzubringen.«

Dann, während sie den Großvater ansah, der so tat, als höre er nichts: »Am schlimmsten ist, wenn er sie anlügt, und ihr das, was alle Welt weiß, verschweigt. Alles übrige ist nicht der Rede wert.«

»Das sind nur Worte«, sagte der Großvater, »und wenn ich jemals eine andere Frau anrühren würde...«

»Lieber Gott, ist es denn menschenmöglich, mein armer André, daß du mich so wenig kennst«, rief die Großmutter.

»Wenn du mich einmal ausnahmsweise betrügen würdest, könnte mich das schon wurmen, ganz gewiß. Du müßtest es mir nur sagen, und ich würde es dir verzeihen. Aber wenn du es mir nicht sagtest, würde ich denken, daß du eben schwach geworden bist, und *nie mehr* mit dir darüber sprechen.«

Aber sie sprach von nichts anderem, auch wenn man glaubte, sie spreche nicht davon, und das Verhör, das 1871 angefangen hatte, dauerte bis 1907.

Seit mehreren Jahren verlebten sie ihr Altenteil auf einem kleinen Bauernhof in der Nähe von Roquevaire. Sie hatten gute Nachbarn, die Erdbeeren zogen, und Obstgärten, in denen Feigenbäume und Oliven standen.

Er war sechsundachtzig und sie zwei Jahre jünger.

Der Großvater hatte die Mode der Zunftgesellen beibehalten und trug immer noch lange Locken und einen Vollbart; sein krauses Haar war noch genau so dicht wie in seiner fernen Jugendzeit, aber weiß wie Schnee umrahmte es sein klein gewordenes Gesicht.

Die Großmutter war »stark geworden«. Sie war dick und schwer unter einem kleinen, gelblichen Haarknoten. Aber ihr Gesicht war frisch geblieben, denn das Fett füllte die Falten aus.

Ihre großen runden Augen lachten ununterbrochen. Sie hatte nur noch einen einzigen Zahn, der ihre Oberlippe in die Höhe schob. Ein einziger Zahn, aber bemerkenswert durch seine Form und seinen Glanz: groß, gewölbt und weiß wie eine geschälte Mandel und sehr bewundert von meinem Bruder Paul, der manchmal die Erlaubnis bekam, ihn mit der Fingerspitze zu berühren.

An diesem Abend saßen die beiden wie allabendlich vor dem kleinen Kaminfeuer aus Olivenwurzeln, denn trotz der sommerlichen Hitze fand der Großvater, daß abends »die Luft immer frisch wurde«, und er meinte, diese ungewohnte Strenge der Jahreszeit hinge mit dem Auftauchen irgendeines unbekannten Kometen zusammen.

Sie sprachen von unbedeutenden Dingen: die schwarze Henne wollte keine Eier mehr legen, und es war höchste Zeit, daß sie in den Suppentopf wanderte. Der Wassereimer des Brunnens wurde schon recht schwer, aber Fifi hatte versprochen, einen kleineren mitzubringen, der einen Strick anstelle einer Kette hatte.

Während sie sprachen, tranken alle beide in kleinen Schlücken ihren Thymiantee, verbessert mit einem kleinen Schuß Schnaps, wie er hierzulande gebrannt wird.

Der Großvater hatte in seinem ganzen Leben keinen starken Alkohol getrunken; wohl einen Liter Wein pro Tag, denn für einen Steinmetz, der immer im Freien arbeitet, ist der Wein ein Nahrungsmittel; aber niemals einen Apéritif, er weigerte sich stets, auch nur daran zu nippen.

Nachdem er aufgehört hatte, mit dem Meißel zu arbeiten, meinte die Großmutter, die ihn verwöhnte, daß er nun nicht mehr riskiere, vom Baugerüst zu fallen, und versicherte, daß ein bißchen Branntwein, frisch von der Traube, das Herz alter Leute stärke. So gewöhnten sie sich daran, jeden Abend in ihrem Kräutertee einen kleinen Schluck Alkohol zu sich zu nehmen.

An diesem Tag hatte die Großmutter die Dosis erhöht; Meister André merkte es sofort an seiner schweren Zunge.

»Eugénie«, sagte er, »du hast zuviel genommen!«

»Das macht nichts«, sagte sie, »du bist etwas erkältet, das kann dir nur gut tun.«

Er hatte nur zum Schein protestiert, denn er trank den verstärkten Kräutertee mit Vergnügen; dabei sprach er immer noch von der schwarzen, geheimnisvoll verstopften Henne und vom Brunnenseil, das leichter als die Kette sein und weniger Lärm machen würde.

Doch durch den Schnaps ermuntert, wurde er nach und nach anzüglich und erklärte: »Eugénie, der Alkohol ist eine verteufelte Sache, und wie mir auffällt, finde ich das herrlich! Dein Glück, daß ich es nicht eher bemerkt habe.«

»Allerdings«, sagte die Großmutter. »Das wäre nichts für mich gewesen, dich jeden Abend in den Kneipen suchen zu müssen. Aber jetzt hat das nichts mehr zu bedeuten, und ich werde dir gleich etwas noch viel Besseres zeigen.«

Sie machte die alte Kredenz auf und nahm eine dicke, schwarzglänzende Flasche mit einem goldenen Etikett heraus.

»Was ist denn das?«

»Das? Das nennt sich Champagnerwein.«

»Willst du den auch noch trinken?«

»Ja«, sagte die Großmutter energisch. »Und es schmerzt mich, daß du nicht weißt, warum. Erinnert dich dieser Wein an nichts?«

»O ja! Ich erinnere mich, daß wir ihn zu unserer Hochzeit getrunken haben. Die Kameraden hatten uns zwei Flaschen mitgebracht. Der große Féraud war dabei. Cazénaye, Rémoulins, Ricard und der, den sie Banaston nannten. Weißt du noch, Banaston? Er hatte eine breite Haartolle mitten in der Stirn, und seine Augen waren ungleich in der Farbe und außerdem...«

»Und außerdem«, sagte die Großmutter, »hast du zwar Banaston nicht vergessen, aber dafür hast du vergessen, daß wir heute gerade sechzig Jahre verheiratet sind.«

Die Heiterkeit des Großvaters erlosch im Nu, und er machte große Augen.

»Oh, Eugénie, meine Schöne! Ist es möglich? Ist denn heute der vierundzwanzigste Juli?«

»Ja«, sagte sie, »schon den ganzen Tag, und du hast mir noch kein Wort gesagt.«

»Oh, meine Liebe, verzeih mir! Jetzt sehe ich natürlich, daß ich dir wirklich Kummer gemacht habe, aber es ist nicht allein meine Schuld... man muß berücksichtigen, daß ich seit einiger Zeit, seitdem ich diese Martigues-Muscheln gegessen habe, die vielleicht nicht mehr ganz frisch waren, die Namen der Menschen vergesse und auch die Daten...«

»Ja, ja, ich verzeihe dir«, sagte die Großmutter, »aber unter der Bedingung, daß du jetzt auf den schönsten Tag unseres Lebens mit mir anstößt...«

Die Flasche war schwer zu öffnen, und aus Angst vor dem Knall verstopfte der Großvater sich die Ohren; aber die Großmutter, stark und geschickt wie sie war, brachte sie auf.

Als der goldene Wein in einem hohen Glas perlte, sagte der Großvater: »Eugénie, sei mir nicht böse, ich trinke das nicht aus.«

»Aber warum denn nicht?« fragte die Großmutter etwas ungeduldig. »Hast du Angst, ein Säufer zu werden? Im Alter von sechsundachtzig Jahren wirst du es nicht mehr lange sein! Heute abend könnte man wirklich sagen, daß du für alles einen Grund findest, mir zu widersprechen.«

»Also gut, ich trinke die Hälfte aus«, sagte der Großvater, »und wenn ich todbetrunken umfalle, wirst du alle Mühe haben, mich ins Bett zu bringen.«

Er trank einen großen Schluck; der blonde Wein prickelte auf seiner Zunge, kitzelte seine Nasenflügel und die Hochzeitstafel, von Kerzen erleuchtet, breitete sich plötzlich vor ihm aus.

Die Kameraden schlugen im Takt auf die Bänke zu Ehren von Rouqueyrol, einem Tischler mit blondem Bart, der sang: »*Verflucht sei der Krieg*«, und dann war der Großvater an der Reihe.

Er stand jetzt auf, und mit einer Stimme, die von der Erregung, dem Champagner und durch die vielen Jahre etwas rostig klang, sang er das Lied vom »Goldenen Korn«.

Am Ende der dritten Strophe mußte er sein Glas auf die Gesundheit der ehrenwerten Gesellschaft erheben, nachher stieß er mit der Großmutter an, die ebenso gerührt war wie er, und trank es in einem Zuge aus.

Dann umfaßte er die schöne Eugénie und wollte auf seinen alten mageren Beinen mit ihr Polka tanzen.

Nun wußte sie, daß er reif war; nach vier Tanzschritten sagte sie, daß »ihr Kopf sich drehe«, setzte sich ihm gegenüber und zog die beiden Lehnstühle dicht aneinander.

»Meine schöner André«, sagte sie, »machen wir keine Dummheiten. In unserem Alter ist es unvernünftig, herumzuhüpfen wie die Jugend.«

»Mir dreht der Kopf sich nicht«, sagte der Großvater, »und ich fühle mich jung wie mit zwanzig Jahren.«

Und unter dem Lehnstuhl tanzten seine Füße die Hochzeitspolka weiter.

»Wirklich, du bist einmalig für dein Alter«, sagte sie. »Aber meine zwanzig Jahre sind lange vorbei, und ich rechne mir oft vor, daß ich schon am Friedhofstor stehe.«

»Aber nein! Aber nein!« sagte der Großvater angeheitert.

»Aber ja! Aber ja!« sagte die Großmutter. »An einem der nächsten Tage werde ich sterben, vielleicht auch schon heute nacht, denn mein Herz ist genauso müde wie das Uhrwerk der alten Wanduhr. Aber ich gehe lieber als die erste; denn was sollte ich ohne dich tun?«

»Das ist schon wahr«, sagte der Großvater, »es ist keine Gefahr, daß du noch mal einen anderen Galan findest...«

»Guter Gott«, sagte die Großmutter, »was sollte ich denn auch mit ihm anfangen? Ich habe mein Teil gehabt, einen guten Mann, eine gute Gesundheit, schöne Beine und schöne Kinder und viel Milch. Du siehst, ich würde zufrieden hinübergehen, wenn zwischen uns kein Zweifel mehr bliebe.«

»Was für ein Zweifel denn?« fragte der Großvater heiter. »Was ist denn das für eine Geschichte mit diesem Zweifel?«

»André, ich wollte es dir nicht sagen, aber du zwingst mich ja dazu, mit dir darüber zu sprechen.«

»Ich? Ich zwinge dich?«

»Jawohl, du zwingst mich, weil du mir nichts sagst.«

Der »Aufrichtige aus Marseille« machte erstaunte Augen.

»Ja, was willst du denn, das ich dir sagen soll?«

»Das weißt du ganz genau! Du weißt ganz genau, daß es in meiner Sterbestunde etwas geben wird, das mich ärgert, einen kleinen Zweifel, der mir den ganzen Todeskampf verderben kann: es ist diese Geschichte mit der Gesellenmutter.«

»Ach Scheiße!« sagte der Großvater. »Immer noch?«

»O ja. Noch immer. Nach allem, was du mir erzählt hast, weiß ich ja, daß sie seit Jahren tot ist und daß sie abschreckend häßlich war und hundert Kilo wog und daß dein Freund, der Silberschmied mit dem Heuchlerkopf, sogar die Leichenträger noch bedauerte... Ich weiß wohl, daß sie dir ganz und gar nicht gefiel, abgesehen davon, daß du in ihre Kochtöpfe verliebt warst... kurz und gut, André, für so dumm darfst du mich nicht halten! Ich kenne die Wahrheit seit vierzig Jahren, aber ich wollte, du erzähltest sie mir einmal selbst.«

Der Großvater sah sie an, den Kopf auf die rechte Schulter geneigt, strich er mit der linken Hand seinen Bart, aber er antwortete nichts. Da fing sie in vernünftigem und freundschaftlichem Ton von neuem an.

»André, was liegt schon heute daran? Solche Geschichten interessieren uns doch nicht mehr, man findet sie höchstens töricht... Was zählt, ist unsere Freundschaft. Und wenn in einer sechzigjährigen Freundschaft eine kleine Lüge bleibt, so ist das wie ein spitzer Stein im Stiefel des Briefträgers. Sag mir die Wahrheit, André!«

Er sah sie noch einen Augenblick an, dann lächelte er resigniert.

»Warum muß ich sie dir sagen, wenn du sie kennst?«

Die Großmutter, leichenblaß, wurde jetzt leidenschaftlich.

»Es ist schon ein Unglück, daß du es nicht verstehen willst. Ich liebe ja nicht die Wahrheit, sondern dich! Ich möchte, daß mein Mann nicht länger als Lügner dasteht! André, wenn du nicht sprechen willst, dann hast du mich um etwas bestohlen.«

Und der in allen Gliedern krachenden Arthritis zum Trotz kniete sie vor ihm nieder, legte ihren alten weißhaarigen Kopf auf sein Herz, das kaum noch schlug und nur noch wenig durchsichtiges Blut durch die geschwächten Gefäße sandte.

Da streichelte der Großvater gerührt die borstigen, weißen Strähnen. Die Kerze war am Verlöschen, aber die Olivenscheite glühten in kleinen, blauen Flammen. Zuerst sprach er zu ihr wie zu seinem Kind.

»Aber natürlich, meine dumme Dicke«, sagte er. »Natürlich habe ich mit ihr poussiert. Ich war nicht älter als vierzig und du warst weit weg... Aber du weißt ganz genau, daß ich nur dich geliebt habe und daß du die Mutter meiner Kinder bist.«

»Ach«, sagte die Großmutter lächelnd. »Du nimmst mir eine Zentnerlast vom Herzen! Endlich hast du es ausgesprochen!«

Sie stieß einen tiefen Seufzer der Erleichterung aus und fing sofort wieder an: »Und wie ist es denn zugegangen? Doch nicht gleich vom ersten Tag an, hoffe ich?«

»Aber nein!« sagte der Großvater. »Am ersten Tag habe ich ihr noch nicht einmal ins Gesicht gesehen – ich dachte nur an dich. Und du kennst mich ja. Ich hatte all diese Glockentürme im Kopf und machte mir Sorgen, der Pariser Steinart wegen, die nicht dieselbe ist wie bei uns. Ich fürchtete, sie würde meinen Meißel ruinieren. Aber da war ein Geselle aus Nogent, der diesen Stein bearbeiten konnte, und so sprach ich die ganze Zeit mit ihm, um hinter sein Geheimnis zu kommen... Stell dir vor, sie haben ein Werkzeug, halb Meißel, halb Nadel. Das heißt, es ist ein runder, am Ende platter Meißel mit einer wie eine Säge gezackten Schneide... Und ich weiß nicht, wie sie es machen, aber sie befeuchten nur die Zahnspitzen dieser Säge, so daß die Hammerschläge durch den Stahlgriff gemildert werden, und infolgedessen...«

»Ich bin sicher«, sagte die Großmutter, »daß sie es war, die angefangen hat.«

»Und du hast es erraten«, sagte der Großvater. »Übrigens ist das nicht allzu schwierig: sie hat es genauso gemacht wie du.«

Und er fing an, die Geschichte zu erzählen, die immer dieselbe gewesen ist, seit es Männer und Frauen gibt. Der erste Blickwechsel, dann die niedergeschlagenen Augen und dann das flüchtige Lächeln auf den errötenden Gesichtern.

Während er sprach, sah er sie wieder vor sich und erlebte die glanzvollen Stunden dieses verzehrenden Abends seiner Jugend noch einmal.

Und die Großmutter stellte immer noch Fragen.

Da erzählte er schließlich, wie sie eines Nachts in sein Zimmer gekommen war, und wie sie ihn biß, während sie sich an seinen Schultern festkrallte und wie sie lachend aufs Bett fiel mit ihren schönen Beinen in der Luft.

Wir kamen auf dem Bauernhof von Roquevaire gerade in dem Augenblick an, als die Sonne über dem Hügel aufging.

Eine Gruppe von Bauern und Bäuerinnen stand vor dem niedrigen Haus unter dem Feigenbaum am Brunnenrand.

Vier Männer hielten die Großmutter an den Handgelenken und Schultern zurück, und mehrere Frauen standen mit ausgestreckten Armen vor ihr Spalier. Die Männer mit sich ziehend, warf sie sich nach vorn gegen die Frauen, die sie zurückstießen... Sie hatte weitaufgerissene Augen wie eine Wahnsinnige, und sie war stark wie ein Eisenschmied.

Meine Mutter stellte sich vor mich – Fifi sagte zu meinem Vater: »Sieh du nach Papa.«

Dann lief sie zu ihrer Mutter, und wir traten in das Bauernhaus ein.

In der großen provenzalischen Küche standen ebenfalls mehrere Leute. In ihrer Mitte saß der Großvater auf einem Stuhl. Sein Oberkörper war nackt. Auf seiner mageren Brust sah man lange weiße Haare. Über ihn beugte sich ein bebrillter Arzt, bewaffnet mit einer Uhrmacherpinzette, mit der er in der blutigen Schulter herumstocherte. Er suchte den Zahn, den prachtvollen Zahn meiner Großmutter. Sie hatte ihn in der Schulter Andrés zurückgelassen, und der Doktor zeigte ihn uns in seiner Pinzette: weiß, gewölbt und glatt mit einer blutigen Spitze.

Mein Vater stieß mich vor. Ich nahm den mageren Körper in meine Arme und vergrub meinen Kopf in dem weißen Bart.

Der Großvater streichelte meinen Nacken, und nur zu mir allein gerichtet sagte er: »Ach, die Frauen! Mein schönes Kind, hüte dich vor den Frauen – die Frauen, die verstehen gar nichts!«

Ich verstand auch nichts, aber ich hörte draußen die Großmutter, die wie eine Wölfin heulte und sich mit gesenktem Kopf gegen den Ring der Nachbarn warf. Sie biß sie mit ihrem Zahnfleisch und wurde sanft von ihnen zurückgestoßen.

»Joseph«, sagte der Großvater, »schließ die Tür mit dem Riegel zu... Beeil dich! Wenn sie zurückkommt, wird sie mich fertig machen...«

»Aber Vater«, sagte Joseph, »Sie glauben doch nicht im Ernst...«

»Aber ja! Aber ja! Wenn ich dir sage, daß sie mich umbringen will! Wären die Nachbarn mir nicht zu Hilfe gekommen, hätte sie mich massakriert. Du willst dir nicht eingestehen, daß sie verrückt ist!«

Meine Mutter, die sich neben ihn gesetzt hatte, sagte leise: »Glauben Sie das nicht, Vater, sie ist nicht verrückt.«

Sie sah dünn, zerbrechlich und blaß aus mit ihren auf den Knien gekreuzten Händen.

Man hörte einen langen tierischen Schrei, einen Schrei, der vor Wut und Verzweiflung zitterte.

»Hör doch«, sagte der Großvater. »Nennst du das nicht Tobsucht?«

»Nein«, sagte meine Mutter, »das ist die Liebe.«

Als Joseph diese Geschichte Onkel Jules erzählte, vergaß er, von dem Zahn zu sprechen, und reduzierte die ganze Angelegenheit auf einen kindischen Streit zwischen Greisen, die wieder einfältig geworden sind. Aber für mich war das eine Tragödie, in der Großvater seinen Nimbus einbüßte, weil er sich hatte beißen lassen. Von der Großmutter dachte ich genau wie er, daß sie verrückt geworden sei, was mir in Anbetracht ihres hohen Alters nicht überraschend schien. Aber ich befürchtete in ihrem Fall das Schlimmste. Wenn ein Mensch tatsächlich einen anderen beißt, muß man unwillkürlich sofort an Tollwut denken: darum hätte ich es für vernünftig gehalten, sie alle beide zu M. Pasteur zu schicken, der den Hirten Jupille geheilt hatte, wie es in meinem Buch ›Tatsachenlehre‹ zu lesen stand. Andernfalls wäre ihr Leben in Gefahr, in einer schauderhaften Schlacht tollwütiger Greise zu enden, worüber die Zeitungen berichten würden. Das wäre eine Katastrophe, vor allem für Tante Fifi wegen ihrer Ehrenlegion, die man unmöglich einer Person verleihen kann, die aus einer tollwütigen Familie stammt. Ich teilte meinem Vater diese Bedenken mit; er antwortete mir, daß die Großmutter ihren Gatten bereits hinfällig um Verzeihung gebeten habe und daß der Verlust ihres letzten Zahnes den Frieden der Ehe von jetzt an garantiere.

Über diesen Punkt war ich also beruhigt, aber die letzten Worte meiner Mutter stellten mich vor ein unlösbares Problem.

Sie hatte gesagt: Das ist die Liebe! Und das war nicht zum Lachen. Ich hätte es ganz natürlich gefunden, einen Feind wütend zu beißen, aber jemanden zu beißen, weil man ihn liebt, das war doch eine Handlungsweise, die dem gesunden Menschenverstand vollkommen widersprach. Was also hatte sie damit sagen wollen? Ich wagte nicht, sie danach zu fragen. Aber da kam mir in den Sinn, daß eines Morgens auf der Straße eine rothaarige Frau mit enormen Augen zur Gitarre gesungen hatte: »Die Liebe ist Wahnsinn«, wozu sie Gesten einer Verrückten machte, und die Leute, die ihr zuhörten, schienen nicht im mindesten überrascht.

Dann war da auch noch die Geschichte mit der Bäckerin; sie hatte ihren schlafenden Mann halb tot geschlagen, und Tante

Rose – um sie zu entschuldigen – hatte gesagt, daß er sie »betrogen« habe und daß sie »wahnsinnig in ihn verliebt sei«.

Also gab es einen Zusammenhang zwischen Liebe und Wahnsinn. Aber war es nun die Liebe, die die Leute wahnsinnig machte, oder der Wahnsinn, der ihre Liebe so überspannt werden ließ?

Ich liebte meine Mutter mit allen meinen Kräften, und dennoch war ich nicht verrückt, da ich ja den zweiten Platz für das Gymnasialstipendium erhalten hatte... Selbstverständlich wäre ich toll geworden, wenn jemand ihr Böses zugefügt hätte, aber keinesfalls wäre sie es gewesen, die ich gebissen hätte...

Am Ende kam ich zu dem Schluß, daß die Liebe, die einen wahnsinnig macht, Sache der Erwachsenen sei, und vor allem der Frauen.

Ich war wenig genug über Sitten und Gewohnheiten des schwachen Geschlechts unterrichtet. Ich kannte nur meine Mutter und meine Tante, die keine Frauen waren, sondern eben eine Mutter und eine Tante. Selbstverständlich sah ich auf der Straße oft einige von diesen Geschöpfen unter Riesenhüten, die mit unnützem Zeug überladen waren; das wäre sehr hinderlich geworden, wenn sie sie zum Grüßen hätten abnehmen müssen. Ich hatte vor allem bemerkt, daß sie beim Gehen ihren Hintern schaukelten, und dadurch geriet ich in eine gewisse Unruhe. Es gab sogar eine Freundin meiner Mutter, die ein mehlweißes Gesicht wie eine rohe Sardine hatte, mit gemaltem Mund und Kohlenaugen.

Sie umarmte mich zärtlich, und das mißfiel mir keineswegs; aber wenn sie gegangen war, mußte man mich abbürsten, und mein Vater machte das Fenster auf, denn es roch noch durchdringender als beim Friseur.

Eines Tages hatte meine Mutter zu mir gesagt: »Es ist nicht ihre Schuld, daß es mit ihr schief gegangen ist...«

Ich hatte soviel verstanden, daß die schiefgehenden Angelegenheiten dieser Dame nichts anderes waren als ihre Sucht, sich anzumalen, um die Leute über ihre Schönheit zu täuschen, und das fand ich nicht anständig.

Immerhin hatte ich gewisse Erfahrungen mit Mädchen; sie gründeten sich auf den täglichen Anblick der kleinen Schwester, das seltene Zusammentreffen mit einer netten Kusine und auf meine Spiele im verlassenen Schulhof am Donnerstag nachmittag mit Clementine, der Hausmeisterstochter.

Die kleine Schwester war ein drolliges Persönchen, aber meiner Meinung nach nahm sie viel mehr Platz ein, als ihrem winzigen Umfang zukam. Sie brüllte, wenn man sie kämmte, stieß voller Wut die gute Suppe zurück, die sie dann schluchzend zurückverlangte, um plötzlich in Lachen auszubrechen. Sie war bestrebt, sich in unsere Spiele einzumischen, aber als Paul auf den Tisch stieg und, um sie zu unterhalten, ihre Puppe in den Waschzuber tauchte, oder wenn man sie beim Versteckenspielen in einen Wandschrank zwischen eingemottete Kleider sperrte, brach sie in Tränen aus.

Zum Spaß rief ich ihr eines Tages durch die Schranktür zu, wir hätten den Schlüssel verloren. Paul sagte tröstend, der Schlosser werde am nächsten Tag kommen, um sie zu befreien.

Da wurde ihr Geschrei so herzzerreißend, daß ich sofort die Tür öffnete, aber zu spät: meine Mutter eilte herbei und ohrfeigte uns gleichzeitig mit beiden Händen, so wie die Boxer »Schläge nach allen Seiten« austeilen.

Während sie den törichten Liebling tröstete und Paul sich seine Backe rieb, sagte sie, ganz im Ernst, daß Mädchen zerbrechliche Geschöpfe wären, die man nicht herumstoßen dürfe, und daß es gefährlich sei, ihnen zu widersprechen, da sie viel empfindlichere Nerven als Buben hätten und durch einen Wutanfall krank werden könnten.

Meine um zwei Jahre jüngere Kusine war sehr hübsch mit ihren großen, fast immer niedergeschlagenen Augen, denn sie war sehr schüchtern und sprach nur, um auf eine Frage zu antworten.

Fühlte sie, daß man sie ansah, wurde sie ganz rot, und wenn man sie – nur zum Spaß – an den Haaren zog, fing sie lautlos zu weinen an.

Eines Tages jedoch, als ihre Eltern zu uns zum Mittagessen gekommen waren, überraschte ich sie im Zimmer meiner Mutter und so mit sich selbst beschäftigt, daß sie mich gar nicht bemerkte.

Ganz allein vor dem Spiegelschrank stehend, ihr Kleid mit den Fingerspitzen gerafft, machte sie sich Verbeugungen. Dann, während sie ihren Kopf bald nach rechts, bald nach links neigte, wechselte sie lächelnd maliziöse Blicke mit ihrem Spiegelbild, einen immer etwas anders als den anderen, als ob sie nach dem treffenden Ausdruck suchte.

Schließlich, nach einigem Schmollen, näherte sie sich dem

Spiegel und küßte dreimal nacheinander den Abglanz ihrer eigenen Lippen!

Ich schloß leise die Tür, überzeugt, einer Geistesstörung auf die Spur gekommen zu sein, von der ich besser niemandem etwas erzählte. Übrigens hätte ich mich geschämt, darüber zu sprechen.

Ein andermal, bei Tisch, wurde sie von einer Fischgräte gequält, die gerade am Schlund im Zahnfleisch steckte.

Sie hustete, stöhnte, röchelte, als ob sie ersticken müßte, während man ihr heftig auf den Rücken klopfte. In der allgemeinen Verwirrung sagte mein Vater zu ihr: »Kratz dich am Hals und spuck aus!«

Sie war weder zum einen noch zum anderen imstande, und als die Gräte endlich mit Hilfe einer Brotkugel von der Stelle wich, scheute ihre Mutter sich nicht einzugestehen, sie habe es auch noch nie fertiggebracht, auszuspucken.

Clementine, meine Freundin vom Donnerstag nachmittag und manchmal auch vom Sonntag, war elf Jahre alt, als ich neun war.

Ihr Vater war Wärter im Zoologischen Garten, und dorthin gingen wir manchmal, um ihn bei der Ausübung seiner heroischen Tätigkeit zu bewundern: aufrecht auf dem Dach eines Käfigs neben einer offenen Klappe stehend, ließ er Fleischstücke in den brüllenden Rachen des Löwen fallen.

Ihre Mutter war Hausmeisterin in der Schule.

Sie bewohnten neben dem Eingangstor eine schlecht beleuchtete, aber ziemlich große Hausmeisterwohnung, in der es immer nach irgendeinem langsam schmorenden Ragout duftete.

Clementines Haare waren lang, rot und strähnig. Ihre blauen Augen mit fransenartigen, karottenfarbenen Wimpern hatten einen merkwürdigen und sogar beunruhigenden Blick, da sie nicht gleichzeitig in dieselbe Richtung schauten.

Ich bewunderte ihre kleine, gerade Nase, aber ihre blassen Wangen waren voller Sommersprossen. Mangiapan behauptete, sie sei als Kind einmal in praller Sonne im Schatten eines Siebes eingeschlafen. Diese für mich ganz neue Erklärung schien mir nur zur Hälfte wissenschaftlich, und ich fragte Mangiapan, ob sie scherzhaft gemeint sei; aber er versicherte, sie stamme von seiner Mutter, die sie in bezug auf eine ähnlich sommersprossige Nachbarin angewandt habe, der Papa Mangiapan »den Hof machte«.

Clementine machte ebenfalls den Hof. Mit einem rechtwinklig eingefaßten Heidekrautbesen kehrte sie die abgefallenen Blätter in vier oder fünf kleine Haufen zusammen, die ich nacheinander anzündete. Wenn ich heute an sie zurückdenke, sehe ich blaue Rauchschwaden und spüre noch den fuchsigen, süßen Geruch des Herbstblätterfeuers.

Im Winter half ich ihr, die Öfen der Klassenzimmer mit Holz und Kohlen zu versorgen; im Sommer begossen wir den Hof ausgiebig mit einem Schlauch, dessen Wasserstrahl aus einem Kupferschnabel kam. Der Strahl, oft von Gurgeln und Knallen unterbrochen, erreichte die Mauer und durch Zufall wohl auch auf der Straße irgendwelche Vorübergehende, die sich manchmal beschwerten.

Dann trotzte Clementines Mutter bereits im Hauseingang der Gefahr: die Fäuste auf den Hüften, warf sie dem Eindringling seinen schlechten Charakter mit der Schlußfolgerung vor: »Nur Nichtstuer machen niemals Fehler!«

Wenn diese Arbeiten beendet waren, kam Paul – der immer zu spät erschien – und wir spielten Mühle, Schusser- oder Ballspiele.

Clementine war sehr geschickt, aber sie betrog schamlos und weigerte sich stets zuzugeben, daß sie verloren hatte.

Außerdem log sie ununterbrochen für nichts und wieder nichts, nur zum Vergnügen.

So kam sie mir beispielsweise auf den Fußspitzen entgegen und erzählte mit leiser Stimme und erschrockenem Gesicht, daß der Herr Direktor schwer erkrankt sei und mehrere Ärzte um sein Bett versammelt wären. Fünf Minuten später, während ich noch betrübt von dem großartigen Begräbnis dieses mächtigen Vorgesetzten träumte, ging er in eigener Person und in heiterster Laune, seinen Spazierstock schwingend, über den Hof.

Ein andermal war ein stolzer Senegalschütze gekommen, ein Sergeant, wie sie erzählte, um bei ihrer Mutter um ihre Hand anzuhalten, »denn in seinem Land verheiraten die Mädchen sich mit zwölf Jahren«. Natürlich hatte ihre Mutter ihn abgewiesen, »da es in Afrika zu heiß ist und außerdem dort unten die Frauen die Pakete tragen«.

»Übrigens«, fügte sie hinzu, »bin ich mit einem amerikanischen Prinzen verlobt. Er verdient soviel Geld, daß er große Kisten braucht, um es aufzubewahren. Aber es ist mir verboten, euch seinen Namen zu nennen.«

Eines Abends, als sie vom Einkaufen zurückkam, hatte ein riesiger Mann mit schwarzem Bart sie auf der Straße verfolgt. Es war schon dunkel, und sie lief so schnell sie konnte.

»Ich weiß nicht, was mit mir geschehen wäre, wenn er mich eingeholt hätte.«

Paul war der Meinung, er wollte sie in einem Zirkus tanzen lassen oder sie zwingen, in einem fremden Land wie Toulon oder Avignon Körbe zu verkaufen.

Darauf schüttelte sie nur mehrmals den Kopf, lachte leise und sah mich von der Seite an. Dann sagte sie: »Er ist ein Kind! Er versteht nichts!«

Ich verstand auch nichts, ich verstand sie nie.

Oft fing sie mitten in der schönsten Partie Domino zu lachen an, den Kopf zurückgeworfen und den Mund weit offen.

»Was hast du denn? Warum lachst du so?«

Aber anstatt zu antworten, war sie mit einem Sprung auf den Beinen, holte ihren Besen und tanzte mit ihm im Kreis herum.

Eines Tages hatte ich in einem Anfall von Freundschaft zu ihr gesagt: »Du hättest schöne Augen, wenn sie gleich wären.«

Worauf diese Idiotin in Tränen ausbrach, von herzzerreißendem Schluchzen und Schlucken geschüttelt.

Um sie zu beruhigen, setzte ich ihr auseinander, daß dies ein Kompliment sei und daß ich es vorteilhaft fände, zwei Augen zu haben anstatt einen Blick. Mit der Behendigkeit einer Katze zerkratzte sie mir die Wange unter dem Ohr, was ich mit einer vollkommen zielsicheren Ohrfeige beantwortete. Sie blieb einen Augenblick wie erstarrt stehen, dann rannte sie auf die Platane zu, stützte die Stirn auf ihren Arm und heulte so laut, daß ich es für klüger hielt, im Laufschritt nach Hause zu eilen.

Als sie zwölf Jahre alt geworden war, benahm sie sich noch viel sonderbarer und fing an, mir geheimnisvolle Geständnisse zu machen.

»Ich habe einen Freund, der oft zum Spielen zu mir kommt. Er ist nett und sehr schön. Nur finde ich, daß er dumm ist.«

»Warum?«

»Weil ich genau weiß, daß er mich anbetet, aber Angst hat, es mir zu sagen, und sich nicht getraut, mich zu küssen.«

»Und du? Gefällt er dir?«

Sie warf den Kopf zurück, sah mit schmachtenden Augen zur Decke hinauf und seufzte dann: »O ja!«

»Wie heißt er denn?«

»Marcel, genau wie du. Er hat sogar kastanienbraune Augen,

genau wie du. Ich versuche oft, mich ihm verständlich zu machen, aber es gelingt mir nicht.«

Da wurde ich wütend, daß sie diesem Kerl, der die Frechheit besaß, mir ähnlich zu sehen und meinen Vornamen zu führen, ihr Herz geschenkt hatte.

»Und wo spielst du denn mit ihm?«

»Hier in der Schule.«

Sofort triumphierte ich.

»Na, meine Liebe, du bist nichts wie eine Lügnerin! Käme er hierher, dann hätte ich ihn längst gesehen, denn ich beobachte alles durch unser Küchenfenster. Du erfindest das, weil du glaubst, ich würde eifersüchtig werden. Aber ich sage dir, daß mir das ganz egal ist, ich pfeife nur darauf. Du kannst dir die Mühe sparen, mit mir zu sprechen, ich werde nicht einmal mehr zuhören.«

Da stand sie auf, und mit gefalteten Händen und zum Himmel erhobenen Augen schrie sie mit durchdringender Stimme: »Ist der dumm! Ist der dumm!«

Und lief davon.

Einige Tage später – am nächsten Donnerstag – als ich ganz allein in einer Ecke des Hofes das Spiel der fünf Steine spielte, kam sie langsam mit ernstem Gesicht näher.

»Ich muß dir etwas sehr Wichtiges sagen.«

»Was denn?«

»Also, paß auf: Ich kann jetzt schon noch weiter mit dir spielen, aber du mußt sehr acht geben.«

»Worauf muß ich acht geben?«

»Du darfst nicht an meine Brust stoßen, nicht mit dem kleinsten Stoß. Das könnte *sehr gefährlich* werden.«

Ich war verblüfft.

»Warum denn? Hustest du?«

Sie lachte.

»Ach, keine Spur! Aber du darfst meine Brust nicht mehr berühren, denn jetzt habe ich eine.«

»Was hast du?«

»Eine Brust.«

»Na, und?«

»Mein Gott, bist du blöd! Schau doch her!«

Sie stemmte die Hände in die Hüften, preßte die Taille zusammen und atmete tief, damit ihr Oberkörper sich wölbte.

»Es fängt an«, sagte sie. »Meine Mutter meint, ich muß bald ein Korsett tragen.«

Ich betrachtete diese beiden kleinen, mit großer Anstrengung aufgeblähten Buckel und empfand etwas wie Unbehagen und gleichzeitig Überraschung, die um so größer wurde, als sie auf dieses neue Gebrechen, das ihr ein Korsett aufzwingen würde, auch noch stolz zu sein schien.

Sie warf mir einen Seitenblick zu und sagte: »Du würdest sie vielleicht gern anfassen, aber ich müßte dir beibringen, daß man das nicht tut. Es ist verboten.«

Darüber war ich sehr glücklich.

»Aber abgesehen davon sind sie nicht aus Zucker, und wenn du willst, können wir einen Ringkampf machen.«

»Heute nicht«, sagte ich. »Ich habe keine Zeit mehr, denn meine Mutter hat gerade nach mir gerufen...«

Und ich ging in Richtung auf unser Haus zu fort, etwas angewidert von der Vorstellung, daß dieser Ringkampf, den sie mir unvorsichtigerweise vorgeschlagen hatte, befürchten ließ, in einer Flut von Milch zu enden.

Von diesem Tag an begann sie, sich als Dame anzuziehen, ihre Zöpfe in einen lächerlichen Knoten zu drehen und soviel Gesichter und Grimassen zu schneiden, daß ich sie kaum mehr wiedererkannte. In einigen Wochen war sie um fünf Jahre älter geworden als ich, und ihr Vater mußte sie jeden Abend suchen gehen, denn nach Schulschluß spielte sie in dunklen Ecken mit den Gassenjungen.

Eines Tages erklärte sie stolz: »Jetzt ›verkehre‹ ich.«

Als ich meine Mutter nach dem Sinn dieses Verbums ohne Objekt fragte, war die vieldeutige Antwort, »das könne sie weit führen«, und mein Vater sagte, daß aus dieser armen Kleinen sicher eine »Schlampe« würde. Daraufhin einigten sie sich, mir zu verbieten, künftig mit ihr zu sprechen. Dieses Verbot war leicht einzuhalten, denn ich interessierte sie nicht mehr, und sie machte mir Angst.

So hatten meine persönlichen Beobachtungen über das Benehmen der Frauen und Mädchen mir noch nicht erlaubt, ein endgültiges Urteil zu fällen. Da gebrauchte mein Vater eines Tages einen Ausdruck, der mir das ganze Geheimnis enthüllte.

Als er von der Nichte Mr. Bessons sprach, die sich den Arm gebrochen hatte, weil sie von einem Baum herunterfiel, hatte er gesagt: »An dieser Kleinen ist ein Junge verlorengegangen!«

Ich verstand den Satz auf meine Weise – zweifellos nicht die richtige –, aber es war ja nicht das erstemal, daß infolge einer falschen Auslegung eine große Entdeckung gemacht wurde.

Für mich bedeutete das Wort von dem »verlorengegangenen Jungen«, daß Mädchen nichts anderes als ein Mißgriff der Natur sein konnten, das Ergebnis eines Irrtums im Verlauf der Erschaffung eines Knaben.

Darum also wurden sie ohne Grund rot, lachten über ein Nichts, weinten über noch weniger und kratzten einen womöglich noch zum Dank für eine Schmeichelei. Darum und weil sie weder pfeifen noch spucken konnten, fielen sie von den Bäumen, erfanden überflüssige Lügen und führten vor dem Spiegel heimlich Komödien mit sich selbst auf. Kurz und gut: sie waren mißlungene Knaben!

Ich aber, ein gelungener Knabe, errötete nie, lachte nicht ohne Grund und niemand – außer meiner Mutter – konnte behaupten, er hätte mich weinen sehen. Ich war stark, und wenn Clementine einen Eimer tragen mußte, rief sie mich zu Hilfe. Ich konnte pfeifen wie ein Vogel, wenn ich meine Zunge unter zwei Fingern zusammenrollte. Und was das Spucken betraf, so sage ich ohne alle Bescheidenheit, daß ich es beinahe mit Mangiapan aufnehmen konnte, der an seinen guten Tagen sternförmige Salven bis zu fünf oder sechs Meter weit spuckte. Ich war auch noch nie vom Baum gefallen wie der zerbrechliche »verlorengegangene Junge«.

Trotzdem interessierte alle Welt sich für Mädchen, und ohne daß ich begriffen hätte, warum, mußte ich zugeben, daß sie mir gefielen.

Eines Abends im Bett, während ich darüber nachdachte, entdeckte ich verschiedene Gründe, die ihre Existenz rechtfertigten.

Vor allem verliehen ihre Fehler meinen Vorzügen erst den rechten Wert und erlaubten, deren Tragweite zu ermessen... Neben meinem Vater oder neben Napoleon bedeutete ich nicht viel, während das bloße Vorhandensein eines Mädchens wie Clementine mich diesen großen Männern näherbrachte; das war eine gewisse Dankbarkeit wert.

Auf der anderen Seite gab ich gerechterweise zu, daß die Dame Natur, als wollte sie ihren Mißerfolg verschleiern, sich mit ihrem Äußeren Mühe gegeben hatte: große Augen, lange Wimpern, feine Hände, seidiges Haar, anmutige Bewegungen und melodische kleine Stimmen. Sie waren wirklich oft sehr angenehm anzusehen, aber alles in allem im täglichen Leben nicht zu gebrauchen, höchstens als Bewunderinnen oder Vertraute, vor denen man sich übrigens sehr in acht nehmen mußte.

Erst während der Ferien sollte ich Gelegenheit haben, sie besser kennenzulernen und das kindliche Gesicht der Liebe zu entdecken.

Eines Morgens sah ich Lili im Laufschritt auf mich zukommen. Zwei Jagdbeutel kreuzten ihre Lederriemen auf seiner Brust, und über der Schulter trug er das zusammengebundene Ende eines Sackes, der auf seinem Rücken hing. Er schien sehr aufgeregt. Mond des Parpaillouns hatte ihm einen ungewöhnlich großen Schwarm von Zugvögeln angekündigt.

»Er hat sie gesehen«, sagte er, »Weißschwänze, Amseln aus Korsika und Unmassen von Kreuzschnäbeln. Sie sind auf den Hängen der Tête-Rouge, aber dort werden sie nicht lange bleiben. Wir müssen uns beeilen.«

In seinem Gepäck befanden sich die acht Dutzend Fallen, die unseren gesamten Waffenvorrat darstellten, dazu zwei Dutzend, die von seinem Bruder Baptistin ausgeliehen waren, und sechs ›Vertoulets‹ (das sind Netzfallen, um die Vögel lebend zu fangen), die Mond des Parpaillouns zur Verfügung gestellt hatte.

Wir legten ein großes Fallenrevier an und waren bis zur anbrechenden Dunkelheit beschäftigt.

Als wir herunterkamen, sagte Lili: »Es ist ein Unglück, daß ich den Rundgang morgen früh nicht mit dir machen kann!«

»Warum denn nicht?«

»Weil mein Vater sich vorgenommen hat, den Brunnenschacht von Four-Neuf zu reinigen. Er wird hinuntersteigen, und ich muß Baptistin helfen, die Eimer heraufzuziehen. Infolgedessen werde ich erst um fünf Uhr zurückkommen. Aber so viele Fallen darf man nicht bis morgen abend allein lassen, sonst hätten wir nur für den Fuchs, für die Ratten und die Ameisen gearbeitet. Ohne das Hinkebein von Allauch zu rechnen, der hat Angst vor den Gendarmen, weil er nicht davonlaufen kann. Also hält er sich an die Fallen anderer Leute. Geh bestimmt morgen früh hin! Nicht zu früh, um die Vögel nicht aufzuscheuchen. Wenn du um sechs Uhr dort bist, das genügt. Und dann gehen wir noch mal zusammen um fünf oder sechs Uhr abends, und ich verspreche dir, daß wir schwer beladen heimkommen!«

Am nächsten Morgen hatte ich mich nach einem köstlichen Milchkaffee in einem Liegestuhl auf der Terrasse niedergelassen, um mit dem Aufbruch zur großen Revierbesichtigung bis halb zehn Uhr zu warten. Zum drittenmal las ich ›Die geheimnisvolle Insel‹, und zum drittenmal war ich auf vollkommene Weise glücklich überrascht, als ein unerwarteter Torpedo das Piratenschiff vor meinen Augen in die Luft sprengte, und zwar im Augenblick, als ich schon von unserem Untergang überzeugt war.

Paul hatte sein hartes Tagewerk eines Kriegers ohne Feind noch nicht begonnen; unter den Feigenbaum gekauert, überwachte er einen Käfig, in dem Dutzende von Grillen wimmelten. Im Vertrauen auf den braven La Fontaine hatte er ein Festmahl aus »kleinen Wurm- und Fliegenstückchen« zubereitet, das er aus eigener Initiative mit der Hälfte einer getrockneten Feige und einer Käserinde ergänzte. Er behauptete, die tatsächlich sehr schwache Lebensfähigkeit dieser Tierchen sei auf Unterernährung zurückzuführen, und war entschlossen, ihnen das Essen beizubringen.

Unterdessen kam meine Mutter aus der Tür, sah uns einen Augenblick zu und sagte zu mir: »Mein letzter Rest von Thymian zerfällt zu Staub. Du müßtest mir ein paar frische Stengel holen, wenn es noch welche gibt.«

»Ich weiß, wo sie wachsen«, sagte ich. »Tief unten im Tal von Rapon. Ich gehe sowieso gleich fort, um den Fallenrundgang zu machen, wenn ich mein Kapitel zu Ende gelesen habe.«

»Du kannst es nachher zu Ende lesen. Das Wildragout ist für's Mittagessen, es eilt.«

Mir war es peinlich, Pencroft, Herbert und Cyrus Smith mitten in der Schlacht im Stich zu lassen, und es schien mir nur recht und billig, mich für mein Opfer bezahlen zu lassen.

»Gut!« sagte ich. »Ich werde sofort hingehen. Aber dann gib mir wenigstens zwei Biskuits.«

Sie handelte nicht über meinen Preis und brachte mir zwei Plätzchen, aber sie war schwach genug, dem zusammengekrümmten Grillenwächter, der nie etwas Vernünftiges tat, auch zwei zu geben, die er um so weniger verdiente, als er sie mit den Fingerspitzen ergriff, ohne auch nur den Kopf zu heben, so beschäftigt war er.

Während ich mit der Hand durch die Ledermasche meines Hirtenstabes schlüpfte, sagte sie noch: »Sieh doch zu, ob du auch etwas Fenchel findest, aber weniger groben als das letzte Mal. Er war hart wie Schilfrohr und trocken wie ein Angelstock, gerade gut genug zum Feueranmachen.«

Ich nahm Abstand davon, zu antworten, daß Joseph in eigener Person es gewesen war, der ihn ausgesucht hatte, und meine Plätzchen knabbernd, brach ich auf in die Einsamkeit des Tals von Rapon.

Der Vormittag war schon sehr heiß: die Grillen knisterten verzweifelt, und ein großer, rostroter Bussard kreiste hoch oben inmitten der goldenen Pracht.

Ich lief im trockenen Sommergras am Rand der Ebene entlang, vor mir ein Feuerwerk roter und blauer Heuschrecken, die fächerförmig aufrauschten.

Rapon war ein Tal mitten in den Hügeln: es stieg zwischen zwei bewaldeten Hängen empor, die sich hoch oben in Himmelsnähe trafen.

Auf dem Grund war ein kleiner Erdsee, ein Plateau, wo die derben Bauern von früher Wein, Roggen und Kichererbsen gepflanzt hatten. Aber seit der traurigen Erfindung des Militärdienstes waren ihre Söhne, sobald sie von der Kaserne befreit waren, Gefangene der Städte geblieben und hatten dort Dynastien von Bahnwärtern, Straßenarbeitern und Briefträgern gegründet, so daß der Hügel, der darauf nur gewartet hatte, noch am Todestag der Alten die verlassenen Felder mit dichten Wellen Thymian, Fenchel und Hagedornsträuchern überschüttete.

Trotzdem blieb – genau in der Mitte des Tälchens zwischen zwei Hecken, aus denen ein dichtes Gestrüpp geworden war – noch ein kärglicher Rebenbau übrig, dessen paar Weinstöcke überraschenderweise noch immer riesige Trauben hervorbrachten, wie kleine kränkliche Frauen manchmal einen Schrank von einem Mannsbild, einen Ringkämpfer oder Meisterboxer in die Welt setzen. Darum erschien von Zeit zu Zeit der Besitzer des Feldes, der alte Nieni, um es mit dem Winzermesser gegen die andringende Natur zu verteidigen und ihm einige Ballen Dünger auf dem Rücken desselben Esels zu bringen, der ihn hergestellt hatte.

Deshalb war ich entschlossen, während ich hinter meinem Gespann von fliegenden Heuschrecken hertrottete, ein oder zwei Trauben zu stibitzen, falls ich reife finden sollte.

Ohne bis in die Talsohle hinunterzusteigen, ging ich links am Felsenrand entlang und sah bald, was ich suchte: einen langen Streifen Thymian, der noch vor Sommeranfang im Schatten des kühlen Felsens blühte.

Mühelos riß ich einige schöne Büschel aus und band sie, einen nach dem anderen, an einen langen Bindfaden, dessen beide

Enden ich dann verknotete, um mir ein Wehrgehänge daraus zu machen.

In diesem Aufzug kletterte ich zum ›Plateau‹ hinunter und tauchte in den goldenen Körnerdolden eines Fenchelwaldes unter. Sie waren sehr viel größer als ich, und ich sah keinen Meter weit. Ich kroch also auf allen vieren und stellte mir einen Augenblick vor, ich wäre eine Ameise auf einer Wiese, um mir einen Begriff von den Empfindungen – und vielleicht auch von der Philosophie – dieser geheimnisvollen Tiere zu machen.

Dann schnitt ich mit meinem Hirtenmesser die zartesten Schößlinge dicht an den Wurzeln ab; sofort war ich von einem köstlichen Duft umflutet, der dem Geruch der Lakritze ähnelte. Mit einem anderen Bindfaden band ich die Stengel zusammen. Das Fenchelbündel unter dem Arm, die Thymiangirlande um die Schultern und meinen kostbaren Stab in der Hand verließ ich dann den duftenden Wald, um den einsamen Reben einen Besuch abzustatten.

Aber als ich den Pfad hinaufkam, blieb ich mit offenem Mund wie angewurzelt stehen: auf einem großen weißen Stein, im Schatten der niedrigen Äste einer Kiefer, saß ein sonderbares Geschöpf.

Es war ein Mädchen meines Alters, das aber denen, die ich kannte, in keiner Weise glich.

Sie trug einen Mohnblumenkranz auf langen, glänzend schwarzen Locken und drückte einen Arm voll weißer Clematis, Hügeliris und langstieligem rosa Fingerhut an ihr Herz.

Unbeweglich, blaß und schweigend sah sie mich an. Ihre Augen waren riesengroß und violett wie die Irisblüten.

Sie schien weder erschrocken noch überrascht, aber sie lächelte und sagte nichts, geheimnisvoll wie die Fee aus einem Bilderbuch.

Ich ging einen Schritt auf sie zu; leichtfüßig sprang sie auf den Thymianteppich.

Sie war nicht größer als ich, und ich sah, daß sie keine Fee war, denn an den Füßen hatte sie dieselben weißblauen Sandalen wie ich.

Ernst und mit erhobenem Kinn fragte sie mich: »Welcher Weg geht nach Les Bellons?«

Sie hatte eine hübsche Stimme, ganz hell, und eine etwas

scharfe Aussprache wie die Verkäuferinnen in den Nouvelles Galeries. Ihre großen Augen schauten ganz genau in die gleiche Richtung.

Sofort antwortete ich: »Hast du dich verlaufen?«

Sie trat einen Schritt zurück und sah mich durch ihre Blumen hindurch an.

»Ja«, sagte sie, »ich habe mich verlaufen, aber das ist kein Grund, mich zu duzen; ich bin kein Bauernmädchen.«

Ich fand sie sehr eingebildet und schloß daraus, daß sie reich sein mußte; das schien mir durch die Pracht und Sauberkeit ihrer Kleider bestätigt. Ihre weißen Socken saßen stramm, ihr blaues Kleid schimmerte wie Satin, und durch ihre Blumen hindurch sah ich, daß sie um den Hals eine dünne goldene Kette trug, an der ein Medaillon hing.

»Also gut«, sagte sie, »nach welcher Seite?«

Ich zeigte mit der Hand auf den Hahnentritt der drei Fußwege unten im Tal und sagte: »Der rechte ist der richtige.«

»Danke.«

Ich sah sie fortgehen. Sie hatte hübsche, runde Waden wie die reichen Leute, und die Irisblüten überragten ihren Kopf.

Nun stieg ich zu Nienis Weinberg hinauf. Die Trauben waren noch nicht reif, aber nach einigem Suchen entdeckte ich doch einige, die schon beinahe schwarz waren.

Ich verspeiste die Beute genießerisch, trotz der Bitterkeit der Kerne, die ich zwischen den Zähnen aufknackte.

Ich fragte mich, wer dieses Mädchen sein könnte, das ich noch nie hier in dieser Gegend gesehen hatte. Sie hatte von Les Bellons gesprochen; das war der Weiler, zu dem die Bastide-Neuve gehörte, aber die wenigen Häuser, aus denen er bestand, waren ziemlich weit voneinander entfernt, und unseres lag verloren im Olivenhain am Rand des Kiefernwaldes. Ich dachte mir also, daß sie auf der anderen Seite des Weilers wohnen müsse, in der Nähe von Felix. Oder war es vielleicht ein Mädchen, das aus der Stadt kam und mit seinen Eltern einen Ausflug gemacht hatte?

Ich war gerade mit der ersten Hälfte meiner Traube fertig, als ich durch die Hecken den Blumenstrauß zu mir zurückkommen sah.

Ostentativ drehte ich ihr den Rücken zu und zupfte weiter meine Trauben ab.

Ich hörte sie die Hecke durchqueren, dann rief sie: »Pssst...«

Ich rührte mich nicht.

Sie fing wieder an: »Pssst! Pssst!«

Ich drehte mich um.

»Machst du dieses Geräusch?«

»Ich rufe Sie«, sagte sie in ziemlich scharfem Ton.

»Haben Sie den Weg nicht gefunden?«

Sie antwortete angewidert: »Sie wissen recht gut, daß er durch riesige Spinnweben versperrt ist. Es sind mindestens vier oder fünf, und die dickste Spinne wollte mir ins Gesicht springen.«

»Sie müssen nur um die Spinnennetze herumgehen. Das Tal ist ja groß genug!«

»Ja, aber dann müßte man durch diese hohen Gräser gehen (sie zeigte auf den Fenchel), und das wäre noch gefährlicher. Ich habe ein enormes Tier laufen sehen, es war lang und grün.«

Sie sah mich mit vorwurfsvoller Miene an, als wäre ich für die Sicherheit dieses Gebietes verantwortlich. Ich begriff, daß sie eine Bergeidechse gesehen hatte, aber weil sie mich reizte, sagte ich in ganz selbstverständlichem Ton: »Das muß eine Schlange gewesen sein. Hier ist das Schlangental. Sie nähren sich von Ratten; und weil es hier viele Ratten gibt, gibt es auch viele Schlangen.«

Mißtrauisch gab sie zurück: »Das ist nicht wahr. Sie sagen das nur, um mich zu erschrecken!«

Aber sie blickte sich nach allen Seiten im Gras um. Ich fing wieder an: »Davor braucht man keine Angst zu haben, denn es sind Blindschleichen. Sie sind wohl Kaltblüter, aber ohne Gift. Man muß nur ein bißchen Lärm machen, dann kriegen sie Angst vor Ihnen.«

Ohne mich einen Schritt vom Fleck zu rühren, tat ich so, als untersuchte ich meine Trauben aus nächster Nähe und hielte die Unterhaltung für beendet. Nach langem Schweigen sagte sie sarkastisch: »Wenn ein Junge galant ist, läßt er ein Fräulein an einem so gefährlichen Ort nicht im Stich.«

Ich knackte die letzten Traubenkerne und antwortete nichts. Ich überlegte. Es war sicher später als zehn Uhr, ich mußte den Thymian nach Hause bringen und dann zur Tête-Rouge gehen. Lili hatte mir die ganze Verantwortung für unser bedeutendstes Jagdunternehmen überlassen, für das man uns sogar Fallen geliehen hatte, was man sonst niemals tat. Aber er hatte mir geraten, nicht vor halb elf hinzugehen; die Vernichtung dieser Spinnen erforderte keinen großen Umweg.

Sie mußte ihrerseits nachgedacht haben, denn sie fing wieder an: »Um zu einem Ende zu kommen, erlaube ich Ihnen, mich zwei- oder dreimal zu duzen, wenn Sie mitgehen und die Spinnen verjagen.«

Sie sprach immerzu wie eine Prinzessin, aber ich sah die Angst in ihren Augen. Es war mir klar, daß sie, um diesen Tieren auszuweichen, imstande war, den Weg nach Passe-Temps einzuschlagen und sich endgültig zu verlaufen.

»Gehen wir«, sagte ich. »Aber ich brauche Sie deswegen nicht zu duzen.«

Ich warf die leergegessene Traube in die Hecke (denn wenn Nieni sie fände, wäre er traurig), hob mein Fenchelbündel auf und schwang meinen Stab.

»Es ist besser, ich gehe als erster.«

Entschlossen ging ich vor ihr her.

Als einige Myrtensträucher über den Weg wuchsen, drehte ich mich zu dem Mädchen um und hob die Hand; sie blieb hinter ihrem Blumenstrauß stehen.

Jetzt schlug ich unter wildem Geschrei mit meinem Stock auf die Stauden, dann, als ich mich überzeugt hatte, daß das Gestrüpp unbewohnt war (denn ich fürchtete, dort den Schlangen zu begegnen, die ich gerade erfunden hatte), drang ich lärmend ein.

Bald erreichte ich den Ort der Gefahr.

Ein großes Spinnengewebe, sechseckig wie ein fliegender Drache, versperrte den Pfad. In seiner Mitte, in gelbgestreiftem schwarzem Samt, glänzte die Inhaberin dieses Betriebes. Sie war so dick wie eine Nuß.

Ich blieb stehen, machte dem Blumenstrauß ein Zeichen, näherzukommen und berührte die Spinne leicht mit der Spitze meines Stockes; sie rüttelte wütend an ihrem Netz, das sich nach hinten dehnte, und blies sich auf, so daß sie zusehends voller wurde, wie um einen Anlauf zu nehmen, ehe sie sich auf mich stürzte. Aber ich wußte, daß dies nur ein Manöver war und nichts dergleichen geschehen würde; ich blieb also kaltblütig. Unterdessen wich der Blumenstrauß mit kleinen Schreckensschreien Schritt für Schritt zurück.

Nach einer Minute dieses heldenhaften Schauspiels holte ich mit meinem Stock zum letzten Degenstoß aus, und mit einem einzigen Hieb schnitt ich das feine Spinnennetz entzwei; die Spinne fiel ins Gras, ich zertrat sie mit meinem Absatz und ging weiter, ohne mich auch nur umzusehen.

Das Mädchen überquerte laufend den Schauplatz des Sieges, während ich wie der Dirigent eines Orchesters im Weitergehen rechts und links auf die Büsche schlug.

Am Hahnentrittsteig erwartete ich sie.

»Hier geht Ihr Weg, unten an der Biegung werden Sie Les Bellons sehen.«

»Ich habe wirklich Angst, mich noch einmal zu verirren«, sagte sie. »Ich erlaube Ihnen, mich zu begleiten...«

Gerade das war nicht möglich. Erstens wartete meine Mutter auf den Thymian, zweitens, gab es da oben auf der Tête-Rouge den Fuchs, die Ratten und Ameisen, die vielleicht bereits die zahllose Beute unserer Fallen verschlangen oder den heimtückischen Hinkefuß von Allauch, den ich mir vorstellte, wie er an meiner Stelle den Rundgang machte.

»An einem anderen Tag gern«, sagte ich, »aber heute kann ich nicht.«

»Gut«, sagte sie. Und dann sehr verärgert: »Trotzdem vielen Dank!«

Sie warf ihre Blumen ins Gras und setzte sich am Wegrand nieder, die Hände über den Knien gekreuzt.

Sie war wirklich sehr hübsch. Ihre bräunlichen Augenlider, die von Zeit zu Zeit eilig auf und zu klappten, als mache sie das absichtlich, waren von dichten, nach der Stirn zu anmutig gebogenen Wimpern eingerahmt.

Ich ging zu ihr.

»Sie wollen hierbleiben?«

»Selbstverständlich«, sagte sie. »Ich werde warten, bis jemand vorüberkommt.«

»Hier kommt nie jemand vorüber.«

»Na schön. Wenn meine Mutter merkt, daß ich nicht heimkomme, wird sie die Bauern alarmieren, und die werden mich dann suchen. Gehen Sie nur, da Sie es so eilig haben.«

Einen Moment hatte ich die Absicht, ihr von meinen Fallen zu erzählen und von meiner Verantwortung Lili gegenüber. Aber Fallen sind ein Geheimnis, darüber spricht man nicht.

»Verstehen Sie doch, meine Mutter wartet auf mich«, sagte ich. »Wenn ich zu spät komme, wird sie mich schelten.«

»Dazu hat sie kein Recht, wenn Sie ihr erklären, daß Sie ein verirrtes junges Mädchen gerettet haben. Man hat nicht jeden Tag Gelegenheit, jemanden zu retten.«

Ich brachte eine gotteslästerliche Lüge vor.

»Sie wissen nicht, wie streng sie ist!«

Mit einem kleinen ironischen Lachen rief sie: »Dann rate ich Ihnen sehr, ihr nicht zu sagen, daß Sie ein junges Mädchen mitten unter Schlangen und Spinnen allein gelassen haben!«

Ich dachte noch einmal nach. Der Schatten der Kiefern verdichtete sich am Fuß ihrer Stämme, und auf jedem weißen Stein tanzte eine durchsichtige Luftsäule. Es war sicher schon elf Uhr vorbei. Der Thymian würde nicht sehr viel zu spät kommen. Und dann würde der Bericht dieser Begegnung, passend verkürzt, mir eine romantische Rechtfertigung liefern. Und wenn ich gleich nach dem Mittagessen nach den Fallen sehen würde? Es wäre ja nicht nötig, Lili zu sagen, um welche Zeit ich den Rundgang gemacht hatte.

Als ich mir den Kopf kratzte, lächelte sie mich traurig an und verzog dann das Gesicht, als ob sie weinen wollte.

»Kommen Sie!« sagte ich. »Wir wollen hinuntergehen.«

Sie stand auf und sammelte schweigend ihre Blumen.

Ich machte mich auf den Weg. Der Fußsteig hatte sich zu einem Maultier-Saumpfad erweitert. Sie ging neben mir. Da nahm ich die zweite Traube, die ich an der Thymiangirlande befestigt hatte, und hielt sie ihr ein bißchen linkisch hin.

»Haben Sie gern Trauben?«

»Leidenschaftlich gern«, sagte sie. »Aber«, sie schüttelte den Kopf, »ich bin zu gut erzogen, um gestohlene Trauben zu essen.«

Und wieder schnitt sie ihre Grimassen.

»Also, mir schmecken die gestohlenen besser!« sagte ich zynisch.

»Na, na, ich glaube, da sind Sie im Unrecht, denn das kann mit Gefängnis enden. Sie werden sehr viel weniger stolz sein, wenn man Sie einsperrt und Ihre Familie entehrt ist. Diese Sachen druckt man in den Zeitungen. Das kann ich Ihnen garantieren, denn mein Vater ist an einer Zeitung. Sie heißt ›Le Petit Marseillais‹.«

»Richtig! Den liest mein Onkel täglich wegen der Politik!«

»Oh«, sagte sie ein bißchen verächtlich. »Mit Politik beschäftigt mein Vater sich nicht. Er hat Besseres zu tun!«

»Ist er der Direktor?«

»Oh, viel mehr! Er korrigiert die Artikel aller anderen. Aber ja! Und außerdem schreibt er Gedichte, die in Pariser Zeitschriften abgedruckt werden.«

»Gedichte, die sich reimen?«

»Ja, Monsieur, ganz das. Reime hat er schon tausende gefunden. Er sucht sie in der Trambahn.«

Ich hatte in der Schule Gedichte gelernt und war immer überrascht vom Reim, der am Ende der Zeile steht. Ich dachte, daß

Dichter, die zu einem solchen Gewaltakt fähig wären, außerordentlich selten sein müßten und daß sie alle ohne Ausnahme in meinem Lesebuch stünden. Also fragte ich sie: »Wie heißt er?«

Sie antwortete stolz: »Lois de Montmajour!«

»Wie?«

Sie wiederholte, jede Silbe betonend: »Lo-iss de Montmajour.«

Nein, den gab es in meinem Buch nicht.

Ich kannte Victor Hugo, Louis Ratisbonne, François Coppée, Maurice Bouchor, Eugène Manuel, La Fontaine, Clovis Hugues, aber obiger Name war nicht darunter.

Das wagte ich ihr nicht zu sagen, und ich war von Ehrfurcht erfüllt bei dem Gedanken, daß sie adlig war – nachdem vor ihrem Namen ein »von« stand; vielleicht war sie die Tochter eines Grafen oder sogar eines Marquis; deshalb also durfte man sie nicht duzen.

»Und Ihr Vater? Was ist der?«

»Er ist Professor.«

»Professor? Wovon?«

»Von allem. Er ist an der Schule vom Chemin des Chartreux.«

»An einer Volksschule?«

»Natürlich. Es ist die größte von Marseille.«

Ich wartete auf die Wirkung dieser Mitteilung; sie war niederschmetternd.

Sie zog einen kleinen Flunsch und sagte mit überlegener Miene: »So werde ich Sie aufklären, daß er nicht Professor ist. Er ist Lehrer. Das ist etwas Gutes, aber es ist weniger als Professor.«

Ins Herz getroffen wollte ich ihre Eitelkeit zermalmen, um die meine zu befriedigen, und ihr Joseph in seinem ganzen Ruhm zeigen, indem ich ihr die Bartavellengeschichte erzählte.

Geschickt machte ich einen Umweg, um meinem Thema näher zu kommen.

»Geht Ihr Vater auf die Jagd?«

Wider Willen lächelte ich, denn ich war meiner Sache sicher. Sie machte große Augen, sah ganz entsetzt aus und rief: »Mein Vater? O nein! Um keinen Preis würde er einen kleinen Vogel töten! Er sagt sogar, daß er lieber auf Jäger als auf Kaninchen schießen würde.«

Diese Erklärung nagelte mich fest. Auf einen Jäger schießen! Dieser Mensch war sicher verrückt, und man mußte Joseph und Onkel Jules sofort vor ihm warnen. Aber sie fuhr fort: »Natürlich hat er es nie versucht. Aber wenn er in der Zeitung liest, daß ein Jäger sich mit seinem Gewehr verwundet hat, dann sagt er: das geschieht ihm recht!«

Als ob das Thema damit erschöpft sei, fragte sie gleich weiter: »Sie gehen in der Stadt zur Schule?«

»Ja. Im Oktober komme ich aufs Gymnasium. In die Sexta. Ich werde Latein lernen.«

»Ich bin schon lange auf dem Gymnasium. Und dieses Jahr komme ich in die Quinta. Wie alt sind Sie?«

»Bald elf.«

»Ich bin elfeinhalb und Ihnen um ein Jahr voraus. Latein ist meine besondere Stärke. Ich war Erste beim Übersetzen und Zweite im Aufsatz.«

Sie sah mich einen Augenblick an und bemerkte nachlässig: »Übrigens ist das unwichtig für mich, denn nächstes Jahr werde ich für den Klavierunterricht im Konservatorium angemeldet. Meine Mutter ist Klavierlehrerin und läßt mich mindestens zwei Stunden täglich üben.«

»Können Sie denn spielen?«

»Ganz gut«, sagte sie befriedigt. »Für mein Alter sogar sehr gut. Nur sind meine Hände zu klein. Ich kann gerade eine Oktave greifen.«

Diesem Fachausdruck gegenüber fühlte ich mich von neuem unterlegen und wechselte das Thema der Unterhaltung.

»Und hier sind Sie in den Ferien?«

»Ja«, sagte sie. »Aber ich erinnere Sie daran, daß ich Ihnen erlaubt habe, mich zu duzen, bis wir in Les Bellons sind. Ich frage mich, warum Sie keinen Gebrauch davon machen?«

Ich versuchte wieder die Oberhand zu bekommen.

»Weil es jetzt zu spät ist und weil man Adlige niemals duzt.«

Sie sah mich lange von der Seite an, lachte leise und erklärte: »Ich glaube eher, weil ich Ihnen imponiere.«

»Mir? Überhaupt nicht!«

»Aber ja doch! Nicht ich bin es, die Sie einschüchtert, aber meine Schönheit. Es ist mit allen Jungen immer dasselbe; wenn ich will, werden sie rot!«

Das ärgerte mich sehr, denn Jungens sollen die Mädchen rot werden lassen.

»Bei mir würden Sie das nicht erreichen.«

»Glauben Sie?«

Sie versperrte mir den Weg, stellte sich vor mich hin und sah mir direkt in die Augen, während sie ihren Kopf langsam zurücksinken ließ. Ihr Mund war kaum halb geöffnet und ihre Nasenflügel zitterten.

Ich fühlte voller Wut, wie ich rot wurde, und machte alle Anstrengungen zu lachen.

»Da haben wir's!« rief sie triumphierend. »Er ist rot geworden! Er ist rot geworden!«

Sie streckte einen Arm zum Himmel empor, tanzte mit ihrem Blumenstrauß herum und nahm einen meiner Freunde unter den alten Olivenbäumen zum Zeugen.

»Ihrer Grimassen wegen werde ich rot!« sagte ich.

»Geh, geh«, sagte sie. »Du brauchst dich nicht zu schämen. Eines Tages hörte ich, wie mein Vater zu meiner Mutter sagte: mit zwanzig Jahren wird sie Verheerungen anrichten! Ja, mein Lieber, Verheerungen! Und damit kennt mein Vater sich aus, denn er verkehrt mit Dichterinnen. Mich nennt er Prinzessin. Aber natürlich ist das nicht mein Name. Mein Name ist Isabelle. Ich sage ihn dir und du wirst ihn nie vergessen. Und wie heißt du?«

»Ich heiße Marcel.«

Sie verzog etwas den Mund.

»Das ist nicht schlecht, aber weniger hübsch als Isabelle. Aber dafür kannst du schließlich nichts.«

Wieder stand sie vor mir, ließ ihre Blumen ins Gras fallen und sagte plötzlich: »Gib mir Trauben!«

»Haben Sie denn keine Angst mehr, gestohlene Trauben zu essen?«

»Vorhin wollte ich nicht. Aber jetzt will ich. Gib mir eine nach der anderen!«

Sie kreuzte die Arme auf dem Rücken und machte den Mund auf. Ihre kleinen Zähne, vollkommen regelmäßig, glänzten wie Perlmutter mit einem kleinen bläulichen Reflex, und ihre vollen Lippen waren fein gezeichnet wie ein Bogen mit zwei gleichmäßigen Kurven. Ich legte meine Gewürze auf die Erde und schob mit den Fingerspitzen die erste Beere in diesen kindlichen Mund, dessen geschürzte Lippen mir entgegenkamen.

Sie zerbiß die Beere mit entzücktem Ausdruck und murmelte: »Köstlich! Das prickelt wie Essig! Mehr! Mehr!«

Zehnmal gab ich ihr einen Schnabel voll und immer mit demselben Erfolg. Aber plötzlich bekam sie ganz entsetzte Augen und schrie voller Abscheu: »O diese Hände! Mit so schmutzigen Händen wagst du, mir Trauben zu essen zu geben? Das sind ja richtige Bettlerhände! Jetzt werde ich vielleicht irgendeine scheußliche Krankheit bekommen!«

»Aber nein!« sagte ich recht beschämt, denn meine Hände waren wirklich sehr schwarz, »das ist sauber: es ist Erde... Es kommt davon, daß ich Thymian ausgerissen habe!«

»Du hast trotzdem die Unverschämtheit, mit solchen Händen den Mund eines jungen Mädchens zu berühren! Dazu gratuliere ich Ihnen!«

Sie kehrte mir den Rücken und entfernte sich, kerzengerade einen Fuß genau vor den anderen setzend, als ginge sie auf einem gespannten Drahtseil. Ich sammelte meine Gewürze auf und wollte sie gehen lassen, als sie nach zehn Metern stehenblieb, sich auf der Fußspitze herumdrehte und ärgerlich rief: »Also kommst du jetzt! Ich muß dich meiner Mutter vorstellen! Nachdem du mich begleitet hast, gehört sich das!«

Ich lief zu ihr.

Der kleine Weiler Les Bellons tauchte an der Wegbiegung auf.

Ich fragte: »In welchem Haus wohnen Sie?«

Sie sah mich mitleidig an.

»Im größten, selbstverständlich!«

Sie blieb hinter dem Gebäude stehen, das lang und niedrig war wie die alten Höfe der Provence und ohne die geringste Öffnung in seinem Rücken.

Sie ging um die erste Mauerecke herum, aber ehe sie bei der zweiten angelangt war, hielt sie mich mit einer Armbewegung zurück.

»Warte hier! Ich werde dich rufen!«

Sie verschwand.

Darauf hörte ich eine Frauenstimme, eine tiefe, musikalische Stimme, die sagte: »Sind Sie endlich da, Babette? Ich fragte mich schon, ob der Wolf Sie vielleicht gefressen hätte.«

Ich dachte, das muß ein Dienstmädchen sein, weil sie ›Sie‹ zu ihr sagt.

Aber die junge Stimme antwortete: »Meine liebe Mama, *viel* hat nicht dazu gefehlt!«

Es war also ihre Mutter, die ›Sie‹ zu ihr sagte! Immer dieser Adel!

Sie erzählte weiter: »Stellen Sie sich vor, ich habe mich beim Blumenpflücken verirrt! Und als ich es bemerkte, war ich mitten in einem Tal voll stacheliger Sträucher, die mir die Beine zerkratzten. Dann habe ich faustgroße Spinnen gesehen, schwarz mit gelben Streifen und eine, die sich mit ihren Pfoten den Schnurrbart strich!«

»Das habe ich bei einem Husarenhauptmann gesehen«, sagte die Mutter.

»Lachen Sie nicht, Mama. Diese Tiere waren abscheulich, und ich war ganz erstarrt vor Angst. Außerdem war ich von Schlangen umgeben.«

»Haben Sie welche gesehen?«

»Nein, aber ich hörte sie unter den Büschen pfeifen. Übrigens scheint dieses Tal voll von Schlangen zu sein – das ist bekannt.«

»Wer hat Ihnen das erzählt?«

»Ein Junge, der mich gerettet hat und mich bis hierher begleitete. Erlauben Sie, daß ich ihn vorstelle?«

»Gern!«

Sie kam zu mir gelaufen, nahm mich bei der Hand und führte mich auf die Terrasse, die ich schon kannte, denn hier war ich einmal mit Lili vorbeigegangen, als das Haus noch unbewohnt war.

Es war ein schattiger, freier Platz vor dem langgestreckten Gebäude, auf der Höhe eines abfallenden Hanges, von dem man über eine weite Landschaft niedriger Hügel mit Kiefernwäldern und Feldern sah. Ein von Olivenbäumen eingefaßter Landweg ging zum Dorf hinunter, von dem nur der Kirchturm über ein paar Dächern zu erkennen war.

Isabelle zog mich zu einer schönen, blonden Frau, die sich in einer Hängematte schaukelte, ein offenes Buch in der Hand.

Ich hatte Hängematten auf den Bildern zu Jules Vernes Büchern gesehen; sie bestanden aus grobem Leinen und waren mit eisernen Haken unter der Brücke eines Schiffes aufgehängt. Ich hatte begriffen, daß der Erfinder dieser vom Wellengang sanft geschaukelten Betten im Sinn hatte, die kleinen Matrosen einzuwiegen, damit sie von ihrer Mutter träumten.

Die Hängematte, die ich vor mir hatte, war eines Admirals würdig: ein weites Netz aus braungoldener Seide war an zwei hölzernen Ringen aufgehängt und mit leuchtend roten Kissen geschmückt. Es war zwischen zwei Akazien gespannt und wurde im blauen, von Sonnenflecken durchbrochenen Schatten von der Brise bewegt.

Die Dame auf diesem luftigen Lager war mit einem blauen, goldgestickten Morgenrock bekleidet und ließ anmutig einen

Fuß hängen, der gerade noch mit der Spitze der großen Zehe einen roten Lederpantoffel mit Goldornamenten festhielt.

Als wir auf die Terrasse kamen, zeigte Isabelle mit großer Geste auf mich: »Das ist mein Retter. Seine Hände sind furchtbar schmutzig, aber er ist sehr tapfer. Er hatte nur seinen Stock und ist trotzdem ins Gebüsch eingedrungen; mindestens zehn Schlangen hat er verjagt.«

»Junger Mann«, sagte die Dame, »kommen Sie näher! Ich gratuliere Ihnen zu Ihrem Mut und zu Ihrer Galanterie!«

Ich verbeugte mich riesig geschmeichelt, aber sie fügte brüsk hinzu: »Er hat wirklich sehr schmutzige Hände! Trotzdem, Babette, stand es dir nicht zu, mich darauf aufmerksam zu machen!«

Ich wurde wieder rot und versteckte meine Hände hinter meinem Rücken. Dann wiederholte ich mit jämmerlichem Lächeln meine Entschuldigung: »Es kommt davon, daß ich für meine Mutter Thymian gesucht habe... und wie ich da die Pflanzen ausriß...«

»Schon gut«, sagte die Dame, die leichtfüßig auf die Erde sprang, »das ist mal ein netter Junge, der für seine Mutter Thymian pflückt und die Gelegenheit wahrnimmt, ein verirrtes Fräulein zu retten. Babette, holen Sie Grenadine Sirup, drei große Gläser, Wasser und Strohhalme. Das ist alles im ›Livigrub‹ auf den Regalen.«

Dieses fremdartige Wort hatte ich noch nie gehört, aber ich nahm an, daß es sich um einen Wandschrank handelte, oder vielmehr um ein Büfett im arabischen Stil wie ihre Pantoffeln.

»Kommen Sie mit und helfen Sie mir!« sagte Isabelle, »denn das ist schwer zu tragen.«

Ich folgte ihr.

Hinter dem provenzalischen Perlenvorhang, der die Fliegen abhalten soll, kam ein enger dunkler Gang; rechts ging eine kleine Tür in ein ziemlich großes Zimmer. Wir traten ein, und ich war vor Bewunderung ganz verwirrt.

Zuerst sah ich am Fenster ein glänzend schwarzes Klavier. Am Kamin ein sonderbarer Lehnstuhl, denn seine Rückenlehne bildete eine hohe Nische, als wäre sie ein Schilderhaus von großer Pracht. Das Gestühl war vergoldet und mit rosa Stoff bespannt; an der linken Wand stand eine große polierte Kommode, ganz neu mit einem dicken, runden Bauch; an jeder Schublade waren zwei große, goldene Griffe.

Über diesem Monument hing ein breiter Spiegel in einem

riesigen Rahmen, durchbrochen von Schnitzwerk, das eine Art Efeu darstellte.

Auf dem Rost des hohen Kamins lagen große, ebenfalls vergoldete Eichenklötze, und auf dem Sims eine Stutzuhr unter durchsichtiger Glocke, so groß wie die kleine Schwester und ganz mit Gold eingelegt. Während ich diesen Luxus bestaunte, bemerkte ich, daß ich auf einem Teppich ging, zehnmal größer als mein Bettvorleger, bis unter die Möbel reichte er!

Isabelle öffnete einen großen Schrank, den ich noch nicht entdeckt hatte, da er hinter mir stand. In den geschnitzten Türen waren Glaswände, und ich konnte Regimenter von Gläsern und Tassen sehen, angeführt von blauen und grünen Karaffen, silbernen Kaffeekannen und Flaschen, die nicht die Form von Flaschen hatten.

Ich nahm an, daß dieses Möbel das »Livigrub« war.

Sie nahm ein großes, glänzend schwarzes Tablett heraus, auf das lauter goldene Chinesen gedruckt waren. Das gab sie mir in die Hände, stellte drei Gläser darauf, eine Flasche Sirup, die in einem silbernen Untersatz stand (sogar der Stöpsel war aus Glas und geschliffen wie ein Diamant) und einen blauen Siphon, wie man sie auf den Kaffeehausterrassen sieht.

Wir setzten uns an einen grün gestrichenen Tisch unter die Akazie, und ich rieb meine Hände kräftig an meiner Hose ab, um sie etwas weißer zu machen.

Mit Strohhalmen tranken wir zwei große Gläser frischer Grenadine, das Wasser aus dem Siphon prickelte wie Limonade. Das überraschte mich nicht, da Mangiapan es mir so beschrieben hatte.

Isabelle saß an meiner Seite, das Kinn erhoben, die Augen halb geschlossen, die Hände um die Knie geschlungen, und schien zu träumen, während ihre Mutter mir Fragen stellte.

Sie wollte wissen, wo wir wohnten.

»In der Bastide-Neuve«, sagte ich.

Daß sie von deren Vorhandensein nichts wußte, verblüffte mich; ich mußte die Lage genau erklären.

Dabei war sie nur zweihundert Meter von dem Weiler entfernt, aber die Oliven- und Feigenbäume verbargen sie vor den Blicken, wenn man nicht gerade den Hügelweg benutzte.

»Haben Sie eine Schwester?«

»Ja«, sagte ich. »Aber sie ist sehr klein. Dreieinhalb Jahre alt.«

»Das ist schade. Sie hätte herkommen, mit Isabelle spielen und sie davor bewahren können, sich zu verlaufen.«

»Ich werde mich nicht mehr verlaufen«, rief Isabelle. »Und außerdem, wenn mir das noch einmal passieren sollte, müßten Sie ihn nur verständigen. Er wird mich sofort wiederfinden.«

Die Dame schien zu zögern, dann sagte sie: »Ich würde ihn gern einladen, hier mit Ihnen zu spielen, wenn ich sicher wäre, daß er keine unanständigen Worte gebraucht.«

»Kein einziges, Mama! Er hat schmutzige Hände, aber unanständige Worte sagt er nicht!«

»Ist das auch wirklich sicher?« fragte die Dame und sah mich an.

Mein Gesicht bekam einen angewiderten Ausdruck, und, meine Hände unter dem Tisch versteckend, erklärte ich: »Ich und unanständige Worte! Ich weiß schon ein paar, aber die spreche ich nie aus.«

»Nie?« sagte die Dame mit zweifelnder Miene.

Ich machte ein Zugeständnis.

»Vielleicht in der Schule oder wenn ich mir die Finger in einer Falle einklemme...«

»In einer Falle?« schrie die Dame. »Sie stellen Fallen?«

Das war natürlich etwas, worüber man bei einem Jäger auf Jäger nicht sprechen durfte. Aber ich nahm dieses unvorsichtige Wort sofort zurück, indem ich hinzufügte: »Für die Ratten! Rattenfallen, denn wir haben Ratten im Haus.«

Augenblicklich wurde mir klar, daß ein Haus voll Ratten die Familie in Mißkredit bringen würde, und ich fügte überstürzt hinzu: »Im Keller. Manchmal kommen Ratten in den Keller.«

Schließlich reduzierte ich auch noch die Anzahl der Ratten: »Es sind nur zwei, aber ziemlich große, und sie fressen die Vorräte an. Wenn ich mir also die Finger in einer Falle einklemme...«

Sie schien erleichtert.

»Das ist ja nicht weiter schlimm, ein unanständiges Wort zu sagen, wenn man allein im Keller ist...«, bemerkte Isabelle.

Und als zusätzliche Entschuldigung äußerte sie noch: »Im Keller ist niemand, und außerdem ist es dunkel.«

»Dann wollen wir es auf alle Fälle einmal versuchen. Sie machen den Eindruck eines netten Jungen, und sicher gibt es auch Tage, an denen Ihre Hände sauber sind.«

»O ja«, sagte ich, »oft!«

»Nun gut, an diesen Tagen gebe ich Ihnen die Erlaubnis, mit Isabelle zu spielen.«

Ich dachte, daß man in dieser Familie oft und viel von Erlaubnis sprach, aber daß man sie erhielt, ohne darum gebeten zu haben.

Von weitem hörte ich das Angelusläuten und stand sofort auf.

»Ich bitte um Entschuldigung, Madame. Ich glaube, es ist zwölf Uhr, und meine Mutter erwartet mich.«

»Kommen Sie ja nicht zu spät, und nochmals Dank für Ihre mutige Hilfe! Babette, begleiten Sie Ihren Freund bis zum Fußweg. Bis bald!«

Als wir hinter der Mauer waren, sagte sie: »Kommst du heute nachmittag?«

»Wenn ich kann. Ich habe zu Haus noch zu arbeiten, aber sobald ich frei bin, komme ich.«

»Ich lade dich zur Vesper ein. Ich habe Aprikosenmarmelade und Katzenzungen. Und dann werde ich dir meine Spielsachen zeigen – eine Unmasse Spielsachen. Ich erlaube dir, meine Hand zu küssen.«

Sie streckte mir den Rücken ihrer braunen Hand hin. Am Anfang jedes Fingers gab es ein rosa Grübchen. Ich zog die Hand an meine Lippen.

»Ich wußte es doch«, rief sie, »so macht man das aber nicht.«

»Wie denn dann?«

»Du darfst die Hand nicht hochheben, du mußt den Kopf senken, wie um mich zu grüßen. Mach's gleich noch mal!«

Ich fing noch einmal an, etwas behindert durch die Thymiangirlande und das Fenchelbündel.

»Nicht schlecht«, sagte sie, »aber noch nicht ganz richtig. Ich werde es dir heute nachmittag beibringen.«

Im Trab lief ich zur Bastide-Neuve. Von weitem sah ich, daß die ganze Familie auf der Terrasse bei Tisch saß.

Als Paul mich bemerkte, stand er auf und lief mir entgegen um mir mitzuteilen, daß die Jäger »einen Dachs ausgegraben« oder vielmehr den ganzen Morgen damit zugebracht hatten, dieses Tier aus seinem unterirdischen Bau zu locken.

Die Trophäe war am niedrigsten Ast des Feigenbaumes an den Hinterfüßen aufgehängt und sah aus wie ein kleines, in ein Bärenfell eingenähtes Schwein. Der Dachs war häßlich und stank ganz fürchterlich.

Ich bewunderte ihn mit erhobener Stimme, um mir für mein Zuspätkommen die Verzeihung der Jäger zu sichern. Onkel Jules berichtete mit jovialem Stolz, daß er ihn mit einer Ladung Schrot ins Genick »an Ort und Stelle festgenagelt« hatte.

Tante Rose, anstatt ihm zu gratulieren, erklärte, es sei dringend nötig, den Kadaver, der schon die Fliegen anzog, zu begraben, denn er wäre ja doch zu nichts zu gebrauchen. Ich versicherte daraufhin, daß François ihn mit bestem Appetit aufessen würde, und zur großen Befriedigung von Onkel Jules war der nutzlose Mord nunmehr gerechtfertigt.

Meine Mutter lobte den Thymian, den ich ihr brachte, sagte aber dann: »Wenn ich auf dich gewartet hätte mit dem Wildragout...«

Ich setzte mich an den Tisch und antwortete: »In Rapon habe ich auf einem großen Stein ein Mädchen gefunden.«

Onkel Jules fragte mit entsetztem Gesicht: »Tot?«

»O nein! Es war ein Mädchen, das sich verirrt hatte.«

»Also eine noch gefährlichere Begegnung!« sagte der Onkel.

»Im Gegenteil, sie hatte Angst vor den Spinnen, und ich mußte sie nach Hause bringen, sonst wollte sie auf der Stelle sterben.«

»Alles in allem«, sagte mein Vater, »hast du ihr also das Leben gerettet.«

»Vielleicht.«

»Wie alt ist sie?« fragte meine Mutter.

»Zwölf Jahre. Sie ist so groß wie ich.«

»Und wo wohnt sie?«

»In dem langen Haus in Les Bellons. Ich habe ihre Mutter gesehen, sie ist wundervoll!«

»Sieh mal an!« sagte der Onkel.

»Und das Mädchen?« fragte Paul.

»Sie ist sehr hübsch. Nur spricht sie geziert und hat komische Manieren. Aber schöne, ganz runde Waden.«

»Das ist dir aufgefallen?« fragte mein Vater.

»Man sieht es so genau, weil sie ein kleines Gesicht hat, ihre Augen nehmen den ganzen Platz ein.«

»Also gefällt sie dir«, sagte Tante Rose.

»Soso lala. Sie sagt ›Sie‹ zu ihrer Mutter.«

»Dann ist es nicht ihre Mutter«, sagte Paul kategorisch.

»Aber ja, es ist ihre Mutter, wenn sie doch ›Mama‹ zu ihr sagt. Du warst nicht dort, aber ich. Und ihre Mutter sagt noch dazu ›Sie‹ zu ihr!«

Bei dieser Eröffnung bekam Paul einen Lachkrampf, dem drei so gewaltige Hustenanfälle folgten, daß er einen Mund voll Sardinen mit Tomatensauce in die Luftröhre bekam, und ich befürchtete, er würde vor unseren Augen ersticken; aber einige Klapse auf seinen Rücken ließen ihn wieder zu Atem kommen.

»Ich wette«, sagte der Onkel, »daß dieses Mädchen schwarzhaarig ist.«

»Wie eine Amsel. Und ihre Mutter ist ganz blond, liegt in einer Hängematte, und ein roter Pantoffel baumelt an ihrem Fuß.«

»Wo hast du das gesehen?« fragte mein Vater.

»Da unten auf der Terrasse unter dem Akazienbaum.«

»Dann kenne ich sie«, sagte der Onkel. »Ich habe sie im Dorf in der Messe gesehen, mit diesem Mann, dem ich manchmal in der Trambahn begegne... Der Herr Pfarrer hat mir erzählt, daß er am ›Petit Marseillais‹ arbeitet.«

»Stimmt«, sagte ich. »Und er ist sogar mehr als Direktor: er korrigiert die Fehler aller anderen.«

»Das will heißen«, fuhr der Onkel fort, indem er sich an meinen Vater wandte, »daß er in der Druckerei der Zeitung Korrektor ist.«

»Und das bedeutet«, sagte Joseph, »daß er die Fehler der Drucker und nicht die der Redakteure korrigiert.«

Mir schien das noch viel schwieriger und jedenfalls ruhmvoller, und um die Familie meiner neuen Freundin zur Geltung zu bringen, fügte ich hinzu: »Und außerdem macht er wundervolle Gedichte, die in Paris jeder kennt.«

»Paris ist weit weg«, sagte der Onkel. »Hier hat man noch nichts davon gehört.«

Ich protestierte: »Jedenfalls ist er ein Aristokrat. Er heißt Lois de Montmajour.«

»Donnerwetter!« rief der Onkel. »Hat die Kleine dir das erzählt?«

»Selbstverständlich. Lois de Montmajour. Und deshalb sagen sie auch in der Familie ›Sie‹ zueinander. Weil es Aristokraten sind.«

Der Onkel lächelte und sagte: «Offenbar ist das ein Nom de Guerre.«

Ich wußte nicht, daß dies soviel wie Künstlername bedeutet, und entnahm daraus, daß dieser Name der Familie auf Grund besonderer Verdienste irgendeines Vorfahren verliehen worden war. Daher erwiderte ich: »Das würde mich nicht wundern!«

Der Onkel fuhr fort: »Diese Dichter sind nie sonderlich bescheiden, aber schließlich tut das niemandem weh!«

»Vor allem«, sagte mein Vater, der immer fürchtete, Unbekannte zu unterschätzen, »wollen wir nicht voreilig urteilen. Vielleicht ist er ein großer Dichter.«

»Das ist nicht unmöglich«, sagte der Onkel, »denn er ist schon zweimal in die verkehrte Trambahn eingestiegen.«

»Zu so einem Mann hätte ich kein Vertrauen«, sagte meine Mutter. »Die Dichter – das lebt in den Wolken und verhungert zum Schluß.«

»Nicht alle«, sagte Tante Rose. »Wenn sie Schlager dichten, verdienen sie sehr gut. Der Mann von Lucienne, der Postbeamte, schreibt Chansons für's Alkazar, und die bringen ihm viel Geld. Dabei strotzen sie von unanständigen Ausdrücken, aber sie reimen sich eben.«

»Du hast merkwürdige Ansichten über die Poesie«, sagte Onkel Jules.

»Also ich kann euch versichern«, rief ich begeistert, »daß ihr Vater viel Geld hat! Ich war im Haus, da habe ich Möbel gesehen, wie im Museum von Longchamps, und ein Klavier!«

»Ein Klavier?« fragte Tante Rose. »Das ist wohl das erstemal, daß man hier in den Hügeln so etwas sieht!«

»Ich habe es gesehen. Und das alles steht in einem Eßzimmer, in dem ein riesiger Teppich liegt. Und außerdem ist ein prachtvoller Schrank dort, den man ›Livigrub‹ nennt.«

»Wie?« fragte Joseph erstaunt.

»Livigrub.«

»Wer hat dir das gesagt?« fragte meine Mutter.

»Die Dame. Sie hat gesagt: die Gläser sind im Livigrub. Und da waren sie auch.«

Mein Vater versuchte mit gerunzelten Augenbrauen zu verstehen. Meine Mutter, die nicht viel wußte, aber alles erriet, sagte schüchtern: »Es ist vielleicht ein englisches Wort.«

»Ich hab's!« rief Joseph. »Ein Livingroom! Damit war nicht der Schrank, sondern das Zimmer gemeint, in dem er stand.«

»Sicher ist es so«, sagte Onkel Jules. »Und das ist sehr schade. Denn ein ›Livigrub‹ machte mich neugierig, es war poetisch, während ein Livingroom nur beweist, daß die Dame an einem geistigen Tick leidet und daß diese Leute kleine Snobs sind.«

Da ich das letztere Wort nicht verstand, machte ich ein Zugeständnis: »Das ist schon möglich«, sagte ich, »und vor allem muß er einen schlechten Charakter haben, denn seine Tochter hat gesagt, er schießt lieber auf Jäger als auf Vögel.«

»Das verstehe ich«, sagte der Onkel mit wichtiger Miene. »Es ist leichter, denn ein Jäger ist größer und außerdem fliegt er nicht weg.«

»Nein, Onkel, mach keine Witze! Ich versichere dir, es ist ernst gemeint, Isabelle hat es mir gesagt.«

»Na, na!« sagte Paul und schüttelte ängstlich den Kopf.

»Hat er schon viele Jäger erlegt?« fragte mein Vater.

Da ich merkte, daß sie sich lustig machten, zuckte ich nur die Achseln.

»Bestimmt nicht, aber jedenfalls hat er es gesagt, und das beweist seinen schlechten Charakter.«

»Ach«, sagte Paul philosophisch, »ich sage auch oft solche Sachen und nachher führe ich sie doch nicht aus. Vielleicht, wenn er Papa und Onkel Jules in den Hügeln begegnet und...«

»Wenn er uns begegnet«, unterbrach Onkel Jules auf einmal richtig wild, »um so schlimmer für ihn, denn wir werden ihn zuerst sehen und du wirst ihn dann hier aufgehängt finden wie diesen Dachs.«

»Etwas höher«, sagte mein Vater, »weil er größer sein dürfte.«

Aber ich hörte nicht mehr auf ihre Scherze, sondern verschlang mein Kotelett und dachte an diese seltsame Isabelle, die mir ihre Hand zum Küssen gegeben hatte und nun auf mich wartete.

Nach dem Essen hielten alle ein Mittagsschläfchen auf Liegestühlen oder in ihren Zimmern mit Ausnahme von Paul, der die Stickschere entwendet hatte, um dem Dachs die Haare abzuschneiden. Er gab vor, Bürsten für die Damen und Rasierpinsel für die Herren daraus machen zu wollen.

Ich beschloß also, daß es an der Zeit sei, unsere Fallen zu besuchen. Ich konnte den Rundgang – im Trab – in knapp einer und einer halben Stunde machen. Lili würde erst gegen fünf Uhr in der Bastide-Neuve sein; daher könnte ich, wenn ich Lust dazu hätte, von drei bis fünf Uhr mit Isabelle spielen.

Natürlich war es ein bißchen lächerlich, zwei Stunden mit einem Mädchen zu verbringen. Um womit zu spielen? Vielleicht mit Puppen? Oder Seil zu springen? Aber da sie mich eingeladen hatte, konnte ich mich nicht weigern, ohne unhöflich zu sein. Und erst kommt die Höflichkeit, vor allem bei Aristokraten.

Ich ging in die Küche und weichte meine Hände mindestens zehn Minuten in Wasser ein. Dann seifte ich sie dreimal nacheinander ab, so daß sie kaum noch wiederzuerkennen waren;

das Fleisch an den Fingerspitzen war ganz aufgeweicht und zerrieben wie an den Händen der Wäscherinnen. Dann gelang es mir mit einem zugespitzten Zündholz, diese kleinen schwarzen Hörnchen, die sich unter meinen Nägeln angesammelt hatten, zu entfernen. Schließlich entdeckte ich auf einem Regal in einem Porzellantiegel eine grüne, aromatisch duftende Pomade gegen Stirnhöhlenkatarrh, aber ich hielt sie für ein Schönheitsmittel; damit fettete ich meine Haare ein, die ich lange mit der Bürste bearbeitete, in der Hoffnung, ein Haarbüschel zu bändigen, das sich mitten auf meinem Schädel widerspenstig sträubte, wie man es bei einer gewissen Sorte von Papageien sieht. Mein Bemühen glückte nur zur Hälfte; deshalb zog ich meine hübsche blaue Leinenmütze bis über beide Ohren, um mein sehenswert aufgefrischtes Haar wieder zu glätten. Zum Schluß ging ich in mein Zimmer, zog eine naturfarbene Leinenbluse an und kam fein geputzt heraus.

Paul, den diese Sauberkeit überraschte, fragte: »Wo gehst du hin?«

Wahrheitsgemäß antwortete ich: »Nach den Fallen sehen.«

Ich stieg also zu den Kiefern hinauf. Aber als ich oben auf dem Hang von Petit-Oeil war, gerade unterhalb von Redouneau, blieb ich stehen, um zu verschnaufen, und als ich mich umdrehte, sah ich hinter dem Dach von Isabelle's Haus die Wipfel der Akazien, die mir im Winde Zeichen machten.

Augenblicklich empfand ich ein Schuldgefühl, das von äußerst empfindlichem Gewissen zeugte, mir aber heute sehr verdächtig vorkommt.

»Morgens bin ich nicht zu den Fallen gegangen, weil ich die Pflicht hatte, ein junges Mädchen zu retten. Das ist nicht meine Schuld! Aber was nützt es, wenn ich jetzt nach ihnen sehe, da Lili und ich ja sowieso gleich zusammen gehen? Wenn die Tiere die Vögel aufgefressen haben – was kann ich daran ändern? Und wenn der Hinkefuß dort war, sind die Fallen sowieso beim Teufel. Also, wozu soll ich hingehen? Damit Lili denkt, daß ich heute früh dort gewesen bin? Ich finde, das ist die reine Heuchelei. Ich brauche ihm nur die Wahrheit zu sagen, und wir machen den Rundgang gemeinsam um fünf Uhr. Ich habe ihn noch niemals angelogen und werde heute nicht damit anfangen.«

Beruhigt durch diese Feststellung meiner eigenen Aufrichtigkeit nahm ich Kurs auf Les Bellons.

Als ich durch einen verlassenen Obstgarten kam, kletterte ich auf einen Mandelbaum und füllte meine Taschen mit Mandeln, die man ›Prinzessinnenmandeln‹ nennt, weil ihre Schale so fein ist, daß man sie zwischen Daumen und Zeigefinger zerdrücken kann. Dann schlenderte ich weiter wie ein Spaziergänger, blieb von Zeit zu Zeit stehen, um die Landschaft zu bewundern, und kam so bis zum Haus der Aristokraten.

Als ich an der Ecke des langen Gebäudes ankam, riskierte ich einen Seitenblick; auf der Terrasse war niemand, aber ich hörte Klavierspiel.

Ich dachte, daß die Mutter ihre Stunde gab, und schlich lautlos an der Mauer entlang, der Musik entgegen.

Das Fenster war offen, noch ein Schritt, und ich sah Isabelles Rücken. Sie war es, die spielte, und mit beiden Händen zu gleicher Zeit! Ich war vor Überraschung und Bewunderung verwirrt. Die kleinen braunen Finger eilten über die Tasten, ein dünnes Silberarmband tanzte um ihr Handgelenk. Manchmal erhob sie eine Hand, die einen Augenblick in der Luft hängenblieb, und dann mit einer unglaublichen Geschwindigkeit auf mehrere Tasten zugleich niederfiel wie ein Sperber auf die Schwalben.

Ich bewegte mich ebenso wenig wie eine Statue, sah das Zusammenziehen der zarten Schultern und den kleinen, blassen Nacken zwischen zwei seidig glänzenden Zöpfen, aber die Musik hörte plötzlich auf und Isabelle drehte mir den Kopf zu; sie lächelte und sagte: »Ich habe Sie in der Spiegelpolitur des Klaviers kommen sehen... Gefällt dir diese Musik?«

»O ja!«

»Das ist ein schweres Stück. Ich kann es noch nicht besonders gut, aber ich übe es jeden Tag. Nächsten Monat zum Geburtstag meines Vaters muß ich es spielen. Für dich werde ich es noch einmal von vorn anfangen. Komm herein! Mama ist nicht da; sie ist dem Dichter entgegengegangen, weil er heute nachmittag frei hat.«

Ich sprang auf das Fensterbrett, dann auf den schönen Teppich.

Sie drehte blitzschnell die Seiten eines Notenalbums um, dann, ihre Finger massierend, sagte sie: »Komm näher!«

Zu meiner großer Überraschung hieß sie mich auf den Boden sitzen, direkt an der Schmalseite des Klaviers, und befahl mir, das Ohr an die Wand des Instrumentes zu legen, was ich folgsam tat. Ich wartete, bereits verzückt.

Zu dieser Zeit war der Phonograph noch ein Zauberapparat, ausschließlich Millionären vorbehalten, und Radio gab es nicht.

Um wirkliche Musik zu hören, mußte man ins Konzert gehen oder in die Oper, und der Preis eines Platzes an diesen geheiligten Orten kostete bis zu einem halben Louis d'Or.

Daher hatte ich bis dahin noch nichts gehört, außer der Militärmusik am Sonntag, deren Glanzstück ›Dichter und Bauer‹ war, die Gitarre der Straßensänger, die fernen Tonleitern einer unbekannten Nachbarin und die reizenden, aber fadenscheinigen Töne der kleinen Flöte meines Vaters.

Gespannt und von Neugier verzehrt schloß ich die Augen.

Plötzlich hörte ich brausende Glocken gewaltig läuten, zuerst vereinzelt wie die ersten Tropfen eines Sommerregens, schließlich kamen sie näher und vereinigten sich in drei- und vierfachen Akkorden, die in Kaskaden aufeinanderfielen, dann auseinander rieselten und sich wie eine tönende Wasserfläche ausbreiteten, die auf einmal von einem abprallenden Hagel blitzschneller Noten durchbrochen wurde, während weit entfernt der Donner in dunklen Tiefen grollte, die im Innersten meiner Brust widerhallten.

Eine zärtliche Melodie irrte durch dieses Gewitter; sie erhob sich für Augenblicke zum Himmel, kletterte bis in die höchste Höhe des Klaviers und ließ in der Nacht die weißen Funken der Musik sprühen.

Ich war erst wie betäubt, dann verblüfft, dann berauscht. Die Arme ausgestreckt, flog ich mit schwirrendem Kopf und klopfendem Herzen über die grünen Gewässer eines geheimnisvollen Sees; ich versank in den Nestern des Schweigens, aus denen ich plötzlich wieder auftauchte auf dem Atem weiter Harmonien, die mich den roten Wolken des Sonnenunterganges entgegentrugen.

Ich weiß nicht, wie lange dieser Zauber dauerte. Endlich, am Rand einer steilen Küste, öffneten vier Akkorde, einer nach dem anderen, langsam ihre Flügel, flogen davon und verschwanden in einem vergoldeten Nebel, während die Echos aus dem Ebenholz sich nicht entschließen konnten, zu sterben.

Isabelle berührte mich mit der Fußspitze, und in einem Schauer erwachte ich.

»Nun«, sagte sie, »gefällt dir das?«

Ich wußte nicht, was ich antworten sollte, lächelte verlegen, betrachtete die kleinen Hände, die soviel Musik erweckten, und begriff, daß dies eine Fee war, die den Schlüssel zu einer anderen Welt besaß.

Ich wagte nicht, ihr in die Augen zu sehen.

Sie stand plötzlich auf, wurde wieder ein kleines Mädchen und sagte lachend: »Wach auf und komm mit! Wir werden jetzt das Hopsespiel ›Himmel und Hölle‹ spielen.«

Über diesen Vorschlag war ich nicht böse, denn wir kehrten in mir bekannte Bezirke zurück. In der Schule spielte ich das Hopsespiel zwar nicht mehr, weil es keinen mir ebenbürtigen Gegner gab; aber in Anbetracht der Musik beschloß ich, Isabelle das erste Spiel gewinnen zu lassen.

Ich erlebte eine große Überraschung; ich mußte bemerken, daß ich wie ein Bär auf dem ganzen Fuß hüpfte und eifrig bemüht war, den Kiesel mit der Spitze meiner Schuhsohle vorwärts zu schleudern. Als sie an die Reihe kam, fing sie wie eine Bachstelze zu tanzen an; der Kiesel rollte vor ihr her und glitt wie verhext bis in die Mitte des nächsten Häuschens.

Ich verlor vier Spiele und war rot vor Ärger. Doch sie machte sich nicht über mich lustig. Nach der letzten Pirouette, bei der ihr Rock sich drehte und mich ihre schönen Beine sehen ließ, rief sie: »Jetzt bin ich müde! Wir wollen etwas anderes spielen, wo man nicht laufen muß. Kennst du ›Das kleine Mädchen mit dem Schwefelhölzchen‹?«

Ich war etwas verdutzt und antwortete: »Die aus dem Tabakladen?«

Sie lachte laut, schlug sich dann mit der Hand auf den Mund, worauf ein langgezogenes »oh« folgte, während sie mich mit entrüstetem Erstaunen ansah.

Ich fragte bedrückt: »Was ist denn das?«

»Das ist eine der schönsten Geschichten, die es auf der Welt gibt. Aber es ist keine wahre Geschichte, sondern ein Märchen. Und du hast eigentlich Glück, daß du es noch nicht kennst, denn ich werde es dir jetzt vorlesen.«

Sie lief ins Haus.

Ich hatte kein gutes Gewissen. Was würde Lili sagen, wenn er mich hier sähe, ganz verdorben durch Musik und von einem Mädchen im Hopsespiel geschlagen? Ich stand rasch auf, blieb aber auf dem Fleck stehen, denn sie kam schon zurück mit einem Buch in der Hand.

»Leg dich in die Hängematte!« sagte sie, »und rühr dich nicht mehr.«

Ich hatte noch nie Gelegenheit gehabt, mich in diese graziöse Schaukel zu begeben; beim ersten Versuch rutschte das perfide Netz unter mir weg, und ich fiel ungeschickt auf den Rücken.

Sie brach in Lachen aus, während ich in meiner Verwirrung an den ›mißlungenen Knaben‹ dachte, der vom Baum gefallen war.

»Komm!« sagte sie freundlich. »Steh auf. Ich werde dir helfen!«

Sie hielt den Rand der Hängematte mit beiden Händen fest, und es gelang mir, mich hineinzulegen, den Kopf weich von einem parfümierten Seidenkissen gestützt.

Isabelle setzte sich mit baumelnden Beinen auf den Tischrand. Sie machte ihr Buch auf und las mir die ergreifende Tragödie dieses kleinen Mädchens aus dem hohen Norden vor.

Ich mochte traurige Geschichten nicht besonders gern und wehrte mich gegen die Rührung, indem ich mir erst einmal sagte, daß all das nicht wahr sei, und dann schwächte ich die Macht der Poesie durch Überlegungen praktischer Natur ab, die mir durch die Einschaltung der Vernunft Zeit gaben, meine Empfindung zu meistern.

Von der ersten Zeile der Erzählung an war es kalt, dunkel und der Schnee fiel. Diese harten klimatischen Bedingungen gingen mich gar nichts an, da ich mich im lauen Schatten einer Akazie am Rande der sonnigen Hochebene schaukelte.

In der fünften Zeile verlor das unglückliche Kind, barhäuptig wie es war, dummerweise seine Holzpantinen und mußte *mit seinen nackten kleinen Füßen, die schon blau vor Kälte waren*, durch den Schnee laufen!

Ich dachte erst, daß sie es nicht verstand, sich aus der Affäre zu ziehen, daß ihre Eltern Verbrecher waren, sie allein im Schnee wegzuschicken, und daß derjenige, der diese Geschichte erzählt hatte, mit allen Mitteln versuchte, mich zu quälen; ich weigerte mich also, ihr zuliebe an den Füßen zu frieren. Aber Isabelle nahm die Sache sehr ernst und las mit tiefer Überzeugung, als ob es in der Zeitung stehe. Man hätte denken können, sie habe mehrere Stimmen. Manchmal kalt und einförmig, wie der fallende Schnee, dann feinschmeckerisch und genießerisch, um zu sagen: *In der ganzen Straße roch es köstlich nach den Braten, die auf den Feuern brieten*, dann vor Empörung zitternd, als der abscheuliche Junge den zweiten Pantoffel der Unschuldigen stahl. Sie war sicher Klassenerste im Vortragen, denn sie las so gut wie M. Besson und vielleicht noch besser... Da das Zauberklavier meine Gefühle bereits erschüttert hatte, durchdrang Isabelles Stimme, ebenso tragisch wie die Geschichte, nach und nach meine Abwehr, und ich fühlte, wie Rührung mich übermannte.

Es fing an, als das kleine Mädchen versuchte, *seine armen, vor Kälte abgestorbenen Hände zu erwärmen, indem es seine Streichhölzer, eins nach dem anderen* abbrannte: ich war gezwungen, diesen mit Sicherheit ungenügenden Versuch einer Erwärmung zu bemitleiden, und als ich sie sah, wie sie immer blasser und blaugefrorener wurde, erfaßte mich große Unruhe, was die Fortsetzung der Ereignisse betraf.

Einen Augenblick tröstete mich der durch die blendende Flamme dieser – sicher schwedischen – Streichhölzer hervorgerufene Zauber, dank der plötzlichen Heiterkeit in Isabelles Stimme, die triumphierend diese wunderbaren Visionen beschrieb, und die Erscheinung der Großmutter beruhigte mich, obwohl sie mir unerklärlich schien. Als sie schließlich alle beide zum lieben Gott kamen, war ich sehr zufrieden, daß es ihn gab, um ihnen das Glück zu schenken, das sie verdienten. Aber es war noch nicht zu Ende.

Der grausame Erzähler hatte sich eine schreckliche Enthüllung für die letzten Zeilen aufgehoben. Isabelle las sie langsam, denn bebende Erregung schnürte ihr die Kehle zu, und als sie vorgelesen hatte: *tot, erfroren in der letzten Nacht des Jahres*, konnte sie kein Wort mehr herausbringen, und dicke Tränen flossen über ihre blassen Wangen.

Mir fiel es schwer, ein Schluchzen zurückzuhalten; endlich fand sie die Sprache wieder: *Der Neujahrstag dämmerte über der kleinen Leiche, die auf der Erde saß, inmitten ihrer abgebrannten Schwefelhölzer.*

Nun schien es mir, daß sie selbst die kleine Tote war; ich sah sie ganz bleich im Schnee und sprang aus der Hängematte, um ihr zu Hilfe zu kommen.

Sie stieß mich sanft zurück und sagte mit erstickter Stimme: »Warte!«

Sie las die letzten Zeilen: *Niemand wußte von den schönen Dingen, die sie gesehen hatte, noch von der Herrlichkeit, in die sie mit ihrer alten Großmutter eingegangen war in ein frohes neues Jahr.*

Diese Herrlichkeit tröstete mich nicht. Sie war erfroren, das war alles. Der Rest war Schwindel, und als ich Isabelle, getragen von der Auferstehungskraft einer alten Dame mit weißem Haar sich in die Lüfte erheben sah, weinte ich heiße Tränen und drückte sie an mein Herz, um sie auf der Erde festzuhalten.

Während sie noch weinte, fing sie an zu lachen: »Du dummer Junge«, sagte sie. »Es ist doch nur eine Geschichte und das ist ja alles gar nicht wahr! Du müßtest dich schämen, so zu weinen!«

»Aber Sie weinen ja auch!«

»Ich bin ein Mädchen, und außerdem macht es mir Spaß, zu weinen. Aber ein Junge...«

Plötzlich unterbrach sie sich und sagte: »Da ist mein Vater!«

Sie zog ein kleines, mit Spitzen umsäumtes Viereck aus der Tasche und trocknete sich die Tränen. Unterdessen schneuzte ich mich in mein kariertes Taschentuch.

Ihre Eltern stiegen den Abhang herauf, der zu der Terrasse führte. Ich betrachtete sie neugierig, besonders den edlen Poeten, den Jäger auf Jäger.

Er war nicht groß und ziemlich alt, mindestens vierzig wie Onkel Jules. Er trug einen großen, schwarzen Filzhut und eine schwarze Fliege. Er stützte sich auf den Arm seiner Frau; in der anderen Hand hielt er ein dünnes Ebenholzstöckchen, mit dem er beim Gehen gestikulierte.

Seine Schuhe waren weiß von Staub, und er schien müde. Als er näherkam, bemerkte ich, daß er seiner Tochter ähnelte, aber viel weniger hübsch, denn seine Wangen waren hohl, und man sah tausend blaue Pünktchen auf seinem Kinn und vor allem auf seiner Nase.

Isabelle lief auf die beiden zu, blieb vor ihnen stehen und machte eine hübsche Verbeugung; der Dichter seinerseits nahm zu einem anmutigen Gruß den Hut ab.

Nun kam Isabelle näher, und ihr Vater, barhäuptig, küßte sie auf die Stirn. Dann wandte er sich an mich und sagte in lyrischem Tonfall:

»Hier seht ihr den Ritter, der Schlangen verjagt
und Spinnen im Netze zu töten gar wagt!«

Isabelle sah mich stolz an, und ich machte große Augen vor Staunen; das war offensichtlich ein wahrer Dichter. Ohne sich Zeit zum Nachdenken zu lassen, fügte er hinzu:

»Ihr Knappen in meinem Schlosse, blast den Olifant
und ehret den Helden, der errettet mein Kind!«

Isabelle triumphierte, ihre Mutter lächelte und ich staunte. »Wirklich«, sagte Isabelle, »er war sehr mutig, aber trotzdem hat er geweint, als ich ihm die Geschichte von dem ›Kleinen Mädchen mit den Schwefelhölzern‹ vorlas.«

»Tatsächlich?« fragte der Dichter und sah mich an.

Ich senkte verwirrt den Kopf, und Isabelle wiederholte spöttisch: »Ja, er hat geweint, und jetzt wird er rot!«

»Ich bin entzückt darüber«, sagte der Dichter ernst. »Und ich beglückwünsche ihn dazu! Sie haben unrecht, darüber zu lachen, Isabelle. Wenn es Ihnen eines Tages einfallen sollte, einen Menschen zum Manne zu nehmen, der keinerlei Rührung bei der Lektüre dieses Meisterwerkes empfände, würde ich ohne Zweifel meine Einwilligung verweigern.«

Diese vorweggenommene Zurückweisung eines möglichen Rivalen schien mir köstlich, denn ich schloß daraus, daß er mich für würdig hielt, sein Schwiegersohn zu werden, und obwohl meine Heiratspläne noch nicht Gestalt angenommen hatten, bedeutete es doch einen großen Schritt vorwärts.

Ich sah Isabelle also mit der befriedigten Miene des begünstigten Freiers an, während der Dichter das Stöckchen seiner Frau übergab und eine Hand um meine Schulter, die andere um seine Tochter legte, als ob er uns einander in die Arme drängen wollte. Aber er tat nichts dergleichen und sagte feierlich:

»Jetzt, meine Kinder, muß sich der Dichter
den Nektar bereiten aus des Absinthes grünem
Gelichter...«

Ich verstand nicht, was er meinte, aber das Entzücken an den Versen genügte mir, und seine schwer aufgestützte Hand schob mich vorwärts.

Währenddessen bemerkte ich, daß der lange Weg ihn erschöpft hatte, denn trotz der Stütze unserer beiden Schultern war sein Gang etwas unsicher, und die manchmal abweichenden Bewegungen seiner Füße erinnerten mich an die Augen von Clementine.

Er schob uns so bis an den grünen Tisch, ließ unsere Schultern los und nahm im Korbsessel Platz.

Isabelle lief zum Haus und verschwand.

Darauf lächelte der Dichter seine Frau an und sagte, ohne von meiner Gegenwart die geringste Notiz zu nehmen: »Infantin, ich bin glücklich, Ihnen mitteilen zu können, daß die Prinzessin Melusine in Gegenwart der Druiden und des Zauberers Merlin im Schatten von Broceliande dem Ritter Treue geschworen hat.«

Infantin (ich hielt das für ihren Vornamen) schien sehr bewegt, denn sie kniete vor ihm nieder und fragte, schüchtern zu ihm aufsehend: »Wann werde ich es hören?«

Er überlegte einen Augenblick und schüttelte mehrmals den Kopf, als handle es sich um ein ernstes Problem. Endlich, den Blick in die Ferne verloren, drückte er mit halber Stimme seinen Entschluß aus: »Vielleicht heute abend, vielleicht morgen...«

»O Lois«, sagte sie, »ich wäre so glücklich!«

»Ich weiß, Infantin, ich weiß. Zweiunddreißig Verse, sicher die schönsten in meinem Werk...«

Sie sah ihn ganz verklärt an, als ob sie vor Freude weinen wollte, und küßte ihm die Hand.

Ich verstand so gut wie nichts von dieser Szene und wartete auf die Rückkehr von Isabelle.

Sie erschien mit einem Tablett voller Gläser und Flaschen, das mir reichlich schwer für sie schien, und ich lief ihr entgegen; aber als ich die Arme ausstreckte, sah sie mich streng an und ging mit erhobenem Kinn langsam an mir vorbei.

Das Auge des Dichters leuchtete plötzlich auf.

Und dann begann in tiefem Schweigen eine Art Zeremonie.

Er stellte ein großes Glas vor sich auf den Tisch, nachdem er es auf seine Sauberkeit hin untersucht hatte. Dann nahm er die Flasche, entkorkte sie, atmete ihr Aroma ein und goß eine ambrafarbene Flüssigkeit mit grünen Reflexen ein; er schien die Menge mit argwöhnischer Aufmerksamkeit abzumessen, denn nach eingehender Prüfung und Überlegung fügte er noch einige Tropfen hinzu.

Dann nahm er eine Art kleine Schaufel aus Silber vom Tablett, die lang und schmal und von Arabesken durchbrochen war.

Diesen Apparat legte er wie eine Brücke auf den Rand des Glases und beschwerte ihn mit zwei Stückchen Zucker.

Darauf wandte er sich seiner Frau zu; sie hielt schon eine »Gargoulette« am Henkel, einen irdenen Krug in der Form eines Hahnes, und sagte: »Nun sind Sie an der Reihe, Infantin!«

Eine Hand auf der Hüfte, mit anmutig gerundetem Arm, hob die Infantin den Krug ziemlich hoch und ließ dann mit unfehlbarer Geschicklichkeit einen dünnen Strahl frischen Wassers – der aus dem Schnabel des Vogels floß – auf die Zuckerstücke rinnen, die sich langsam auflösten.

Der Dichter, dessen Kinn fast den Tisch berührte, beobachtete diesen Vorgang zwischen seinen flach nebeneinanderliegenden Händen aus nächster Nähe. Die einschenkende Infantin war so regungslos wie eine Fontäne, und Isabelle hielt den Atem an:

In der Flüssigkeit, die langsam anstieg, sah ich in drehenden Kreisen, die schließlich ineinander übergingen, eine Art milchigen Nebel, während durchdringender Anisgeruch meine Nasenflügel köstlich erfrischte.

Zweimal unterbrach der Meister dieses Werkes mit abwehrend erhobener Hand das Zugießen des Wassers, das er wohl als zu heftig oder zu reichlich verurteilte; nachdem er den Trank mit ängstlichem und schließlich beruhigtem Ausdruck geprüft hatte, gab er mit einem Blick das Zeichen zur Wiederaufnahme der Prozedur.

Plötzlich zitterte er, hielt mit einer gebieterischen Bewegung das Zugießen des Wassers endgültig auf, als würde ein einziger Tropfen mehr diesen geheiligten Trank auf der Stelle entweihen.

Die Infantin gab ihre Pose auf und trennte sich von dem Krug; jetzt ergriff der Dichter vorsichtig das Glas, führte es an seine Lippen, und dann trank er es mit zurückgeworfenem Kopf, ohne abzusetzen, zur Hälfte aus, wobei die Kehle unter der bläulichen Haut seines Halses sich hob und senkte.

Schließlich stellte er das Glas zurück und stieß mit offenem Mund einen langen, wollüstigen Seufzer aus.

Ich war trotzdem sehr beunruhigt, denn dieses Getränk erinnerte mich durch seine Farbe und seinen Geruch sonderbar an den schrecklichen Pernod, der unseren lieben Bouzigue im Verlauf weniger Stunden in den Zustand eines verstörten, unmoralischen, Blödsinn stammelnden Narren versetzt hatte. Aber die vollkommene Gelassenheit Isabelles und ihrer Mutter machte mich wieder sicher; und außerdem war es bestimmt nicht das erstemal, daß der Dichter diesen »Likör« trank, den er übrigens als »Apsint« und dann als »Nektar« bezeichnet hatte. Es war also kein Pernod, sondern zweifellos ein Getränk für Dichter. Außerdem zeigte er keinerlei Anzeichen von Verwirrung, sondern schien im Gegenteil vollkommen glücklich.

Ich sah ihn unter dem verklärten Blick der Infantin den Rest seines Nektars in kleinen Schlucken zu sich nehmen. Dann sagte er mit halber Stimme und besorgter Miene: »Seit vier Tagen versuche ich einen Vers zu ändern, der mir nicht gefällt. Verzeihen Sie mir, daß ich es Ihnen verheimlicht habe. Das ist wie ein schwarzer Flecken auf einer Alabasterstatue, eine Distel auf einem Rosenstock. Jedoch das Wort ist nicht fern. Es schwirrt um meine Leier. Wenn ich eine Stunde vollkommener Ruhe habe, werde ich es sicher erhaschen.«

Als er diese letzten Worte sagte, wurde sein Gesichtsausdruck wild, und er machte eine Bewegung, als ob er eine Fliege fangen wollte.

Zum Schluß stützte er seine Ellbogen auf den Tisch, legte den Kopf in seine geöffneten Hände und rührte sich nicht mehr.

Da kam die Infantin, den Finger auf dem Mund, auf Zehenspitzen auf mich zu, nahm mich um die Schulter und führte mich ins Haus. Isabelle begleitete uns.

Als wir weit genug von dem Poeten entfernt waren, sagte sie leise: »Er dichtet! Der geringste Lärm kann seine Eingebung augenblicklich zerstören. Also Schluß für heute mit dem Spielen; Isabelle wird ihre Ferienaufgaben machen, aber Sie können morgen gegen zehn Uhr vormittags wiederkommen.«

Ich sagte flüsternd auf Wiedersehn und suchte auf dem Heimweg nach einem passenden Ton für die Erklärung, die ich Lili geben müßte.

Hinter der Bastide-Neuve auf der grasbewachsenen Terrasse der ehemaligen Olivenpflanzung, spielte er mit Paul.

Lili hatte eine große Grille in der Hand, in deren Hinterteil die beiden Knaben mittels einer zugespitzten Winde einen kleinen Papierfächer gesteckt hatten. Paul rieb ein Schwefelzündholz an einem Stein.

Augenscheinlich hatten sie die Absicht, dieses Höhensteuer anzuzünden, ehe sie das Tier in die Luft steigen ließen.

Paul erklärte mir, daß es hübsch sein würde, eine Flamme fliegen zu sehen.

Lili, weniger poetisch, hoffte, daß die Schnelligkeit der Grille durch die fürchterlichen Neuigkeiten, die aus ihrem Hinterteil eintrafen, stark beschleunigt werde. Diese Hoffnung, obwohl unbestimmt ausgedrückt, war alles in allem eine bescheidene Vorahnung der Weltraumrakete.

Obwohl dieses Experiment Interesse verdiente, widersetzte ich mich energisch seiner Realisierung. Nicht etwa aus unangebrachter Gefühlsduselei; denn wie hätte ein gänzlich trockenes Insekt, das keinen Tropfen Blut enthielt und weder Vater noch Mutter besaß, wohl leiden können? Es war nichts weiter als eine kleine Mechanik, eine Spieluhr mit zwei Tönen, eine Art Spielzeug, das die Natur uns für die Dauer der Ferien zur Verfügung gestellt hatte.

Ich erwähnte also die Leiden der verbrennenden Sängerin nicht, sondern warnte davor, daß das im Feuer vergehende Tier beim Herunterfallen das ausgedörrte Gras anzünden könnte, was wiederum die Oliven, dann den Kiefernwald und schließlich das Haus in Brand stecken würde. Als die Freunde dieses Versuches sich so von Flammen eingeschlossen sahen, ließen sie ihren Plan fallen, und Lili entstöpselte die Grille, die mit anhaltendem Protest in die Kiefern davonflog.

Paul zog sein Brot und seine Schokolade aus der Tasche, denn er hatte noch keine Zeit zum Essen gehabt. Lili, die Hände in den Hosentaschen, sah mich an, ohne ein Wort zu sagen, und mir war nicht sehr geheuer zumute. Darauf nahm ich die Sache in die Hand und begann, ihm Fragen zu stellen (was die Richter, die auch nicht dumm sind, den Angeklagten seit jeher verbieten).

»Warum bist du heute morgen nicht gekommen?«

»Ich habe Kartoffeln ausgelesen.«

»Und heute nachmittag?«

»Habe ich das Maultier gestriegelt, den Hühnerstall geputzt, und dann bin ich hierhergekommen. Und du?«

Diese Frage, so kurz sie war, brachte mich aus der Fassung. Übertrieben lachend sagte ich: »Na, mein Lieber, ich habe vielleicht eine komische Geschichte erlebt.«

»Ich weiß, Paul hat es mir erzählt.«

»Was hat er dir denn erzählt?«

»Daß du dich mit einem Mädchen amüsiert hast; mit einer Idiotin, die Angst vor Spinnen hat!«

Ich protestierte. »Sie ist keine Idiotin! Es stimmt, daß sie Angst vor Spinnen hatte – aber das ist bei Mädchen selbstverständlich – Tante Rose hat auch Angst vor Spinnen und meine Mutter auch...«

»Na ja, schon gut... Aber dieses Mädchen hält sich für etwas Besseres...«

»Kennst du sie?«

»Ich habe sie gesehen.«

»Wo?«

»Sie war zweimal mit ihrer Mutter bei uns, um Eier zu kaufen.«

»Warum hast du mir das nicht erzählt?«

»Weil es nicht der Mühe wert war.«

»Findest du sie denn nicht hübsch?«

»Ach«, sagte Lili, »sie ist wie andere Mädchen auch; außer, wenn sie geht, dann sieht sie aus wie ein Maurer auf dem Dach, der Angst hat, die Ziegel zu zerbrechen!«

Paul lachte laut; in der einen Hand sein Brot, die Schokolade in der anderen, fing er langsam an zu gehen, die Arme ausgebreitet und vorsichtig einen Fuß vor den anderen setzend.

»Genau so macht sie's«, sagte Lili, »aber sie streckt die Arme nicht aus. Und dann schneidet sie die ganze Zeit Grimassen.«

Er klappte mit den Augenlidern und warf mir einen schrägen Blick zu.

Ich ärgerte mich, wollte es aber nicht zeigen, und sagte nur: »Ich wünschte, du könntest sie Klavier spielen hören!«

»Kann sie Klavier spielen?« fragte Paul hingerissen.

»Oh!« sagte Lili. »So eine Kurbel drehen, das ist nicht schwer. Im Kino mache ich das oft.«

Ich triumphierte.

»Was für eine Kurbel? Es ist ein richtiges Klavier ohne Handkurbel. Jawohl, mein Herr! Und sie spielt selbst mit beiden Händen und mit allen Fingern. Sie hat mir eine großartige Musik vorgespielt, ohne aufzuhören eine ganze Stunde lang! Und ihre Mutter ist sogar *Klavierlehrerin!*«

»Die? Eine Schießbudenfigur ist sie! Den Mund malt sie sich rot und die Augen schwarz. Und wenn sie spricht, versteht meine Mutter sie nicht.«

»Weil deine Mutter nicht besonders gut Französisch kann!«

Er sah mich einen Augenblick an, und es wurde mir klar, daß ich ihm weh getan hatte. Abrupt sagte er: »Ich wette, daß du heute nicht zu den Fallen gegangen bist!«

»Nein, ich bin nicht hingegangen. Ich konnte ein verirrtes Mädchen ja nicht in den Hügeln allein lassen.«

Er schüttelte bestürzt den Kopf: »Die müssen sich schön vollgefressen haben!«

Ich begriff, daß er vom Fuchs, von den Ratten, den Ameisen und von dem Hinkefuß sprach.

Und ich sagte: »Los! Beeilen wir uns!«

Da Paul sich weigerte, uns zu begleiten, nahm ich ihm seine Streichhölzer weg; die Heftigkeit, mit der er sich dagegen verwahrte, bewies, wie weise dieser Beschluß war.

Wir stiegen eilig zur Tête-Rouge hinauf, denn es war schon sechs Uhr vorbei.

Lili ging vor mir, nachdenklich, die Hände in den Taschen.

Ich fragte: »Was hast du morgen vormittag zu tun?«

»Die letzten Mandeln holen. Sie sind unterhalb Four-Neuf, am Rand der Carièrade!«

»Ich werde kommen und dir helfen. Um wieviel Uhr fängst du an?«

Er blieb unvermittelt stehen, drehte sich um und sagte energisch: »Außerdem ist ihr Vater ein Säufer!«

»Von wem sprichst du?«

»Das weißt du recht gut!«

»Wer hat dir gesagt, daß er ein Säufer ist?«

»Jeder im Dorf weiß es! Die ganze Zeit kauft er flaschenweise Apéritifs.«

»Was beweist das? Du weißt ganz genau, daß sie im Dorf immer schlecht über die Leute aus der Stadt reden.«

»Und überhaupt weiß ich es, weil mein Bruder, als er letzte Woche mit dem Karren aus Saint-Marcel zurückfuhr, über eine Stunde zu spät hier ankam. Und ich will dir auch sagen, warum: weil er diesen Herrn, der nicht mehr wußte, was er sagte, auf allen vieren kriechend auf der Straße gefunden hatte. Da hat er ihn auf den Karren geladen und nach Les Bellons gebracht!«

Erst war ich von dieser Eröffnung niedergeschmettert, dann sagte ich: »Wenn das stimmt, dann muß er schwer krank gewesen sein, denn er ist ein reicher Herr und sehr gebildet und außerdem ein Aristokrat. Jedem kann es passieren, krank zu werden.«

»Denkst du! Baptistin hat gesagt, daß er einen Liter Pernod ausgespuckt hat. Eine komische Krankheit ist das!«

Die Erwähnung des Pernod machte mich stutzig, aber ich weigerte mich, diese schauderhafte Verleumdung zuzulassen.

»Die Wahrheit ist«, sagte ich, »daß dein Bruder ein Lügner ist. Wahrscheinlich hat er selbst in einem Kaffeehaus getrunken und ist deshalb zu spät heimgekommen; und um sich zu entschuldigen, hat er dann irgend etwas erfunden.«

Ich hatte mit Feuer gesprochen. Lili zuckte die Achseln und ging vom Weg ab, um nach einer Falle zu sehen.

»Wir hatten einen Häher gefangen«, sagte er. »Nur die Federn sind übriggeblieben.«

Sie waren um einen blutigen Schnabel im Kreis verstreut, blaue, gelbe, beigefarbene und schwarze Federn. Die Ratten waren dort gewesen... Etwas höher war eine große Lerche, die sich wahrscheinlich am Vorabend gefangen hatte, schon zur Hälfte von kleinen, schwarzen Insekten beerdigt, die unter ihrer sterblichen Hülle fieberhaft die Erde ausgruben. Sie hatten bereits ihre Eier unter die Federn des Kadavers gelegt und machten ihn so zur Konserve, um die Ernährung ihrer Kleinen zu sichern, die im Frühjahr als Waisenkinder zur Welt kommen würden.

Wir setzten unseren Rundgang fort, der uns noch andere Enttäuschungen brachte. Zwei Falken waren verschwunden, und von drei Kreuzschnäbeln waren nur noch die Schnäbel und die Ständer da. Lili nahm es hin, ohne ein Wort zu sagen, aber kopfschüttelnd; trotzdem ernteten wir einige Drosseln und eine große Felsenamsel, die man in der Provence einen »Einzelgänger« nennt, denn sie ist ein Zugvogel, der immer allein reist.

Die letzte Falle war unter dem obersten Felsen ausgelegt. Da ruhten wir einen Augenblick aus unter der schiefen Fichte, die ihr niedriges Gezweig wie einen Fächer ausbreitete.

Über die Bergkette von Allauch hinweg konnten wir das ferne Meer sehen. Es glänzte wie ein silberner Schild unter einem unermeßlichen Sonnenuntergang, der sich wie gewöhnlich in tosendem Rot und Gold vollzog.

»Morgen wird es schön«, sagte Lili. »Wenn du frühzeitig kommst, sind wir vor zwölf Uhr mit den Mandeln fertig und werden zum Essen hierherkommen; wenn mein Vater nicht will, werde ich ihm trotzdem entwischen.«

Um diesen Plan durchzuführen, legte er eine Feuerstätte zwischen drei schönen flachen Steinen an, die er in die Erde grub und sorgfältig einrichtete. Dann schichtete er zwei Sitze auf, nachdem er die Stelle markiert hatte, die um die Mittagszeit Schatten von dieser Fichte bekommen würde. Zum Schluß half ich ihm, einen kleinen Haufen dürres Reisig zu sammeln.

Als die Sonne ins Meer tauchte, liefen wir im Trab bergab.

Links unten sah ich Isabelles Haus; die Akazien waren nicht höher als Salbeipflanzen, und die Oliven, die sie umgaben, sahen aus wie Thymianbüschel...

Lili lief vor mir her, aber plötzlich blieb er stehen und sprang vom Fußweg, um einen kleinen Umweg durch das Heidekraut zu machen; dann drehte er sich zu mir um und schrie mit entsetztem Gesicht »Vorsicht!«

Ich blieb auch stehen.

»Was ist denn los?«

Er zeigte mit dem Finger auf ein Spinnennetz, das den Weg versperrte, und brüllte: »*Eine Spinne!* Ich habe Angst vor *Spinnen!* Zu Hilfe!«

Und spöttisch lachend lief er davon...

Am Abend bei Tisch war die Unterhaltung ziemlich peinlich. Es fing damit an, daß Paul mit dem Finger auf mich zeigte und mit Nachdruck sagte: »Das ist ein Lügner! Ein richtiger Lügner!«

»Warum?« fragte meine Mutter.

»Weil er gesagt hat, daß er zu den Fallen gehen wird, und weil es nicht wahr ist. Er ist zu dem Mädchen gegangen.«

»Na, na«, sagte der Onkel. »Zu der von heute früh?«

»Ja«, sagte Paul, »zu der mit den Spinnen. Und außerdem war er ganz hübsch sauber, weil dieses Mädchen seine Braut ist.«

»Wenn das stimmt«, sagte mein Vater, »finde ich, daß du dich ein bißchen zu sehr beeilst... Wie denken Sie darüber, mein lieber Jules?«

»Ich bin ganz Ihrer Meinung. Ehe ich das Datum meiner Verlobung mit Rose bestimmte, habe ich ihr sieben Monate lang den Hof gemacht.«

»Sieben Monate und einundzwanzig Tage!« rief Tante Rose.

Dann wurde sie plötzlich rot und schlug die Augen nieder, als hätte sie etwas Unpassendes gesagt.

Unbegreiflicherweise errötete Onkel Jules nun auch, legte seine große Hand auf die seiner Frau, und indem er mich ansah, platzte er auch schon heraus:

»Übrigens, du weißt es ja besser als jeder andere, daß unsere Unterhaltungen im Borely Park mindestens den Frühling, Sommer und Herbst über dauerten.«

»Das ist die Wahrheit!« rief ich. »Ich war dabei.«

Dann sah ich Paul gerade in die Augen und fügte hinzu: »Und ich habe nie und zu niemand darüber gesprochen, während du unbedingt reden mußt, selbst wenn du gar nichts weißt.«

»Wenn die Sache ernst ist«, sagte meine Mutter, »und eine dauerhafte Neigung, müßtest du sie uns schon wenigstens vorstellen.«

»An dem Tag werden wir unsere Gewehre verstecken«, sagte Onkel Jules, »denn sie wird sicher mit dem zukünftigen Schwiegervater kommen. Hast du ihn gesehen?«

»Ja«, sagte ich. »Er sieht so aus, als ob er sehr viel nachdenkt, aber ich glaube keineswegs, daß er auf Jäger schießen würde. Das muß er nur so zum Spaß gesagt haben, und Isabelle dachte, er meint es ernst.«

»Sie heißt also Isabelle?« fragte meine Mutter.

»Ja, aber ihre Mama nennt sie Babette.«

»Babette«, sagte Tante Rose, »das kommt von Elisabeth.«

»Ja«, sagte meine Mutter, »und aus Isabelle wird gewöhnlich Bebelle.«

Der Onkel erklärte, daß ihm Babette besser gefiele.

»Mir auch«, sagte ich. »Es paßt sehr gut zu ihr und es stimmt, was sie mir sagte, daß ihr Vater ein Dichter ist. Wenn er spricht, dann reimt es sich.«

»Er hat dir Verse rezitiert?« fragte meine Mutter.

»Nein, nein! Nicht rezitiert. Er hat sie gedichtet, und sogar nur um zu sagen, daß er Apsint trinken wollte.«

»Was?« sagte mein Vater. »Hat er welchen getrunken?«

»Natürlich«, sagte ich. »Ein großes Glas, voll bis zum Rand. Aber paß genau auf; es war kein Pernod, es war Apsint.«

»Das ist noch schlimmer!« sagte Joseph. »Apsint ist das gefährlichste aller Gifte.«

»Sicher trinkt er das, weil er Verlaine oder Alfred de Musset gleichen möchte.«

Der Gedanke, daß auch andere Dichter vor ihm Apsint getrunken hatten, stärkte mich; aber Joseph bemerkte in sarkastischem Ton: »Wir wissen, was aus ihnen geworden ist. Die Unglückseligen!«

Dieses letzte Wort belehrte mich, daß es ein schlimmes Ende mit ihnen genommen hatte.

»Jedenfalls«, sagte ich, »sah er nicht so aus, als ob er sich das zu Herzen nehmen würde, und es roch verdammt gut! Und außerdem habe ich eingesehen, daß es ihn zum Nachdenken anregt, also ist es für seine Arbeit. Nachher hat er kein Wort mehr gesagt, weil er nachdachte.«

»Wenn er noch der geringsten Überlegung fähig ist, müßte er begreifen, daß dieses Narkotikum seine Intelligenz zerstören, seine Leber zur Dimension einer Zitrone zusammenschrumpfen lassen und daß er seine letzten Verse in einer Gummizelle schreiben wird.«

»Man muß nicht übertreiben«, sagte Onkel Jules, der manchmal die Apéritifs verteidigte, um seinen Wein anzupreisen. »Am Abend auf dem Land im Sommer nach einem langen Arbeitstag einen kleinen Absinth trinken...«

»Das wird schnell zur Gewohnheit, denn die Gewohnheit beginnt mit dem ersten Mal. Denn schließlich, wenn das erste Mal nicht zählte, dann würde das zweite Mal seinerseits als erstes zu werten sein, also wieder nicht zählen und so fort, bis das Wort Gewohnheit seinen Sinn verloren hätte. Ich versichere Ihnen, mein lieber Jules...«

Ich gab nicht mehr acht auf ihre schon hundertmal angehörte Unterhaltung, denn die Erinnerung an die in Fenchelsträuchern verirrte Isabelle mit ihrem Mohnblumenkranz im Haar beschäftigte plötzlich meine Gedanken. Ich aß zerstreut und hörte unendliche Musik, in der die Stimme meines Vaters geheimnisvolle und bedrohliche Worte wie »Tirilibum, Popoplexie, Kor-Rose, Hüdropsie« aussprach.

Sobald ich den letzten Bissen meines Nachtischs verzehrt hatte, erklärte ich, daß ich am nächsten Morgen sehr früh aufstehen müßte, um Lili zu helfen, und ging hinauf, um mich schlafen zu legen. In Wirklichkeit eilte ich zu meinem allabendlichen Stelldichein mit den Erinnerungen des Tages.

Zuerst stellte ich fest, daß diese Begegnung ein Ereignis von großer Wichtigkeit war, obwohl sie meine Ansicht über die Mädchen im allgemeinen nicht änderte, denn es schien mir offenbar, daß dieses Mädchen anders als die anderen war, in einem Maß, daß Clementine nicht von meiner Bewunderung profitierte, sondern das Andenken an sie im Gegenteil der Lächerlichkeit anheimfiel, denn zwischen einem Klavier und einem Besen ist doch ein großer Unterschied; der schräge Silberblick flößte mir nur noch großmütiges Mitleid ein.

Ich durchlebte Stunde für Stunde dieses ganzen Tages noch einmal und schlief darüber schließlich in herrlichen Träumen ein.

Da lag ich im ›Livigrub‹ auf einem Diwan ausgestreckt, bekleidet mit einem Schlafrock aus goldener Seide, und ein roter Pantoffel baumelte von meiner nackten Fußspitze.

Isabelle spielte Klavier, sie hatte ein langes, schwarzes Samtkleid an, das über den Klavierschemel hing und dessen Schleppe sich unter dem Tisch verlor; auf ihrem Kopf funkelte eine Prinzessinnenkrone – in Gold natürlich – und an der Spitze jeder Zacke schimmerte eine große runde Perle. Tausende von goldenen Noten flogen aus dem Klavier wie ein Rauchgeschwader von Bienen; von Zeit zu Zeit sah sie sich nach mir um, lächelte mich zärtlich an und sagte: »Ich erlaube dir, mich zu duzen, wenn meine Mama nicht da ist.«

Aber auf einmal war ich auf einer Straße, wo sich vor einem schönen Haus eine dichte Menge drängte. Alle Leute schauten in die Luft. Ich machte es wie sie und sah lange Rauchschwaden, dann prasselnde Flammen aus dem Dach kommen. Alle Fenster auf der Vorderseite gingen gleichzeitig auf, und ratlose, närrische Menschen erschienen; mehrere waren im Hemd, andere hatten

Zylinderhüte auf dem Kopf, und sie schrien verzweifelt: »Holt die Feuerwehr!«

Aber in der ersten Reihe der Menge erkannte ich den Stiernacken von Onkel Jules; er war ohne Kopfbedeckung und antwortete: »Solange wir einen sozialistischen Bürgermeister haben, wird es keine Feuerwehr geben! Das habe ich Joseph schon hundertmal gesagt!«

Es stimmt, denn das hatte er eines Tages auf der Terrasse gesagt, als er die Zeitung las.

Verzweifelt über diese Äußerung von Onkel Jules stürzten sich die am Fenster erschienenen Unglücklichen auf die Straße... wenn sie auf dem Trottoir aufprallten, platzte ihr Kopf, und es erfolgte eine kleine Detonation, wie man sie hört, wenn eine Papiertüte zerknallt wird. Wieder andere rannten durch die Flammen zum Dachfirst. Und in diesem Moment öffnete sich das geschlossene Fenster der obersten Etage von selbst, und Isabelle erschien. Sie war ganz in Weiß wie eine Braut. Hinter ihr glühte die Feuersbrunst. Sie hielt einen Blumenstrauß in ihren Armen und zeigte keinerlei Furcht; im Gegenteil, sie lächelte: sie wußte, ich war da.

Nun durchbrach ich die Menge und lief zu der brennenden Haustür.

Die Leute schrien: »Das ist ein Verrückter! Haltet ihn zurück!«

Die Stimme von Onkel Jules übertönte alle anderen: »Denk an deinen Vater! Denk an deine Mutter!«

Aber nichts konnte meinen unumstößlichen Entschluß ändern; mit einigen wunderbaren Sprüngen erreichte ich das obere Ende der Treppe, die unter meinen brennenden Sohlen zusammenbrach. Ich nahm Isabelle in meine Arme. Durch die Flammen, die sie nicht bemerkte, da sie nur mich ansah, trug ich sie, die leicht wie eine Feder war. Mit einem Fußtritt drückte ich eine geheime Tür ein, die in eine Kirche führte.

Als wir den Hof vor der Kirche erreichten, sahen wir eine andere Menschenmenge, die uns erwartete; tausende brüllten vor Begeisterung, aber sie wichen respektvoll zurück, »um den Weg frei zu geben für den Helden, der seine kostbare Last trägt«.

Es war das erste Mal, daß ich ein junges Mädchen rettete und es unter dem Beifall der Menge in meinen Armen hielt; deshalb verstand ich den Sinn dieses heroischen Traumes nicht. Später fiel mir dann auf, daß diese nächtlichen Rettungsaktionen dankbarer Fräuleins mir jeweils das Entstehen einer großen Leidenschaft ankündigten.

Bis zu meinem Abitur habe ich ihrer ein gutes Dutzend gerettet. Manche habe ich grausamen Entführern entrissen, manche aus wütenden Meeresstürmen, feuerspeienden Vulkanen und sogar aus Erdbeben befreit. Diese eingebildeten Heldentaten bewiesen die männliche Großmut meiner Gefühle; ihr häufiger Objektwechsel indessen schien zu beweisen, daß meine Leidenschaften weder ewig noch unheilbar waren, da der heldenhafte Retter sich immer schnell genug in die nächste Rettungsaktion rettete.

Aber all das wußte ich noch nicht; deshalb durchlebte ich am nächsten Morgen, als ich meine Butterbrote in den nach den Kräutern der Hügel duftenden Milchkaffee tauchte, diesen ersten, ruhmvollen Traum noch einmal und fragte mich, ob Isabelle vielleicht zufällig denselben Traum geträumt hatte.

Dann wurde ich völlig wach, und es fiel mir ein, daß Lili mich erwartete.

Ich schlug also den Weg nach Collet ein, der mich zu ihm führen sollte.

Lili war sicher schon damit beschäftigt, auf das Laub der Mandelbäume zu schlagen, unter einem Hagel von trockenen Mandeln, die auf seinen Kopf prasselten. Aber an der Wegkreuzung nach Les Bellons wandte ich mich, anstatt direkt auf mein Ziel loszugehen, nach links und stieg eiligen Schrittes zu Isabelles Haus hinauf. Das war kein großer Umweg, und ich hatte nicht die Absicht, dort zu bleiben. Ich ging an der Längsseite des Hauses vorbei. Wenn ich sie auf der Terrasse sähe, würde ich ihr von weitem einen Gruß zuwinken.

Die Hängematte war leer, und auf der Terrasse war niemand.

Ich weigerte mich zuzugeben, daß ich enttäuscht war, und dachte: Sie müssen ins Dorf hinuntergegangen sein, um Einkäufe zu machen. Ich werde ihnen sicher begegnen.

Ich ging meinen Weg weiter auf dem Pfad, der nach Four-Neuf hinunterführt und den ich fast ganz übersehen konnte. Streng sagte ich zu mir selbst: »Um so besser! Lili wartet schon seit zwei Stunden auf mich. Ich habe kein Recht, eine Minute zu verlieren, und nach allem, was gestern passiert ist, hätte ich gar nicht hier vorbeikommen dürfen.«

Ich begann zu laufen.

Aber auf einmal sang eine helle Stimme auf zwei Noten wie ein Kuckuck:

»Huhu! Huhu!«

Ich schaute nach rechts.

Tief in einem dürren Grasfeld unter einem uralten Olivenbaum sah ich sie auf einer Schaukel sitzen. Sie hatte einen großen weißen Strohhut auf, dessen Enden unter ihrem Kinn von einem breiten, blauen Band zusammengehalten wurden.

Wie ich es mir versprochen hatte, gab ich ihr ein kleines Zeichen mit der Hand, aber ich beging den Fehler, stehenzubleiben. Sie rief mir zu: »Wohin gehst du?«

Ich formte meine Hände zum Sprachrohr: «Ich muß arbeiten. Mit einem Freund.«

Sie antwortete nicht, und ich fügte hinzu: »Ich muß ihm Mandeln pflücken helfen!«

Als ob sie nichts gehört hätte, rief sie: »Komm und schaukle mich!«

Ich zögerte einen Augenblick, dann schien es mir, zwei Minuten mehr oder weniger wären nicht so wichtig. Und nachdem ich sie schon aus den Flammen gerettet hatte, konnte ich auch drei- oder viermal ihre Schaukel stoßen. Und dabei konnte ich ihr auch – kurz und bündig – die Sachlage erklären.

Ich ging einen Schritt auf sie zu, blieb aber unvermittelt stehen; ich sah Lili ganz allein unter seinem Mandelregen, wie er von Zeit zu Zeit den leeren Weg ansah...

Da rief sie wieder, so laut sie konnte: »Komm und schaukle mich!«

Ich ging zu ihr.

So erwartete mein Freund mich vergeblich neben dem zweiten Spankorb, den er für mich mitgebracht hatte und der im Gras liegenblieb, während ich mit ausgestreckten Händen Isabelles warme Schultern zurückstieß und sie vor Angst schrie und lachte, als der Wind ihres Höhenflugs ihr Kleid erfaßte und es ihr ins Gesicht wehte...

So trennen sie die besten Freunde und lachen auf ihren Schaukeln, die sofort stehenbleiben, wenn der Mann sie nicht mehr vorwärts stößt...

Von jetzt ab verbrachte ich meine Tage mit Isabelle, und Lili sah man nicht mehr bei uns. Es kam schon manchmal vor, daß ich an meinen Freund dachte, aber das war um so schlimmer für ihn. Wenn ich sein Gesicht tatsächlich wieder vor mir sah, war ich von Gewissensbissen gepeinigt und schämte mich meines Verrats; aber ich nahm ihm dieses ehrenvolle Leid übel. Ich sagte mir – und manchmal mit erhobener Stimme: »Ich liebe ihn sehr und bin sein Freund, aber ein Freund ist kein Sklave. Und außerdem, warum kommt er nicht zu mir? Er ist böse, weil ich ihm seine Arbeit nicht abnehme; aber hilft er mir bei meinen Schulaufgaben? Schließlich bin ich in den Ferien und habe wohl das Recht, zu besuchen wen ich will.«

Obwohl er mich nie um etwas gebeten hatte, fand ich ihn zu anspruchsvoll und warf ihm den Kummer vor, den meine Abwesenheit ihm sicher bereitete.

Der Dichter beehrte mich mit seiner Freundschaft, weil ich mit sichtlicher Bewunderung zu ihm aufsah, und am dritten Tag bat er mich, die Familie auf einer Wallfahrt nach dem Ort zu begleiten, an dem ich seine Tochter den Schlangen entrissen hatte.

Wieder schlug ich auf die Büsche, während die Familie hinter mir zurückblieb, und mit wilder Tollkühnheit zerhieb ich die Spinnennetze. Ich stellte fest, daß er ebenso naiv wie Isabelle war, denn er belehrte uns, daß die schwarzgelben Spinnen den Spaziergängern ins Gesicht springen könnten und daß ihre Stiche oft zum Tode führten, was er wahrscheinlich in den Berichten brasilianischer Urwaldforscher gelesen hatte. Was die Schlangen betraf, so erbleichte er mehrere Male, und die erschreckte Infantin raffte ihr mit Rüschen besetztes Kleid, dessen Schleppe Girlanden abgestorbener Brombeerranken hinter sich herzog, eng um die Knöchel. Isabelle, die mir auf den Fersen folgte, ermutigte und bewunderte mich.

Tief im Tal auf dem Stein, den der Dichter den »Stein der Begegnung« taufte, fand die Absinth-Zeremonie statt. Wirklich hatte er in einem Beutel ein Flacon von diesem »Gift« (dixerat Pater) mitgebracht, eine Flasche Wasser und alles, was sonst noch dazu nötig war.

Ehe er trank, goß er ein paar Tropfen auf den Stein und ließ uns wissen, daß dies ein Opfer für die Götter des Waldes, die »Sylvestres« sei. Und dann fragte er mich, ob es in diesen Kiefernwäldern Wölfe gäbe. Ich antwortete kühl, daß sie nur im Winter herkämen, daß ich aber schon öfter wilden Ebern begegnet sei.

Er sah mich bewundernd an und sagte: »Hast du keine Angst gehabt?«

Mit einer Zuversicht, die mich selbst überraschte, antwortete ich: »Schließlich ist ein wilder Eber auch nur ein Schwein.«

Worauf er zu seiner Frau bedeutsam bemerkte: »Dieses Kind hat etwas von Bellerophon und vielleicht von Parzival.«

Diese Namen kannte ich nicht, aber es war mir klar, daß es sich um berühmte Helden handelte, und meine Komödie erhielt dadurch neuen Auftrieb. Isabelle schaute mich an, und ich sah wohl, daß sie stolz auf ihren Freund war.

Nachher gingen wir alle zusammen zum Trauben stehlen zu Nieni.

»Eßt ohne Gewissensbisse«, sagte der Dichter lächelnd, »denn ich werde ihn für seinen Verlust entschädigen.«

Während wir lustig reife Trauben pflückten, sah ich, daß er etwas auf ein Blatt Papier schrieb, wobei er dann und wann die Augen zum Himmel erhob. Dann befestigte er das Blatt mit einem Faden, den er aus seinem Jackenfutter zog, an einer Ranke, und erklärte: »Hiermit ist der arme Mann hundertfach bezahlt, denn mit diesen vier Versen hinterlasse ich ihm als Bezahlung für vier Trauben ein Autograph von Lois de Montmajour.«

Er lächelte großmütig und wohlwollend. Die Infantin sah ihn bewundernd an und sagte: »Lois, Sie sind zu gütig!«

Er erwiderte: »Man ist es niemals genug!«

»Kann ich es lesen?« fragte sie, auf das kostbare Papier zeigend.

»Nein«, sagte er bedeutend. »Es sind unveröffentlichte Verse, und sie gehören dem Winzer. Die Gabe des Dichters muß ungeteilt sein.«

Sie sagte nichts mehr, und ich nahm mir vor, Nieni auf den Wert dieses Geschenkes aufmerksam zu machen, das er in seiner Unwissenheit vielleicht verkennen würde.

Nach unserer Heimkehr um fünf Uhr hatten wir eine köstliche Vesper: Eingemachtes, Blätterteig-Gebäck und Biskuits. Ich stiftete zwei Handvoll Prinzeß-Mandeln, die ich leicht zum Einkaufspreis liefern konnte.

Isabelle aß überaus sorgsam mit der Grazie und Sauberkeit einer Katze. Unterdessen gab es eine neue Absinth-Zeremonie am Nebentisch, und dann gingen der Dichter und die Infantin, einander zärtlich stützend ins Haus.

Als wir zur Schaukel hinunter eilten, zupfte Isabelle mich am Ärmel und sagte: »Warte!«

Sie spitzte die Ohren. Ich hörte schwache Klavier-Akkorde, von Stillschweigen unterbrochen.

»Komm!« sagte sie. »Mach keinen Lärm!«

Sie zog mich zur Hausecke, und dann schlichen wir an der Vorderseite entlang. Ich hörte das Murmeln einer Stimme und Akkorde, die ihr zu folgen schienen. Isabelle glitt in den Vorplatz, hielt mich an der Hand, und wir blieben unbeweglich neben der offenen Tür des »Livigrub« an die Mauer gelehnt stehen.

Der Dichter las Verse vor, und die Infantin schlug gedämpfte Akkorde an. Es handelte sich um ein kinderfressendes Gespenst von Frau; sie hatte Krallen und nannte sich Vampir. Sie flog wie ein Waldgeist und wollte das Herz des Ritters bearbeiten.

Die Stimme des Vorlesers klang abgehackt, und die Klavierakkorde folgten hart und eilig. Der heldenmütige Ritter schwang sein Schwert, das blaue Blitze schleuderte, aber das half nichts, denn so oft er den Vampir entzweischnitt, klebten die beiden Hälften sofort wieder durch das Geheimmittel eines Zauberers zusammen, der sich Merlin nannte und diesen Ritter nicht leiden konnte. Plötzlich fing die Stimme des Dichters verzweifelt an zu zittern, denn der edle junge Mann war ins Heidekraut gefallen, und der Vampir warf sich über ihn, um ihm den Garaus zu machen. Isabelle, die ihr Taschentuch zerknitterte, drückte mir nervös die Hand; aber plötzlich gab das Klavier Fanfarentöne von sich, worauf schön wie der Tag die Fee Melusine erschien und die Dichterstimme triumphierend wurde. Die Fee brauchte nur zu lächeln, und schon zerplatzte der Vampir mit einem schrecklichen Schrei in einer Schwefelwolke, was die Fenster des Livigrubs erzittern ließ. Nun ergriff Melusine die Hand des Ritters und sagte ihm wunderbare Liebesworte. Der Ritter hörte sie an, blaß vor Glück, und das Klavier war ebenso zufrieden wie er... Schließlich fuhren alle beide in einer Zauberbarke davon, auf den Wassern eines blauen Teiches voller Lotosblumen, und um die Barke schwammen schneeige Schwäne, die sie ins Glück begleiteten.

Das Klavier gab noch drei gehaltene Akkorde von sich und verstummte. Es herrschte tiefe Stille. Ich war sehr bewegt, erstens durch die tönende Stimme des Vortragenden, zweitens durch die Musik und vor allem, weil Isabelles Hand immer noch in der meinigen lag. Es war wirklich ein erhabener Augenblick.

Die Stimme der Infantin – etwas belegt – seufzte plötzlich: »O Lois! Lois! Sie haben nie etwas Schöneres geschrieben!«

Isabelle war ganz blaß, ließ meine Hand los und warf sich ihrem Vater, dessen Gesicht tränenüberströmt war, in die Arme, um ihn schluchzend an ihr Herz zu drücken. Die Infantin heulte wie ein Schloßhund und schwankte mit verstörten Augen und zuckenden Schultern auf ihrem Klavierschemel hin und her.

Ich blieb in der Tür stehen, wagte nicht, in diese ganze Erhabenheit einzutreten, und fragte mich, warum dieser große Dichter sein Genie dazu verwandte, Gedichte zu schreiben, die der ganzen Familie solchen Schmerz bereiteten.

Er sah mich an. »Du hast zugehört?«

Ich bejahte mit großen Augen, und Isabelle rief aus: »Ja, Vater! Er zittert vor Ergriffenheit!«

»Das ist ein großer Schwan«, sagte er, seine Frau ansehend, »*un grand cygne.*«

Ich verstand nicht, daß er sagen wollte: ein großes Zeichen, *un grand signe;* nachdem ich soeben ein Schwänegeschwader auf den Wellen des Nenuphar sich hatte wiegen sehen, glaubte ich, daß er mich mit diesen geflügelten Aristokraten verglich. Ich war darüber entzückt, aber doch sehr überrascht.

In diesem Augenblick stand die Infantin plötzlich energisch auf und rief: »Das ist die *Bombe!* Jawohl, Lois, das ist die *Bombe!*«

Diese Anspielung verstand ich nicht. Lois schüttelte nachdenklich den Kopf: »Eile mit Weile!« sagte er. »Vergessen Sie nicht, daß es ein Bündnis der Verleger gibt und die Schranke der alten Feuerlöscher.«

Ich begriff, daß die Explosion der Bombe die Anwesenheit der Feuerwehr notwendig machte. Aber wo? Und wann? Als ich noch über diese Frage nachdachte, sprach er von neuem wie aus der Tiefe eines Traumes: »Nein! Ich will ›Belphegor‹ nicht erscheinen lassen, ehe ich nicht ›Semiramis‹ beendet habe. Es ist im Gegenteil wichtig, tiefstes Schweigen zu bewahren.«

Er drehte sich nach mir um: »Du wirst mir schwören, niemandem zu sagen, daß ›Belphegor‹ für die Veröffentlichung reif ist. Erhebe deine rechte Hand und sage: ich schwöre es!«

Ich kam näher, erhob die Hand und schwor, ganz stolz, in einer so wichtigen Angelegenheit einen Schwur geleistet zu haben.

»Später«, sprach der Dichter weiter, »später wirst du versichern können: ich war bei der ersten privaten Vorlesung der letzten hundert Verse von ›Belphegor‹ anwesend. Ja, das wirst du versichern können!«

Er schwieg einen Augenblick und wischte diskret eine halb getrocknete Träne fort.

»Man wird dir wahrscheinlich nicht glauben. Deshalb werde ich dir gleich eine autographische Bestätigung ausstellen.«

Ich wußte nicht, was das war, aber ich freute mich trotzdem.

An den folgenden Tagen wurde ich zu zwei weiteren vertraulichen Vorlesungen zugelassen, oder vielmehr: befohlen.

Die Gedichte waren immer von der gleichen Art; sie handelten von blinden Königen, die zu Füßen von wahnsinnigen Königinnen weinten, buckligen Zwergen, die höhnisch lachend auf Turmzinnen sprangen, Zauberern, Raben, Kröten, Zugbrücken und glücklicherweise immer wieder von Schwänen; davon gab es mehr als im zoologischen Garten.

Isabelle hatte mir die Bombe, die Verleger und die Feuerlöscher erklärt, stets unter dem Siegel der Verschwiegenheit; und da ich elf Jahre alt war, Isabelle liebte und ihre Eltern bewunderte, befand ich mich stehenden Fußes in dieser eingebildeten Welt, in der sie selbst lebten, im Königreich der geheimnisvollen Worte, der unbestimmten Musik und der hochfliegenden Träume, die ich in meinen eigenen wiederfand.

Diese poetischen Zusammenkünfte waren übrigens nur Einlagen, denn unsere Tage waren hauptsächlich von Unterhaltungen und Spielen aller Art ausgefüllt – auf der großen Terrasse oder im Kiefernwald voller Grillen.

Isabelle besaß eine kleine Reitbahn mit Bleipferden, die durch einen unsichtbaren Mechanismus in einer Büchse bewegt wurden; man drückte auf einen Hebel, und schon liefen sie im Kreis herum. Man konnte nicht wissen, welches Pferd gewinnen würde, jeder wählte im Vorhinein eines, aber unser Einsatz war psychologischer Art: der Sieger war stolz, der Besiegte war beleidigt. Sie besaß auch ein Gänsespiel und ein Tricktrack. Ich begriff weder von dem einen noch von dem anderen je das geringste; aber ich betrachtete dabei ihren Nacken und ihre Hände.

Dann zeigte sie mir, wie geschickt sie im Diabolo war. Das war eine Art hohler Spule mit einer sehr dünnen Taille. Mit Hilfe einer an zwei Stäben befestigten Schnur ließ sie die Spule in pfeifender Geschwindigkeit um sich selbst kreisen. Plötzlich breitete sie die Arme weit aus und warf die Spule hoch in den Himmel; und dieses Diabolo fiel mit einer wirklich diabolischen Genauigkeit auf die Schnur zurück.

Sie wollte mich in dieser Kunst unterrichten; aber nachdem die Spule mir zweimal auf die Stirn und einmal auf die Nase gefallen war, zog ich es vor, meine Mitarbeit auf die Rolle des Zuschauers und Bewunderers zu beschränken.

Indessen können diese Unterhaltungen, die ein Zubehör verlangen, also mehr oder weniger komplizierte Gegenstände, die wir Spielzeug nennen, die Aufmerksamkeit nicht lange fesseln. Wenn der Gegenstand nicht der Vorwand zur Befriedigung eines Instinkts ist – wie eine Puppe oder ein Säbel – ist sein Zauber schnell gebrochen, übrigens genau so wie das Spielzeug selbst, von dem nichts übrigbleibt als einzelne, nicht mehr zusammenpassende Teile. Das Diabolo und der automatische Trapezkünstler wurden schnell durch ein von Isabelle erfundenes Spiel ersetzt, das unmittelbar aus den Gedichten ihres Vaters geboren wurde: das Spiel vom Ritter und der Königin.

Die Königin war natürlich sie, und der Ritter war ich; wir begannen mit der Herstellung unserer Kostüme, denn wie alle Mädchen fand sie es himmlisch, sich zu verkleiden.

Aus einem alten Vorhang, der goldene Fransen hatte, machte sie sich ein Schleppkleid, dessen Löcher mit Blumen drapiert wurden. Aus einem mit Goldpapier beklebten Karton, der für die Schokolade von Meunier warb, fabrizierte ich eine wirklich fürstliche Krone; das Zepter war ein langes, mit rotem Band umwundenes Schilfrohr, seine Spitze bildete der Glasstöpsel einer Wasserkaraffe, der vom Diamantenschleifer zugeschnitten sein mußte, so blendendes Feuer sprühte er. Schließlich lieferte eine Anleihe beim Perlenvorhang der Tür eine dreireihige Halskette.

Das Kostüm des Ritters war natürlich viel einfacher. Ich mußte mich mit einem – übrigens zu kleinen – Feuerwehrhelm begnügen, der von einer alten Ausrüstung von Paul stammte, aber großartig durch einen Federbusch verschönt wurde, der ehemals Staubwedel in einem Puppenhaushalt gewesen war. Das Kostüm wurde durch einen Zinkharnisch vervollständigt, aus den Resten einer Gießkanne mit einer aus dem Arbeitskorb von Tante Rose entliehenen Schere ausgeschnitten. Das bekam ihr leider nicht gut, denn im gleichen Augenblick, als es mir gelang, einen zweiten Zinkstreifen auszuschneiden, der wirklich etwas zu dick war, hörte ich ein komisches Klirren, und die eine der beiden Schneiden bekam einen Sprung und fiel zu Boden... Zum Glück brauchte ich dieses zerbrechliche Werkzeug nicht mehr und entledigte mich seiner, indem ich es taktvoll unter der Wurzel eines Olivenbaumes begrub.

Diese Vorbereitungen, die zwei Tage dauerten, waren wonnevoll, besonders am zweiten Tag.

Im Livigrub, getrennt durch einen Tisch, saßen wir einander gegenüber. Das Zimmer war dunkel, denn feiner Regen fiel geduldig auf die Akazien, und der Geruch der feuchten Erde drang durch das offene Fenster.

Isabelle nähte aufmerksam. Ich klebte Silberstreifen auf einen hölzernen Säbel und sah sie von Zeit zu Zeit an. Sie war hübscher als je, weil sie keine Grimassen schnitt. Ihre schwarzen Zöpfe hingen auf ihre Näherei herunter, der winzige Fingerhut stieß die feine Nadel durch den Stoff, manchmal schlug sie die Augen zu mir auf und lächelte.

In der feuchten, lauen Stille, in der zinngrauen Beleuchtung und beim Murmeln des Regens stellte das vertraute Ticken der Wanduhr unsere gemeinsamen Minuten her, und ich empfand zutiefst die Süßigkeit unseres beiderseitigen Schweigens. Dann stand sie leise auf, um sich ans Klavier zu setzen, und ihre Finger entfesselten kleine Melodien, die nicht in den Regen hinaus wollten und im Dunkeln unter der Zimmerdecke herumflatterten.

Das Ergebnis unserer Bemühungen war ein großer Erfolg. Als ich sie eintreten sah, die Papierkrone auf dem Kopf, das Schilfrohrzepter in der Hand, mit goldenen Quasten am Gürtel und einen purpurroten Vorhang als Schleppe hinter sich herziehend, war ich geblendet und glaubte an ihre Majestät. Sofort schwor ich ihr auf mein Holzschwert Gehorsam und Treue und erklärte mich bereit, für sie zu sterben. Was sie auch ohne weiteres annahm.

Die ersten Befehle, die sie mir gab, stellten meine Kraft und meinen Mut auf die Probe. Sie befahl mir, vom höchsten Ast der Akazie ein verlassenes Vogelnest herunter zu holen, das mit spitzen Dornen gespickt war; dann ließ sie eine Rose in die ›Zisterne‹ von Les Bellons fallen, die gut drei Meter tief war (und in der kein Mensch jemals Wasser gesehen hatte), und ›erlaubte‹ mir, in diesen Abgrund hinunter zu steigen, um die Blume zurückzuerobern.

Ich durchbrach ein riesiges, übrigens unbewohntes Spinnengewebe, und holte die kostbare Rose wieder herauf, die sie mir zu behalten ›erlaubte‹. An einem der folgenden Tage begleitete sie mich auf der Dorfstraße bis zum Bauernhof von Felix; das war ein kleines Anwesen am Straßenrand, dessen Fensterläden immer geschlossen waren, weil Felix, der Maurermeister, erst am Abend heimkam. In seiner Abwesenheit wurden seine Reichtümer von einem riesengroßen Hund bewacht, der so mager war, daß man ihn für ein behaartes Skelett halten konnte; er fiel die Vorübergehenden an und erwürgte sich dabei beinahe mit einer Kette, die glücklicherweise der Wildheit des Tieres entsprach.

Meine Königin erklärte, wenn ich hinginge und den Hund streichelte, würde ich zum Hauptmann ihrer Palastwache ernannt werden.

Ohne das geringste erkennbare Zögern näherte ich mich der wilden Bestie, indem ich mich einerseits auf den wohlbekannten Magnetismus des menschlichen Blickes, andererseits auf die Solidität der Kette verließ.

Mein Anblick schien das Tier aufs äußerste zu reizen: ich machte klugerweise bei den Halbkreisen halt, die seine Pfoten beim Hin- und Herlaufen am Boden abgezeichnet hatten. Er sprang mit solchem Schwung aus seiner Hütte heraus, daß der Ring seines Halsbands nachgab. Isabelle schrie vor Schreck laut auf; ich versuchte, zurückzuspringen. Zu spät! Die langen Pfoten erfaßten meine Schultern, ich sah vier Hundezähne blitzen, groß und spitz wie Trophäen eines Urwaldforschers... Mit aller Kraft stieß ich die harte Hundebrust zurück, aber eine lange, weiche Zunge leckte mir wütend das Gesicht, wobei die wilde Bestie langgezogene Seufzer hören ließ.

Er war ein zärtlicher Mißverstandener, ein leidenschaftlicher Einsamer, ein liebestolles Hundevieh, das sich gleich zu meinen Füßen niederlegte, um mir vor Freude weinend die Waden zu lecken... Ich hatte alle Mühe, mich von ihm zu befreien, denn er kroch mir nach und wäre mir bis ans Ende der Welt gefolgt. Isabelle hatte die Flucht ergriffen; nun kam sie zurück, während ich der Bestie das Halsband wieder umlegte. Sie sagte – aus angemessener Entfernung – nur: »Herr Ritter, ich bin mit Euch zufrieden!«, das kam mir etwas kühl vor; aber als sie abends ihrem Vater diese Episode erzählte, versicherte sie, ich hätte das wilde Tier zu Boden geworfen. Vielleicht hatte sie das übrigens wirklich geglaubt, denn während meines allzu leichten Sieges hatte sie ihr Gesicht mit den Händen bedeckt. Die Infantin fand mich »bewundernswert unvorsichtig«, und der Dichter wies mit dem Zeigefinger auf mich und sagte nichts als »Bellerophon«!

So vergingen zehn Tage viel zu schnell, und ich kam immer zu spät nach Hause, wo ich mich nur noch zum Essen sehen ließ. Ich bewunderte, verehrte, liebte Isabelle, und daß ich meinen

Freund verlassen hatte, verursachte mir nicht einmal mehr Gewissensbisse, denn ich hatte vergessen, daß es ihn gab.

Im Gras unter der Schaukel fand ich ein grünes Seidenband, das die Locken der Vielgeliebten zusammengehalten hatte; ich besaß auch einen Perlmutterknopf von ihrem Kleid, eine Gladiole, die sie mir gegeben hatte, den Kern einer Pflaume, die sie gegessen hatte, und einen kleinen Apfel, in dem man den Abdruck ihrer Zähne sah, sowie die Hälfte eines Kammes. Jeden Abend steckte ich diese Schätze unter mein Kopfkissen; das Band um den Hals geschlungen und die durch ihren Biß geheiligte Frucht in der Hand, durchlebte ich mit geschlossenen Augen den wunderbaren Tag noch einmal und sprach mir die Worte vor, die ihr – morgen vielleicht schon – meine ewige Liebe ausdrücken sollten.

Unterdessen zögerte meine Königin keineswegs, ihre Macht zu mißbrauchen. Heute verstehe ich, daß es ihr gefiel, nachdem sie mich als kühn und tapfer erkannt hatte, meine männlichen Tugenden vor ihrer mädchenhaften Schwäche zu demütigen. Sie lieben die Helden, deren Unterwerfung zu Sklaven hundertmal ruhmvoller ist als die Unterwerfung des treuen Gefährten, und es kommt ja auch vor, daß die zerbrechliche junge Frau einen furchterregenden Ringkämpfer heiratet, nur um des Vergnügens willen, ihn zu ohrfeigen.

Es fing damit an, daß sie mir befahl, ihre Schleppe zu tragen; dann machte sie mich darauf aufmerksam, daß dies keine Tätigkeit für einen Ritter sei; nachdem sie mir einen kolorierten Stich gezeigt hatte, auf dem die königliche Schleppe von zwei Negerknaben getragen wurde, schwärzte sie mir Gesicht und Hände mit einem rußigen Korken. Nachher mußte man sie respektvoll mit dem Staubwedel fächeln, während sie in der Hängematte lag und vorgab, zu schlafen. Bei ihrem Erwachen tanzte ich dann die »Bambula«, um sie zu zerstreuen. Dann sagte sie, um mich zu belohnen: »Mund auf und Augen zu!« und ich mußte zerbeißen, was sie mir fein säuberlich auf die Zunge legte: erst ein Karamelbonbon, dann eine Kirsche, dann eine Schnecke.

Glücklich und stolz, sie zu überraschen, unterwarf ich mich diesem Dienst und zitterte vor Erregung, als sie mir vor meinem Aufbruch nach Hause Gesicht und Hände mit einem in Kölnisch Wasser getauchten Wattebausch eigenhändig reinigte...

Dieses köstliche Parfüm entging Pauls Aufmerksamkeit nicht. Als ich in seine Nähe kam, schnupperte er plötzlich, lief ins Haus und schrie: »Er ist zum Friseur gegangen!«

Meine Mutter erschien beunruhigt unter der Tür, denn sie fürchtete, daß Joseph seine Haarschneidemaschine wieder aus dem Brunnen gefischt hatte. Als sie sah, daß meine Haare noch vorhanden waren, fragte sie Paul: »Warum sagt du das?«

»Man hat ihn mit Parfüm angespritzt! Ich habe es gerochen!«

Lässig kam ich näher und sagte: »Die Mutter von Isabelle hat mir welches gegeben, um mir das Gesicht abzureiben; man nennt es Kölnisch Wasser.«

Sie ging ins Haus zurück, beruhigt, wenn auch etwas erstaunt.

Meine plötzliche Veränderung war dem Scharfblick meiner Familie natürlich nicht entgangen. Mein Vater betrachtete mich manchmal mit amüsiertem Lächeln, und es kam vor, daß Onkel Jules, wenn er nach dem Essen seine Zeitung las, das Zunehmen der Liebestragödien beklagte und daran etwas beängstigende, obwohl allgemein gehaltene Betrachtungen über die Gewalt der Illusionen knüpfte, die Liebende blind macht. Aber man stellte mir keine Fragen; im Gegenteil: als der kleine Paul wissen wollte, warum ich nicht mehr mit Lili auf die Jagd ging, antwortete meine Mutter für mich und sagte, daß Lili im Augenblick nicht frei sei, aber bald wieder kommen würde. Und als Paul sich nicht zufrieden gab und fragte: »Und warum nimmt er mich nicht mit zu seiner Braut?« erklärte Tante Rose: »Man geht nicht zu Leuten, wenn man nicht eingeladen ist.«

»Und warum kommt dieses Mädchen nicht hierher? Zu dritt unterhält man sich viel besser! Sie könnte die Indianerfrau sein und die Lasten tragen; ich würde so tun, als ob ich sie mit dem Stock schlagen wollte, und sie würde so tun, als ob sie weinte und dann...«

»Und dann«, sagte meine Mutter, »ißt du deine Suppe. Ich bin überzeugt, deine Spiele würden ihr nicht gefallen; außerdem gehen kleine Mädchen nicht zu Freunden ohne ihre Mutter.«

»Ihre Mutter braucht sie ja nur zu begleiten! Ich sage dir, wenn du sie einlädst, wird sie kommen!«

»Das ist eine gute Idee!« rief Onkel Jules. »Ich glaube, diese Leute müssen sehr interessant sein, da Marcel alle seine Tage dort verbringt. Es wäre sehr angenehm, sie kennenzulernen. Am Sonntag nach der Messe spreche ich mit dem Dichter, und er wird seinen Apéritif bei uns trinken.«

Ich war bestürzt.

Dunkel fühlte ich den Grund meiner Unruhe: Isabelle kannte den kleinen Jungen, der ich in der Familie war, nicht; und die Persönlichkeit, die ich ihr gegenüber spielte, konnte ich den Meinen nicht zeigen, denn sie hätten mich keinesfalls wiedererkannt. Doch sofort fand ich die Lösung dieses Problems; wenn sie tatsächlich mit ihren Eltern zu uns käme, würde ich heftige Zahnschmerzen vorschützen und auf meinem Stuhl sitzenbleiben, ohne ein Wort zu sagen.

Die gefürchtete Begegnung meiner beiden Ich's, die in nichts einander glichen, fand indessen noch am selben Abend statt.

Die Forderungen der Königin waren an diesem Nachmittag ebenso zahlreich wie abwechslungsreich; erst war ich fächerhaltend der treue Negersklave und Schleppenträger und später ein akrobatischer Tänzer. Von einem vergifteten Pfeil getroffen, wand ich mich in schrecklichem Todeskrampf zu Füßen meiner Herrin, die mich mit Worten des Bedauerns tröstete. Dann wurde ich ein wütender Hund, der mit Schaum auf den Lefzen bellend in den Palast seiner Herrin lief, was ich dazu ausnutzte, ihr die Hand zu lecken. Durch meine glückselige Anbetung ermutigt, steckte sie mir schließlich eine lebende Heuschrecke in den Mund, die ich zerknackte und erst im Augenblick, als ich erkannt hatte, was es war, voll Ekel ausspuckte.

Die Königin war so gütig, mir zu verzeihen, daß ich sie nicht hinuntergeschluckt hatte, und rieb mich ausführlich mit Kölnisch Wasser ab. Dann setzte sie sich auf ihren Thron, der nichts anderes als der unter der Akazie aufgestellte Klavierhocker war, und gewährte mir eine Audienz.

Während ich noch stramm stand, teilte sie mir eine berauschende Neuigkeit mit.

»Herr Ritter, ich bin zufrieden«, sagte sie. »Tapfer und treu habt Ihr meine Befehle ausgeführt... Ihr habt alle Prüfungen, denen ich Euch unterwerfen mußte, siegreich bestanden, Ihr werdet Eure Belohnung erhalten.«

Sie sah mir nachdenklich in die Augen.

»Eine alleinstehende Königin ist immerzu erdrückt von Sorgen um ihr Reich... Ich habe daher beschlossen, Euch meinem Geschick zu verbinden.«

Ich wagte nicht zu verstehen, was sie meinte. Sie fuhr fort: »Ihre Majestät, die Königinmutter ist gerade dabei, einen Königsmantel für Euch zu nähen. Unsere Hochzeit wird morgen in Gegenwart aller christlichen Fürsten stattfinden, und die Königinmutter wird den *Hochzeitsmarsch* spielen.«

Das war ein grandioser Einfall, der meinen endgültigen Triumph bestätigte; ich wurde ganz rot vor Stolz und verneigte mich respektvoll. Sie reichte mir die Hand zum Kuß und sagte: »Zieht Euch jetzt zurück, denn ich sehe einen berühmten Dichter nahen. Ein Dichter ist mehr als ein König, und ich muß eilen, ihm zu dienen...«

Wirklich tauchte Lois auf, schwankend, mit schmerzverzerrtem Mund und von Inspirationen sichtlich gepeinigt.

Rückwärts gehend, machte ich bei jedem Schritt eine Verbeugung und lief dann – den ganzen Weg vor Freude tanzend – zurück zur Bastide-Neuve.

Die Jäger waren auch gerade heimgekommen. Vor Josephs Augen trank Onkel Jules ohne die geringste Scheu ein großes Glas unvermischten Weißweins, in dem ein Stückchen Eis schwamm. Mein Vater putzte die Läufe seiner Flinte und sah von Zeit zu Zeit hindurch, um den Himmel zu prüfen, der ganz wolkenlos war. Tante Rose strickte blitzschnell ihrem vorauseilenden Zeigefinger nach. Im höchsten Ast des Feigenbaumes machte eine einzige, etwas heisere Grille ihre leise Musik.

Der Onkel, sein Glas in der Hand, sah mich auf das Haus zukommen.

»Oho!« sagte er. »Du siehst aber heute abend vergnügt aus!«

»Ich? So vergnügt wie immer! Ist Lili dagewesen?«

»Ja«, sagte mein Vater, ohne seine astronomischen Studien zu unterbrechen, »er ist sogar schon sehr früh gekommen, und als er sah, daß du nicht da warst, hat er Paul mitgenommen.«

Das war eine angenehme Nachricht; sie befreite mich von meinen Gewissensbissen dem Freund gegenüber, da Paul mich ja ersetzen konnte. Das war sogar ein kleiner Verrat, der den meinen geringfügig erscheinen ließ, und ich fühlte mich in meinen eigenen Augen völlig gerechtfertigt.

So legte ich mich in einen Liegestuhl, um eine Stange Schokolade zu knabbern. Ich hatte ein offenes Buch auf den Knien und gab vor, zu lesen; in Wirklichkeit dachte ich an meine liebe Isabelle, denn ich betrachtete ihren Entschluß, mich morgen zu heiraten, als eine richtiggehende Liebeserklärung. Ich beschloß, ihr nach der Feier einen Besuch unseres Königreiches vorzuschlagen; dann würde ich sie in den Kiefernwald führen und sie unter dem Vorwand, unserer Hochzeit die rechte Weihe zu verleihen, an mein Herz drücken und leidenschaftlich küssen. Während ich das Zwiegespräch überlegte, das dieser kühnen, aber entscheidenden Geste vorausgehen mußte, erschienen Paul und Lili vor dem Haus. Fünfzig Schritt entfernt blieben sie stehen; unter dem alten krummen Mandelbaum berieten sie sich flüsternd, dann kamen sie langsam näher, benahmen sich albern und schnitten unverständliche Grimassen.

Ihre Haltung erschien mir bedenklich, ohne daß ich wußte, warum.

»Na«, sagte mein Vater. »Wo kommt ihr denn her?«

Lili, der an einem Fenchelhalm kaute, hob die linke Hand und wies schweigend mit dem Zeigefinger nach dem unsichtbaren Haus von Isabelle.

»Wir haben einen kleinen Spaziergang dort hinunter gemacht«, sagte Paul, »und wir haben uns versteckt, um ein bißchen zuzusehen, was du mit diesem Mädchen machst. Und wir haben alles gesehen! Alles!«

Ich fühlte sofort, daß meine Wangen brennend rot wurden, sagte aber kein Wort.

Mein Vater fragte lebhaft interessiert: »Und was habt ihr gesehen?«

»Ach, sie spielten zusammen«, sagte Lili ausweichend.

»Was spielten sie denn?«

Lili, der etwas verlegen schien, antwortete: »Mein Ehrenwort, ich habe es nicht recht verstanden.«

»Aber ich habe es verstanden!« rief Paul. »Das Mädchen hat ihn wie einen Neger ganz schwarz angeschmiert, und dann trug er die Schleppe ihres Kleides, und dann ließ sie ihn auf allen vieren kriechen.«

»Und bellen!« murmelte Lili mit niedergeschlagenen Augen.

»Das ist aber ein recht sonderbares Spiel«, sagte Onkel Jules.

»So etwas hat es ja noch nie gegeben«, sagte Joseph in kategorischem Ton. »Nie im Leben hat ein Mädchen mich auf allen vieren kriechen lassen!«

»Mich auch nicht!« rief Paul energisch. »Noch nie im Leben!«

»Es ist ein Spiel, das wir erfunden haben«, sagte ich. »Das Spiel vom Ritter der Königin.«

»Im allgemeinen«, sagte mein Vater, »kriechen die Ritter nicht auf allen vieren.«

»Und sie bellen auch nicht!« sagte Onkel Jules.

Ich bemerkte, daß sie nicht zufrieden waren, also setzte ich ihnen die Spielregeln auseinander, betonte die Eleganz der ritterlichen Gefühle, indem ich ihnen erklärte, daß es in den Versen der Dichter nie anders zuging.

Aber Paul streckte seinen Zeigefinger anklagend gegen mich aus: »Und die Heuschrecken?« schrie er. »Von den Heuschrekken sagst du natürlich nichts. Sie hat ihn die Augen schließen lassen, dann mußte er den Mund aufmachen, und dann hat sie ihm eine Heuschrecke hineingesteckt.«

»Eine lebendige!« murmelte Lili.

Da ich nichts zu sagen wußte, zuckte ich die Achseln und lachte dumm.

»Kommt, kommt«, sagte Onkel Jules in ungläubigem Ton, »wie habt ihr sehen können, daß sie lebendig war?«

»Wir hatten uns in den Ginsterbüschen versteckt«, sagte Lili mit belegter Stimme, «und gerade vor uns hat sie ihn erwischt.«

»Und er hat die Heuschrecke zerbissen«, rief Paul. »Jawohl, du hast sie zerbissen!«

Jetzt schrie ich wütend: »Ich habe sie nicht zerbissen! Ich habe sie ausgespuckt!«

»Das ist wahr«, sagte Lili, »ich habe es gesehen.«

»Ausgespuckt oder zerbissen«, sagte mein Vater barsch, »ich finde eine solche Art von Spielen idiotisch, und es ist ganz klar, daß dieses Mädchen dich für einen Dummkopf hält.«

Sein Mißvergnügen war augenscheinlich, und ich wußte nicht mehr, welche Haltung ich einnehmen sollte; da hörte ich die Stimme meiner Mutter. Sie stand mit mehlbestaubten Händen in der Tür und sagte: »Wenn die Mädchen dich jetzt schon Heuschrecken zerbeißen lassen, frage ich mich nur, was sie dir später zu essen geben werden.«

Ich war ins Herz getroffen, denn sie hatte mit tiefem Ernst gesprochen. Da kam Lili mir zu Hilfe; er hatte sich langsam entfernt und rief plötzlich: »Wir hätten gerade noch Zeit, zu den Fallen zu gehen. In Petit-Oeil habe ich drei Dutzend ausgelegt.«

Diese Gelegenheit nahm ich beim Schopf.

»Wann?«

»Heute früh um fünf Uhr, ehe ich zur Arbeit gegangen bin.«

Sofort heuchelte ich großes Interesse.

»Du hast noch nicht nach ihnen gesehen?«

»Bis jetzt noch nicht, ich wollte mit dir gehen.«

»Das ist zu dumm«, sagte ich, »bei diesem kleinen Mistral heute früh sind sicher Weißschwänze dagewesen; laß uns schnell nachschauen!«

Es hatte kein ›kleiner Mistral‹ geweht, und noch nie hatte jemand dort oben Weißschwänze gesehen, aber ich sagte irgend etwas, um meine Flucht zu motivieren; ich eilte den Weg zu den Hügeln hinauf und lief so schnell, daß Lili mir kaum folgen konnte.

Bald blieb ich außer Atem stehen und mußte mich auf einen Stein setzen und auf Lili warten.

»Du weißt«, sagte er, »daß ich nichts sagen wollte. Es war Paul.«

»Das habe ich schon gemerkt. Aber ich finde es nicht nett, sich wie Spione zu verstecken, um zuzusehen, was ich mache; das geht euch gar nichts an!«

»Ich weiß schon«, sagte Lili. »Ich weiß schon! Ich hatte auch keine Lust, hinzugehen, es war Paul. Du verstehst, es macht ihm Kummer, daß du dieses Mädchens wegen alles im Stich läßt; und außerdem hat es ihn geärgert, dich zum Vergnügen dieser Närrin den Hanswurst machen zu sehen. Was bildet sie sich ein, daß sie dich so herumkommandiert? Hält sie dich für einen Hund?«

Ich wußte nichts zu antworten. Auf dem großen Stein sitzend, meine Handrücken unter den Oberschenkeln, baumelte ich mit den Beinen, und meine Absätze schlugen dumpf an den blanken Felsen.

Er sah mich einen Augenblick finster an und sagte grob: »Und du selbst? Hältst du dich für einen Hund?«

Ich zuckte mit schwachem Lächeln die Achseln. Er vergrub die Hände in den Taschen und ging einige Male schweigend auf und ab, die Augen auf den Thymian gesenkt, der seine Füße bedeckte. Sein Gesicht war hart und finster. Schließlich blieb er vor mir stehen, sah mir fest in die Augen und sagte energisch: »Fußtritte in den Hintern! Jawohl! Fußtritte in den Hintern!«

Ich strengte mich an zu glauben, daß es sich um meinen Hintern handelte, sprang von meinem Stein herunter und sagte: »Wenn du willst, bitte! Aber jetzt geht es um die Fallen. Komm!«

Er folgte mir.

Am Abend unter der Sturmlampe versuchte ich, vollkommene Gemütsruhe vorzutäuschen, und aß den Speckpfannkuchen und die gefüllten Tomaten mit großem Appetit. Als niemand sprach und das Schweigen peinlich wurde – denn ich fühlte, daß sie alle an den Ritter der Königin dachten –, fing ich beherzt an zu reden und beschrieb, als ob dies ein lebenswichtiges Problem wäre, den Temperamentsunterschied der drei Echos von Passe-Temps.

Das erste, das antwortete, kam von La Petit-Baume, aber es meldete sich so schnell, daß es einem das Wort abschnitt wie in einem Streit, und ehe es verklungen war, fing es schon von neuem an, so daß es gelegentlich stotterte. Das folgende Echo, vom Feld der Feigenfresser, wiederholte höflich den ganzen Satz, aber so, als dächte es an etwas anderes. Das letzte schließlich (sehr weit entfernt, denn es versteckte sich im Efeu unter dem Felsen von La-Garette) nahm sich Zeit zu überlegen und wiederholte mit einer hübschen, etwas heiseren Stimme stets freundlich die feinsten Unterschiede, selbst wenn man ihm Schimpfwörter zurief.

Diese interessanten Betrachtungen wurden keiner Antwort gewürdigt. Der nachdenkliche Blick meines Vaters, Onkel Jules' etwas spöttisches Lächeln und das infame Augenzwinkern von Paul lähmten bald meine Redelust, die ich mit einem großen Bissen Reiskuchen dann gänzlich erstickte.

Da ergriff Joseph das Wort: »Ich bin glücklich, festzustellen, daß du dich noch für die Echos interessierst und infolgedessen auch für die Hügel. Das beweist uns, daß du wieder mit uns jagen und mit Lili in den Wald gehen wirst.«

»Waldspaziergänge auf zwei Beinen sind auch wirklich ehrenvoller als auf allen vieren«, sagte der Onkel.

»Und außerdem«, sagte meine Mutter lebhaft, »steckt in einem Mädchen von zwölf Jahren soviel Geist und List wie in einem Jungen von siebzehn. Wenn du unbedingt Wert auf weibliche Gesellschaft legst, kannst du ja mit deiner kleinen Schwester spielen, die sicher ebenso schlau ist wie du.«

Ich sah die kleine Schwester an, die jetzt Haare wie ein Junge hatte; sie verstand nichts von der Unterhaltung, denn sie war schlaftrunken, obwohl sie sich mit ihren beiden Handrücken die Augen rieb. Ebenso schlau wie ich! Wie konnte meine heißgeliebte Mutter solches Zeug aussprechen?

Paul lachte darüber schamlos mit geschlossenen Augen und offenem Mund. Ich wollte ihm gerade Bescheid sagen, als mein Vater in entschiedenem Ton sagte: »Morgen früh wirst du Lili beim Pflücken der grünen Oliven helfen, denn deine Mutter will einen Topf entkernter Oliven für den Winter einmachen. Du wirst fünf Kilo mitbringen. Und ich rate euch, am Nachmittag eure Fallen im Jardinier-Tal aufzustellen; Mond des Parpaillouns hat uns einen neuen Flug Goldammern angekündigt.«

»Das ist interessant«, sagte ich. »Eine Goldammer ist schön wie eine vergoldete Amsel.«

»Der Wind kommt genau aus Nordost«, sagte Onkel Jules. »Und der gleiche hat uns schon einmal Zugvögel hergebracht. Man darf keine Zeit verlieren, denn länger als acht Tage werden sie nicht hierbleiben...«

»Und wohin gehen sie nachher?« fragte meine Mutter, als sei der Wanderflug dieser Vögel ihre größte Sorge.

Onkel Jules hielt einen kleinen Vortrag über Sitten und Gewohnheiten der Zugvögel, und mein Vater fügte einige spezielle Auskünfte hinzu, die er soeben dem Dictionaire Larousse entnommen hatte. Aber ich begriff sofort, daß die ganze Ornithologie keine andere Absicht verfolgte, als meine Erniedrigung zu beenden und die Affäre Isabelle auf das Ausmaß einer etwas lächerlichen, aber endgültig beendeten Episode zurückzuführen.

Als der abscheuliche Paul auf seinen aufgestützten Unterarmen zu schnarchen anfing, während mein Vater die Beschreibung der rostroten Goldammer beendete, nahm ich ihn auf den Arm, trug ihn in unser Zimmer und legte ihn in sein Bett, ohne daß er noch einmal zum Bewußtsein kam. Dann zog ich mich auch aus.

Unterdessen schien die Unterhaltung unter dem Feigenbaum weiterzugehen. Lautlos öffnete ich das Fenster und horchte, aber sie sprachen so leise, daß ich nur einzelne Satzbrocken aufschnappen konnte: »Ein sehr häßlicher Charakter... Bereits genau so dumm wie ein erwachsener Mann... Fratzenschneiderin... Hanswurst... hysterisch...«

Plötzlich durchdrang Tante Roses klare Stimme dieses Gemurmel: »Ich habe sie mit ihren Eltern in der Messe gesehen; sie ist sehr hübsch, aber sie sieht anmaßend und hinterhältig aus.«

»Das ist schon möglich«, sagte Onkel Jules mit seiner natürlichen Stimme, »aber trotzdem ist es noch keine Tragödie.«

»Sicher nicht!« antwortete Joseph. »Aber ich denke nicht daran, zuzulassen, daß mein Sohn den Hanswurst macht, um die Tochter eines Trunkenboldes zu unterhalten!«

Worauf ich, ohne das folgende abzuwarten, das Fenster schloß, unter meine Decke kroch und Bilanz machte.

Die Lage war ganz besonders ernst, vor allem in moralischer

Hinsicht; ich war verzweifelt über die plötzliche Feindschaft meiner Familie und fühlte mich genau so verlassen wie Robinson; trotzdem war ich niemandem böse.

Paul und Lili hatten mich verraten, aber sie waren nur von Eifersucht getrieben, das heißt von ihrer Liebe zu mir, und das war unbedingt verzeihlich.

Mein lieber Onkel Jules hatte mich getadelt, aber mit liebevoller Nachsicht, die unglücklicherweise durch einige Spöttereien entwertet wurde.

Meine Tante Rose hatte Isabelle sehr grausam beurteilt, aber gegen mich hatte sie nichts gesagt.

Meine Mutter war ungerecht und beinahe wütend gewesen, aber aus mütterlicher Eitelkeit. Sicher hätte sie vor Stolz und Freude gelacht, wenn man ihr erzählt hätte, daß Isabelle von mir gezwungen worden wäre, rohe Spinnen oder Kuchen aus Glühwürmern zu verzehren.

Mein Vater schließlich hatte mir plötzlich sein strenges Gesicht der großen Anlässe gezeigt und sein Urteil in völliger Unkenntnis der Wahrheit gefällt.

Denn das war der springende Punkt: ihr gemeinsamer Fehler war, daß sie die Kraft eines in der Welt einmaligen Gefühls nicht verstehen wollten, da sie es sicherlich niemals empfunden hatten, denn es gab nur eine einzige Isabelle, die sie nicht kannten; daher konnten sie auch nicht wissen, daß sie unvergleichlich war. Tante Rose hatte sie nur in der Messe gesehen, wo man nicht lachen darf, und Lili, der so roh von ihr gesprochen hatte, war nur ein kleiner Bauer. Wenn sie sich herabgelassen hätte, auch nur ein Wort mit ihm zu sprechen, wäre er auch Heuschrecken oder vielleicht sogar Küchenschaben knackend auf allen vieren gekrochen. Er hätte sich von oben bis unten schwarz anschmieren lassen und im Schlaf gelächelt, weil ein grünes Band um seinen Hals geschlungen war.

Der Ton von Josephs letzten Worten ließ mir keine Hoffnung; er hatte beschlossen, daß ich sie nicht mehr sehen sollte. Wenn ich trotzdem hinginge, würde er mich holen kommen und vielleicht ihren Vater, den Dichter, beschimpfen, den er einen Trunkenbold genannt hatte. Was konnte ich dagegen tun?

Selbstverständlich hätte ich ihnen erklären können, daß diese Spiele nur eine Reihe von Prüfungen waren, daß dieses Stadium aber beendet war und ich ab morgen der Prinz und Gemahl meiner Königin sein würde.

Dem Sturmangriff der ganzen Familie gegenüber hatte ich

nicht den Mut gehabt, zu sprechen; aber es war vielleicht noch Zeit...

Unter dem Zwang der Überlegung fand ich eine grandiose Lösung; ich würde morgen heimlich zu Isabelle gehen, dann, nach der Hochzeitsfeier, die mir alle Macht übertrug, konnte ich sie in die Bastide-Neuve bringen. Die Krone auf dem Kopf, das Zepter im Arm, in den königlichen Mantel gehüllt, würden wir Hand in Hand würdevoll durch die Margeriten schreiten, und die entzückte und gerührte Familie würde uns Hochzeitsgeschenke anbieten und Isabelle in unsere Gemeinschaft aufnehmen.

In den Halbträumen, die dem Schlaf vorausgehen, scheint alles möglich und sogar leicht... Ich schlief so vollkommen glücklich ein, daß ich Tränen in meinen Augen fühlte...

Als ich aufwachte, regnete es. Ich machte das Fenster auf und beobachtete den Regen, wie er senkrecht, aber durchsichtig vom Himmel fiel. Ich hob den Kopf, um zu sehen, in welcher Richtung die Wolken zogen; es gab nur eine einzige unbewegliche Wolke, deren Ränder auf dem Halbkreis der Hügel ruhten. Das Laub der Oliven bewegte sich nicht mehr als auf einem Bild.

Ich sagte halblaut: »Es wird Mistral geben. So kann es nicht bleiben, nach dem Regen kommt schönes Wetter.«

Ohne die Augen zu öffnen, fragte Paul: »Sprichst du mit mir?«

Ich antwortete streng: »Ich spreche nicht mit Spionen. Ich spreche zur Natur!«

Er drehte sich wieder zur Wand und murmelte: «Du wirst fad!«

Ich ließ mich nicht dazu herab, ihm zu antworten.

In der Küche goß meine Mutter den letzten Strahl kochenden Wassers auf den Kaffeefilter.

Während ich mich an dem kupfernen Wasserhahn wusch, fragte ich: »Schläft Papa noch?«

»O nein!« sagte sie. »Sie sind schon in aller Frühe auf die Jagd gegangen.«

»Regnete es?«

»Allerdings. Aber Onkel Jules hat gesagt, es würde nicht lange dauern.«

Das war beunruhigend, denn da er der provenzalischen Meteorologie seine im Roussillon erworbenen Kenntnisse hinzufügte, irrte er sich oft. Da meine Pläne aber strahlendes Wetter erforderten, nahm ich seine Voraussage ohne Widerspruch hin.

Ich machte sehr sorgfältig Toilette, eine richtige Hochzeitstoilette.

Diese Beflissenheit erregte den Argwohn meiner Mutter, die mich plötzlich mißtrauisch ansah: »Du hast nicht vergessen, was dein Vater gestern abend sagte? Er hat dir verboten, wieder dort hinunter zu gehen.«

»Ich weiß«, sagte ich. »Ich gehe zu Lili.«

»Damit wirst du uns allen Freude machen und ganz besonders ihm. Immer, wenn er abends die Milch brachte und du nicht da warst, sah ich, daß er am liebsten geweint hätte.«

Das berührte mich nicht im geringsten; erst einmal, kein Mitleid mit Spionen! Außerdem brauchte er mich nicht mehr. Und schließlich, nachdem Isabelle nun einen Platz in unserem Leben einnehmen würde, könnte er bald ihre Bekanntschaft machen, und am Ende würden wir alle sehr glücklich sein.

Bedächtig aß ich meine Butterbrote. Dann lief ich unter der Kapuze meines Regenmantels davon und machte große Sätze und Sprünge um die grauen Pfützen herum, in die der Regen tausend kleine Ringe pickte.

Ich war ungeduldig, den Königsmantel zu sehen, den die zur Königinmutter beförderte Infantin genäht hatte, und bereitete die kleine Rede vor, die ich ihr halten würde, um ihre Erlaubnis zu erbitten, meine Königin meinen Eltern vorstellen zu dürfen.

Ich kam hinter dem Haus an und horchte; großes Schweigen, vom leichten Aufklatschen des Regens kaum unterbrochen. Ich blickte um mich – kein Mensch.

Leise näherte ich mich, mit dem Rücken an der Mauer entlangschleichend, um den Wasserströmen auszuweichen, die mangels einer Dachrinne von den Ziegeln flossen. So gelangte ich an den Perlenvorhang und hob ihn hoch. Die Tür stand offen; der enge Vorplatz war leer. Im ersten Stock hörte ich Schritte. Ziemlich schüchtern klopfte ich an die Tür; die Stimme der Infantin rief: »Wer ist da?«

Dann öffnete sich das Fenster, und sie sah mich.

»Kommen Sie doch herein«, sagte sie, »Isabelle ist unten.«

Mir schien, daß weder der Gesichtsausdruck noch ihre Stimme

einer Königinmutter, die einen fürstlichen Freier begrüßt, würdig waren. Ich trat ein.

Ich ging auf den Zehenspitzen, um meine Geliebte zu überraschen; sie war nicht im Livigrub, wo ziemliche Unordnung herrschte. Geräuschlos eilte ich über den Korridor. Über mir ging die Königinmutter mit großen Schritten hin und her und machte knarrende Schranktüren auf und zu.

Ich gelangte in die Küche – niemand. Wo war nur Isabelle? Wahrscheinlich in ihrem Zimmer, mit dem Königsmantel beschäftigt, den sie mir versprochen hatte. Als ich durch den dunklen Korridor zurückging, hörte ich plötzlich ein donnerndes Getöse, und in der ausgebuchteten Wand öffnete sich eine graue Tür: es war die Toilettentür.

Seit frühester Kindheit hatte ich die animalischen Notwendigkeiten, die die menschliche Natur mit Lächerlichkeit belasten, schwer ertragen.

Wenn ich ein Kotelett aß, dachte ich manchmal daran, daß ich eine Scheibe von einem seit mehreren Tagen toten Tier kaute und dieses kleine Stück Leichnam mit klebrigem Speichel durchdrang. Bei der Vorstellung, daß diese ekelerregende Handlung erst das Vorspiel einer noch scheußlicheren Auflösung war, wurde mir schlecht.

Dem vertrauten Zeremoniell des Nachttopfs, das meine Mutter und meine Tante zu Ehren des kleinen Vetters eingeführt hatten, folgte stets eine Untersuchung, die kennerische Urteile zeitigte: manchmal beunruhigte, aber meistens überaus schmeichelhafte. Angeekelt und mit angehaltenem Atem verließ ich dann das Zimmer.

Aus diesem Grund blieb ich starr und wie gelähmt stehen, als ich Isabelle, vom gewaltigen Rauschen des reinigenden Wassers begleitet, aus diesem Schlupfwinkel der Schande herauskommen sah, und fühlte, wie mein Herz in meiner Brust eine kleine Grimasse schnitt.

Sie schien gar nicht verlegen und rief sofort: »Du kommst gerade recht zu einer vollkommenen Katastrophe! Komm!«

Sie ging ins Livigrub, und ich folgte, bereits verzweifelt. Sie sagte: »Vor allem habe ich mich erkältet. Die ganze Nacht hatte ich Fieber, und jetzt bin ich krank. Nun, es ist nicht so arg, das ist mir schon öfter passiert – aber das Schlimmste...«

Als sie ins Livigrub kam, unterbrach sie sich plötzlich und schnupperte: »Riechst du nichts?«

Meine Nase sog plötzlich einen abscheulichen Geruch ein, der mit einem Schlag meinen ganzen Kopf betäubte.

Sie rannte zum Fenster und riß es auf.

»Das ist doch wieder diese greuliche Katze, die von Felix. Erst stiehlt sie in der Küche, und dann hinterläßt sie Dreck in allen Ecken.«

Während ich mich fragte, ob das geheimnisvolle Katzenvieh wirklich der schuldige Teil sei, hatte sie die Messingschaufel aus der Besenkammer geholt und beugte sich tief unter jedes Möbel, um nachzuschauen. Dabei sprach sie weiter: »Aber das Schlimmste ist... ich werde dir gleich alles erzählen...«

Nun ja, ich wußte schon, was das Schlimmste war: meine Prinzessin, meine Fee hatte ganz einfach Bauchweh, und der Blick ihrer Veilchenaugen fegte über das Parkett unter einen buckligen Diwan, in der Hoffnung, dort einen Katzendreck zu erspähen.

Zum Glück fand sie ihn und brachte ihn – die Schaufel weit von sich streckend – in verdoppeltem Gestank hinaus.

Ich war wirklich sehr unglücklich und näherte mich dem Tisch, wo ich einen kleinen Stoß Schulhefte liegen sah; auf dem Deckel des obersten las ich:

Lyzeum Montgrand
Aufsatzhefte
von
Isabelle Cassignol 5 A

Dieser Name wiederholte sich auf jedem Hefte. Ich fragte mich, wer wohl diese Isabelle war, als ich einen Briefumschlag entdeckte, adressiert an M. Adolphe *Cassignol*, Korrektor am ›Petit Marseillais‹, Quai du Canal, Marseille.

Ich verstand überhaupt nichts mehr.

Sie erschien wieder und sagte: »Und jetzt kommt das Schlimmste: mein Vater hat sich mit dem Direktor des ›Petit Marseillais‹, der ein eifersüchtiger Dummkopf ist, gestritten und geht zu einer anderen Zeitung, wo er einen noch viel wichtigeren Posten haben wird, aber dort muß er bis Mitternacht in der Druckerei bleiben. Und deshalb fahren wir noch heute nachmittag in die Stadt zurück; gegen vier Uhr wird uns ein Wagen abholen. Das ist es! Da haben wir die Katastrophe!«

Hätte ich diese Neuigkeit am Abend vorher erfahren, wäre ich sicher in Tränen ausgebrochen; aber meine Gedanken waren derartig in Unordnung geraten, daß ich nur antwortete: »Das ist sehr schade.«

»Mehr macht dir das nicht aus?«

Niedergedrückt breitete ich die Arme aus und schüttelte lange den Kopf. Sie schien beleidigt.

»Ich glaubte, du würdest weinen.«

Halblaut sagte ich, denn ich sprach zu mir selbst: »Ich auch.«

»Also, ich weiß«, sagte sie voll Bitterkeit, »daß es mir Kummer machen wird, wenn der Wagen kommt, um uns abzuholen. Obwohl ich Freunde in der Stadt habe und ins Konservatorium eintreten werde, wo es von Künstlern wimmelt; trotz alledem bin ich sicher, daß ich bestimmt weinen muß, und du wirst begreifen, warum.«

Sie war sehr blaß, mit übernächtigen Augen und schlaffen Zügen, und ihre schwarzen Locken waren aufgelöst; aber ich hatte das Alter der göttlichen Zärtlichkeit noch nicht erreicht und war einfach enttäuscht.

Nach längerem Schweigen fragte ich: »Sind das Ihre Schulhefte?«

»Natürlich«, sagte sie, »aber im Konservatorium brauche ich sie nicht mehr.«

»Ich werde mich wieder an die Arbeit machen, weil die Ferien bald zu Ende sind; das wird mich auch hindern, an etwas anderes zu denken.«

»Jedenfalls werde ich dir ein Abschiedsstück vorspielen; ich hoffe, daß dich das zum Weinen bringt.«

Daran lag ihr viel; ich bereitete mich also darauf vor, mir ein bißchen tragische Mühe zu geben.

Aber als sie sich ans Klavier setzen wollte, wurden ihre Augen plötzlich unruhig, und sie sagte: »Warte auf mich, ich komme gleich zurück.«

Sie lief schnell hinaus.

Oben rückte man quietschende Möbel hin und her; Mme. Cassignol räumte ihren Haushalt auf, ehe sie abreiste. Und Lois de Montmajour war Adolphe Cassignol, der einen falschen Namen angenommen hatte wie die entlaufenen Sträflinge. Da bemerkte ich auf dem gesprungenen Marmor des Kamins eine angeschlagene Tasse, in der nicht zergangener Zucker fleckige Ränder hinterlassen hatte; der Wanduhr fehlte ein Zeiger, der große venezianische Spiegel hatte gelbliche, mit schwarzen Sternchen gespickte Flecken; das kostbare Tischtuch war nur ein fadenscheiniger Lumpen mit ausgefransten Flicken besetzt, und die Königin hieß Isabelle Cassignol.

Ich fühlte, daß ich zugrunde gerichtet war, und wieder rauschte die Wasserspülung.

Da sprang ich aus dem Fenster und ergriff in strömendem Regen die Flucht.

In meiner Verwirrung rannte ich zu Lili.

Als ich auf die Tenne kam, durchbrach ein Sonnenstrahl rücksichtslos die Wolken und blieb wie ein Pfeil auf dem Gipfel der Tête-Rouge stecken. Die unabsehbare Nebelherde teilte sich an dieser goldenen Schranke und zog sich dann hier und dort vor einem azurblauen Dreieck, das sich vor unseren Augen erweiterte, zurück.

Lili klopfte mit einem Waschholz einen auf der Türschwelle liegenden Stockfisch für das Aioli (Knoblauchgericht) seiner Mutter weich.

Er sah mit finsterem Gesicht zu mir auf, das sich aber bald durch ein strahlendes Lächeln aufhellte.

»Brauchst du etwas?« fragte er.

»Nein. Ich bin zu dir gekommen, weil mein Vater gesagt hat, daß die Goldammern gekommen sind...«

»Ich weiß. Heute früh habe ich drei gefangen, da unten in den Oliven von Gustave; wenn du Zeit hättest, wäre jetzt der Moment zum Auslegen der Fallen unter dem Taoumé.«

Er sah mir gerade ins Gesicht und sagte: »Wenn du Zeit hättest.«

»Jetzt werde ich Zeit haben.«

Er schlug noch dreimal auf die Kabeljaumumie, die anfing, sich zu zerkrümeln, und fragte: »Ist es deswegen, was man dir gestern abend gesagt hat?«

»Vielleicht! Auf alle Fälle habe ich mich entschlossen, nicht mehr dort hinunter zu gehen; eben habe ich es ihr gesagt.«

»Du hast es ihr vielleicht gesagt, aber es könnte doch sein, daß du wieder zurückgehst.«

»Oh, keinesfalls.«

»Und wie hat sie es aufgenommen?«

»Sie hat geweint, und ich glaube, sie wird abreisen.«

Eingebildet log ich, aber ohne Gewissensbisse, denn sie hatte mir ja gesagt, daß sie weinen würde.

»Reist sie ab, weil du nicht mehr kommst?«

»Das ist schon möglich. Es würde mich nicht überraschen.«

»Gut gemacht«, sagte Lili. »Gehen wir zu den Fallen?«

»Heute nachmittag, denn heute morgen sollen wir für meine Mutter einen kleinen Spankorb voll grüner Oliven pflücken.«

Er sprang mit einem Satz auf, ließ den Stockfisch auf dem Fensterbrett und legte mir die Hand auf die Schulter.

»Los! Gehen wir gleich! Ich wußte, daß sie welche haben wollte, ich habe absichtlich auf dem Olivenbaum bei der Quelle von Péron mehr als die Hälfte oben gelassen; er ist alt und klein, aber seine Oliven sind groß wie Nüsse.«

Ich brachte unsere Ernte heim, die allgemein Bewunderung erregte. Mein Vater nahm die Gelegenheit wahr, uns zu erklären, daß die Olive eine »Steinfrucht« sei wie die Pflaume und der Pfirsich. Dieses Wort kam mir hart und traurig vor, dagegen entzückte mich der Ausdruck »Olivaison«, der die Jahreszeit der Oliven bezeichnet.

Während des Mittagessens hütete ich mich, meiner Familie Isabelles Abreise mitzuteilen; aber mit Begeisterung sprach ich von meinen Plänen für die Drosseljagd, die ich mit Lili ausgeheckt hatte. Als ich die wunderbare Lebensfähigkeit der roten Ameisen rühmte, die Lili mit Butterbrotpapier ernährt hatte, das zweimal täglich mit lauwarmem Wasser angefeuchtet wurde, sagte Onkel Jules: »Diese Ameisen sind bestimmt ein vorzüglicher Köder, der alle Vögel anlockt; aber für Drosseln in dieser Jahreszeit empfehle ich dir das.«

Und er zeigte mit dem Finger auf eine Untertasse voll schwarzer Oliven, die meine Mutter beim Krämer gekauft hatte.

»Man muß die Zeit ausnutzen, in der unsere Oliven noch grün sind, wie du sie mitgebracht hast«, sagte er. »Diese hier sind schon ganz reif, weil sie aus Tunis oder vielleicht aus Griechenland kommen. Sie werden also auf die feinschmeckerischen Drosseln wie seltenes Frühobst wirken, und sie werden sich diesen Leckerbissen gegenseitig streitig machen, um sich dabei erwürgen zu lassen.«

Meine Mutter, entzückt über meine Rückkehr zu einer gesunden Geisteshaltung, sagte sofort: »Ich habe zwei Pfund, und die Hälfte davon gebe ich dir.«

Unterdessen dachte ich an Isabelle, und in meiner kleinen männlichen Eitelkeit fürchtete ich plötzlich, daß die Tochter von Adolphe Cassignol hierher in unser Haus kommen könnte, um in Tränen gebadet Abschied von mir zu nehmen und vor meiner ganzen Familie zu schluchzen. Da ich einen Abscheu vor tragischen Szenen und unnützen Aufregungen hatte, beschloß ich, noch vor Lilis Ankunft auf den Hügel zu flüchten.

Ich erklärte also, daß ich ganz allein auf den Taoumé steigen würde, um den Flug der Vögel zu beobachten und Plätze für die Aufstellung unserer Fallen auszusuchen, und beauftragte meine Mutter, Lili, wenn er gegen vier Uhr kommen würde, zu sagen, daß ich in der Köhlerhütte am Fuß des Felsenvorsprungs vom Taoumé zu finden wäre.

Ich füllte meinen Rucksack mit Fallen und einer Papiertüte voll tunesischer Oliven. Dann schlug ich unter den Augen meines Vaters, der Wert darauf legte, die Richtung zu überwachen, den Hügelweg ein und stieg von Zeit zu Zeit auf einen Felsblock, um den mißtrauischen Joseph zu beruhigen.

Auf dem Weg dachte ich über meine Abenteuer nach.

Wieder sah ich das graue Türchen, die aufgelösten Locken, diese flache Schaufel, auf der die Untat der Katze brandig dampfte... sie war weder eine Fee, noch eine Königin, noch von Adel. Sie war Fräulein Cassignol, ein kleines Mädchen wie alle anderen, die gespielt hatte, mich zu demütigen, indem sie mich auf allen vieren kriechen ließ. Paul und Lili hatten schon recht gehabt, sich über mich lustig zu machen und sich meiner Schwäche zu schämen. Und es stimmte, daß der Dichter ununterbrochen Absinth trank und schreckliche Grimassen schneidend im Irrsinn sterben würde als simpler Adolphe Cassignol.

Trotzdem war ich liebestoll gewesen, und es blieb ein interessantes Abenteuer, das ich niemals vergessen würde. Ich sah Isabelle wieder unter ihrem Mohnblumenkranz und dann ihren kurzen, himmelblauen Rock, der sich im Wind der Schaukel wie ein Fächer geöffnet hatte. Schließlich konnte sie ja nichts dafür, daß sie sich den Bauch erkältet hatte. Und außerdem geht alle Welt auf diesen Ort, sogar die Eltern. Übrigens, wenn man nicht hingehen wollte, würde es noch viel widerlicher, und man wäre sehr schnell tot. So ist eben das Leben, und du wirst nicht das geringste daran ändern.

Als ich auf der ersten, der Hochebene von Redouneau ankam, blieb ich stehen, drehte mich um und lagerte mich im Schatten eines Sadebaumes. Ich bemerkte, daß ich ihr Haus sehen konnte. Auf der Seite liegend, den Ellenbogen im Baoukogras und den Kopf in die Hand gelegt, betrachtete ich von weitem diese Akazien, die meine Unterwerfung und meine Liebe mit angesehen hatten. Die Luft war ruhig und der Himmel rings um die sengende Sonne leer. Über dem Dach von Isabelles Haus sah ich ein Stück der Straße, die von Les Bellons nach La Traille führt. Weiß dehnte sie sich zwischen zwei Reihen Olivenbäumen, und dann verschwand sie hinter einer Biegung.

Und plötzlich kam ein Wagen unter dem Dach hervor; er glänzte in schwarzem Lack, und vor ihm trabten zwei schwarze Pferde. Hinter dem Rücken des Kutschers sah ich einen großen Hut, den Hut der Infantin. Daneben stand aufrecht Isabelle, das Gesicht Les Bellons zugewandt; ihre kleine, erhobene Hand winkte mit einem weißen Taschentuch.

Ich war sicher, daß dieser Gruß mir galt. Da sprang ich mit einem Satz auf, und ohne zu überlegen, raste ich den steinigen Abhang hinunter; dicke Tränen liefen mir über die Backen, und die Verzweiflung erstickte mich. Aber der Fiaker entfernte sich unaufhaltsam im scharfen Trab der ihn entführenden Pferde. An der Wegkreuzung verschwand er.

Außer Atem legte ich meine Wange an einen Olivenstamm und weinte wie ein verirrtes Kind.

Auf dem steinigen Weg näherte sich ein schneller Schritt; es war Lili, der zu unserem Treffpunkt heraufstieg. Er sah mich, kam zu mir, schaute mir ins Gesicht und sagte: »Was hast du?«

Ich senkte den Kopf und murmelte: »Sie ist fortgefahren.«

Er kam näher, legte mir seinen Arm um den Hals und um die Schultern, und da ich immer noch weinte, wiederholte er sanft: »Komm, sei kein Feigling... sei kein Feigling... sei kein Feigling...«

Diese Ermahnung wiederholte er mindestens zehnmal, und als er sah, daß mich das nicht tröstete, sagte er: »Komm, komm, in der Stadt wirst du sie wiedersehen.«

»Ich weiß ihre Adresse nicht«, stammelte ich.

»Hast du ihr gesagt, wo du in die Schule gehst?«

»Ja.«

»Na also, wenn sie dich liebt, wird sie dir schreiben. Wenn sie dir nicht schreibt, ist es nicht der Mühe wert, darüber zu sprechen. Also, sei jetzt still, sei kein Feigling!«

Mit gesenktem Kopf war ich es noch einige Minuten, während meine Tränen senkrecht herabfielen. Dann nahm Lili mich sanft an der Hand und zog mich auf die Hügel. Sein Arm lag immer noch schwer auf meinen Schultern.

Zu meiner großen Schande muß ich sagen, daß diese, übrigens aufrichtige Verzweiflung durch ein Ereignis von beachtlicher Wichtigkeit unterbrochen wurde.

Wir kamen auf die Hochebene von Baptiste's Hütte, und Lili

führte mich an den Felsenrand, an dessen Längsseite er unsere Fallen auslegen wollte. Da ich immer noch den Kopf hängen ließ, sah ich zwar nichts von der Landschaft, aber mein Blick schweifte über die Felsenspitze direkt hinunter ins Tal. Durch die Wipfel des unteren Kiefernwaldes sah ich plötzlich auf einem freien Platz voll trockenem Reisig etwas Langes, gelb und grün, ganz rund, ebenso dick wie mein Oberschenkel und von langsamen Wellenbewegungen durchzuckt. Ich riß die Augen so weit auf, daß die getrockneten Tränen meine Wangenhaut spannten. Dieser Gegenstand war so lang wie ein Mensch, und trotzdem konnte ich, rechts von mir, sein Ende nicht entdecken, denn es kam aus einem dichten Gestrüpp; aber links unterschied ich zwischen den Zweigen zwei lange, waagerechte Ohren auf beiden Seiten eines gelben Dreiecks, das auf dem Boden lag.

Ich glaubte zu träumen und drückte heftig Lilis Arm.

»Schau doch! Was ist denn das?«

Einen Augenblick später flüsterte er: »Eine Schlange!«

»Unmöglich! Es hat ja Ohren!«

»Das sind nicht ihre. Sie verschlingt gerade einen Hasen!«

In diesem Augenblick bewegte sich etwas im Gestrüpp, zwei Meter von dem großen flachen Kopf entfernt...

Wir sahen einen gelben Blitz. Es war keine andere Schlange, es war ihr Schwanz!

Lili wich drei Schritt zurück; er war ganz blaß und zog mich am Arm. »Gütige Mutter Gottes!« sagte er. »Das ist die Schlange von Pétugue!«

Pétugue hatte einen dichten roten Schnurrbart und einen Schopf karottengelber Haare, die ihm seinen Spitznamen eingetragen hatten, denn Schopf heißt auf provenzalisch Wiedehopf.

Er bebaute auf dem Hügel einen ziemlich großen Weinberg mit ›Jaquez‹. Aus diesen kleinen schwarzen Trauben mit vielen kleinen Kernen gewinnt man einen hochalkoholischen Wein. Pétugue, der sich morgens mit einer Zwiebel begnügte, mittags mit ein paar Tomaten und der Hälfte eines mit Knoblauch eingeriebenen Weckens, trank täglich fünf bis sechs Liter von diesem Nektar, so daß man ihn zu seiner großen Entrüstung als den Trunkenbold des Dorfes bezeichnete.

An einem schönen Nachmittag war er auf dem Dorfplatz erschienen, bleich, zitternd und furzend; über das Brunnenrohr gebeugt, hatte er getrunken wie ein Maultier, und dieses überraschende Schauspiel hatte die Neugierde des Metzgermeisters erweckt, des Bäckers und des Herrn Vincent, der gerade vorbeiging.

Da hatte er zitternd und stammelnd sein Abenteuer erzählt. Er hatte den Vormittag in seinem Weinberg verbracht, und nach einem Mittagsschlaf unter der großen Kiefer war er wie gewöhnlich wieder ins Dorf hinunter gestiegen, sein Gewehr unter dem Arm. Vor ihm her lief sein Hund, der sich »Dulder« nannte, aber noch nicht wußte, warum.

Pétugue ging durch das Tal von Escaouprès, als Dulder wachsam Vorstand markierte und sich mit seinen gestrafften vier Füßen und gespitzter Schnauze vor einem Ginstergebüsch aufpflanzte, das von einer immergrünen Bergeiche mit mehreren Stämmen überragt wurde. Pétugue näherte sich leise; als er in Schußnähe war, legte er sein Gewehr an und schrie wie gewöhnlich: »Buh! Buh!«

Zu seiner großen Überraschung machte Dulder, statt ins Gebüsch zu dringen, einen gewaltigen Satz nach rückwärts; aber er konnte den Angriff eines rötlichen, sperrangelweit aufgerissenen Rachens nicht mehr verhindern, der ihn im Nu ergriff, auf die Erde schlug und ihn ins Gebüsch schleifte, wo sofort ein wütender Tumult begann.

Pétugue gestand, daß er selbst daraufhin etwa dreißig Schritt zurückgewichen war, um Zeit zu gewinnen und sein Gewehr mit Schrot zu laden. Während dieser Beschäftigung hatte er Dulders Schmerzensschreie gehört, dann eine Art Krachen, »als ob man trockenes Reisig zerbricht«. Er hatte einen großen Stein ins Gebüsch geworfen; da erhob sich der schreckliche Kopf in die Luft, und dahinter ein gewaltiger federnder Balken, dick wie eine Männerwade.

»Bum! Bum! schieße ich los. Und Ihr könnt es mir glauben, das Schrot machte ihr nicht mehr Eindruck als eine Handvoll Kichererbsen! Sie hat mich angesehen, gepfiffen und sich hin- und hergeschaukelt. Da merkte ich, sie wollte, daß mir das Blut gefriert. Ich bekam Angst, warf mein Gewehr weg und nahm den Abhang wahr, um meine Haut zu retten. Wenn man zu fünft oder sechst hinginge, könnte man sie vielleicht mit Bleikugeln erledigen?«

Sie gingen am nächsten Tag hin, ein halbes Dutzend Hunde lief ihnen voraus. Man fand Pétugues Gewehr, aber weder eine Spur vom Dulder noch von der Riesenschlange. Der andere Baptistin (es gab zwei dieses Namens im Dorf) stieg auf einen Anstand im Baum, fünfundzwanzig Meter entfernt von einer schwarzen, an einen langen Bindfaden gebundenen Henne; aber er sah nicht den Schatten einer Schlange, und während er sich eine Zigarette drehte, schleppte vor seiner Nase der Fuchs die Henne weg.

Nach acht Tagen kam man zu dem Schluß, daß Pétugue vielleicht eine große Natter gesehen habe, daß Dulder der Spur einer Hündin mit Frühlingsgefühlen gefolgt sei und daß der Rest das Ergebnis der hellseherischen Eigenschaften des Jaquez-Weins war.

Aber Pétugue wollte niemals widerrufen. Mit Bleikugeln ausgestattet, begab er sich immer an den hellsten seiner Tage auf die Suche nach dem Ungeheuer, und sonntags auf dem Kirchplatz oder im Klub begann er seine Erzählung von vorn, wobei er auf das Boule-Spiel verzichtete, damit er sich pantomimisch besser ausdrücken konnte.

In der ersten Zeit war die Schlange ›mindestens‹ vier Meter lang; aber als die Spötter sich zuzwinkerten oder laut herausplatzten, verlängerte Pétugue, um ihnen Schrecken einzujagen, das Tier sofort um fünfzig Zentimeter.

Dann rief er feierlich den Himmel als Zeugen an und beschwor den lieben Gott, ihn auf der Stelle zu zerschmettern, falls er einen Zentimeter dazu gelogen hätte. Mit gekreuzten Armen, erhobenen Augen, strahlend von Vertrauen und ganz Herausforderung, wartete er dreißig Sekunden lang; der liebe Gott – der noch ganz anderes erlebt hatte – zerschmetterte ihn nicht. Daraufhin ging er voll bitteren Triumphes auf die Terrasse, um neue Zuhörer zu suchen; aber nach fünf Jahren fand er keine mehr, die die Geduld aufgebracht hätten, ihm zuzuhören; nur die Kinder baten ihn immer noch, die Schlangengeschichte zu erzählen, und bei jedem Wort brüllten sie vor Lachen. Manchmal blieben auch Ausflügler stehen, und der Spaßvogel der Gesellschaft stellte sich als Sonderabgesandter des Naturwissenschaftlichen Museums vor, fragte ihn mit ernstem Gesicht nach der genauen Größe des Kopfes und der Anzahl der Zähne und bat ihn, das Pfeifen des Ungeheuers nachzumachen. Dann pfiff Pétugue lange zur größten Freude aller Anwesenden. Kurz und gut: er war der Dorftrottel geworden und die Familie schämte sich seiner.

Und nun lag das Ungeheuer zu unseren Füßen ausgestreckt!

Wir würden auf dem Dorfplatz zugunsten von Pétugue »Kreuz aus Holz« und »Kreuz aus Eisen« schwören und konnten den Märtyrer der Spottsucht rehabilitieren, der uns weinend ans Herz drücken würde.

Und dann würden alle Jäger des Landes Treibjagden veranstalten (wie in Indochina, wenn ein menschenfressender Tiger gemeldet wird), und wir würden die Ehre haben, sie auf die Fährte zu bringen.

Beim Anblick einer solchen Bestie hätten viele Männer den Rückzug angetreten und jede vernünftige Frau hätte die Flucht ergriffen; mein Umgang mit den Rothäuten, die Kühnheit meiner Lieblingshelden, die niemals vor einer Herde wilder Elefanten zurückwichen, sondern sich im Gegenteil zu einer so schönen Gelegenheit, ihren Mut unter Beweis zu stellen, beglückwünschten, all das hatte mir eine Heldenseele verliehen, noch verstärkt durch eine knabenhafte Lust am Theaterspielen und durch die Gewißheit, daß solche Abenteuer gar keine andere Lösung als eine glückliche finden können, zumindest für sympathische Menschen. Obwohl die Größe des Reptils durch meine kleine Statur verdoppelt wurde, ging ich einen Schritt auf den Felsen zu. Der vor Schreck erstarrte Lili wollte mich zurückhalten, da er meine Bücher nicht gelesen hatte.

»Du Unglücksmensch! Wenn sie dich nur anschaut, wird dein Blut dünn wie Wasser!«

Ich stieß ihn wortlos zurück und kletterte auf die äußerste Felsenspitze.

Das Ungeheuer lag immer noch da, unbeweglich, entsetzenerregend.

Langsame Wellenbewegungen deformierten seinen Hals durch eine Anzahl gleitender Buckel, die den Hasen im Inneren darstellten, dessen waagerechte Löffel um die Hälfte verkürzt waren.

Lili hatte mich lautlos eingeholt und teilte mir seine Eindrücke dadurch mit, daß er mich in den Arm zwickte. Ich antwortete durch Mienenspiel, das mein Staunen und meine Bewunderung ausdrückte.

Nun machte ich ihm ein Zeichen, zurückzukriechen, und wir beratschlagten flüsternd.

»Siehst du diesen großen Stein am Felsenrand? Er ist gerade über ihr. Wenn wir ihn anstoßen, würde er herunterfallen!«

»Du bist verrückt!« sagte Lili. »Man wird sie sicher verfehlen, und nachher wird sie uns angreifen.«

»Mit dem Hasen im Bauch kann sie nicht bis hier herauf... Komm!«

Ich kroch wieder auf meinen Beobachtungsposten; er folgte mir.

Ich zeigte mit dem Finger auf einen Felsenzapfen; es schien, als müsse er genau auf den scheußlichen flachen Kopf fallen. Mit vier Händen stießen wir ihn vorwärts; er bewegte sich nicht mehr als ein Meilenstein. Da streckte Lili sich auf dem Rücken aus, und ich machte es ebenso. Die Schultern gegen eine Erderhöhung gestützt, die Hände eingekrallt in die Ritzen des Steins, stießen wir mit aller Kraft unserer Oberschenkel mit den Absätzen dagegen. Der Stein war viel schwerer als wir und weigerte sich, zu kippen, aber er hob sich ein wenig und ließ unter sich einen schwarzen Spalt erkennen.

Mit steifen Beinen und angeschwollenem Hals murmelte Lili: »Halt ihn fest!«

Mit der rechten Hand kratzte er den Erdboden auf und sammelte einige Kiesel, die er in den Spalt warf; während ich den Stein verzweifelt stützte, wiederholte er sein Manöver mehrere Male und sagte schließlich: »Laß ihn jetzt langsam fallen!«

Der Felszapfen fiel zurück, aber wegen der Kiesel konnte er seinen alten Platz nicht mehr einnehmen und blieb vornübergeneigt stehen.

Dreimal begannen wir von vorn, und die hängende Felsenkerze neigte sich nach und nach ins Tal. Wir ruhten uns noch einmal aus.

Lili flüsterte: »Reib deine Beine und atme kräftig. Viermal!«

Ich massierte meine Waden und nahm die vier vorgeschriebenen Atemzüge.

»Wölbe deinen Rücken! Mit diesem Schlag wird er fallen; ich zähle bis drei!«

Leise zählte er.

Ich machte eine so gewaltige Anstrengung, daß mein ganzer Körper sich über meine Absätze und meine Schultern hob; die Felsspitze entfernte sich langsam, zögerte eine Sekunde und verschwand.

Ich hörte einen dumpfen Aufschlag, dem ein Steingepolter folgte, das die Erde unter meinen Händen erzittern ließ. Lili machte große, angstvolle Augen, und wir näherten uns auf allen vieren.

Ich hatte die Flugstrecke des Falles schlecht berechnet, aber die Vorsehung, die sich oft mit kleinen Buben beschäftigt, hatte meinen Irrtum gutgemacht.

Unser Stein war auf eine Art Balkon aus brüchigem Felsen gefallen, und eine große Platte des von der einen Seite der Felsspitze losgelösten, bläulichen Kalksteins war auf das Ungeheuer hinuntergestürzt. Wir konnten seinen unter Geröll verborgenen Kopf nicht mehr entdecken; aber sein Schwanz peitschte die Sadesträucher und den Rosmarin mit solcher Heftigkeit, daß wir von panischer Furcht ergriffen wie von Hunden gejagte Hasen die Hänge hinunterpurzelten bis vor die Bastide-Neuve.

Onkel Jules und mein Vater kamen mit übergehängten Gewehren gerade aus dem Haus, um auf Ringeltauben zu pirschen, die sich unter den hohen Kiefern der Tête-Ronde gerade zur Ruhe begaben.

Verblüfft über die wilden Sprünge, mit denen wir ankamen, blieben sie mitten auf dem Weg stehen.

Außer Atem und (um mich interessant zu machen) nach Worten ringend, gab ich einen gedrängten Bericht unserer Heldentat und setzte mich dann keuchend auf einen Stein.

Onkel Jules wandte sich ungläubig an Lili: »Na, na!« sagte er. »Ist diese Schlange wirklich so lang?«

»Wie von hier bis zu den Oliven«, antwortete Lili, auf einen zehn Schritt entfernten Baum zeigend.

Sofort fügte ich hinzu: »Und so dick wie mein Oberschenkel.«

»Ich glaube, daß ihr ein bißchen übertreibt«, sagte mein Vater lachend. »In der Provence hat man noch nie eine mehr als zwei Meter lange Schlange gesichtet.«

»Entschuldigen Sie!« rief Lili. »Aber die ist wirklich so groß! Der arme Pétugue hat es fünfzigmal erzählt, und jeder hielt ihn für einen Lügner!«

»Außerdem«, sagte ich, »ist es nicht der Mühe wert, darüber zu streiten; kommt und schaut sie euch an, denn jetzt muß sie tot sein!«

»Geht voraus!« sagte Lili. »Ich werde einen Strick holen, damit wir sie abschleppen können.«

Sie war tatsächlich tot. In den Zuckungen des Todeskampfes war es ihr gelungen, ihren halb zerschmetterten Kopf unter dem Bergrutsch herauszuziehen. Er war wirklich beinah so dick wie ein Ofenrohr, und auf seinen gelben Schuppen zeichneten sich grüne Verzierungen ab.

Man konnte die Länge nicht genau beurteilen, denn der Körper schlängelte sich unter Gestrüpp, aber was man davon sah, war schon gewaltig.

Die beiden Jäger gestanden ihre Überraschung und näherten sich mit schußbereiter Waffe. Ich überholte sie mit drei Sprüngen und packte die Bestie beim Schwanz.

»Lili«, sagte ich, »versuche, den Hasen herauszuholen!«

Mit beiden Händen zog er an den klebrigen Ohren des verschlungenen Nagetieres; er brachte eine behaarte Wurst von erstaunlicher Länge zutage, die er ins Gebüsch warf. Dann nahm ich einen Strick und band einen Knoten, den man ziehen konnte, um den Felsvorsprung.

Ich sah, daß mein Vater stolz auf meinen Mut war, denn er betrachtete mich lächelnd und sagte: »Diese Teufelsbuben! Wer hätte das gedacht! Und wenn man sich vorstellt, daß diese dumme kleine Ziege ihn auf allen vieren kriechen ließ! Jetzt müßte sie herkommen und zusehen, wie er dieses Reptil bis an den Felsenvorsprung schleift!«

Ohne die geringste Rührung antwortete ich, während ich die Schlinge zuzog: »Sie ist abgereist!«

»Wohin denn?« fragte Onkel Jules.

»In die Stadt.«

»Das ist sehr schade!« sagte Joseph.

Ja, natürlich war es sehr schade, daß sie diesen Triumph, der sie endlich über den Wert ihres Ritters aufgeklärt hätte, nicht miterleben konnte. Aber schon zog Lili an dem Strick, und je mehr das Ungeheuer sich hinter uns verlängerte, um so größer wurde unser Ruhm. Gefolgt von den Jägern, die auf die Ringeltauben verzichtet hatten, schleppten wir es bis vors Haus.

Sein schwarzer, wie Lack glänzender Bauch glitt mühelos den abschüssigen Weg hinunter, und wir gingen mit abgebremstem Schritt; aber an einer steilen Stelle überholte uns das Biest mit einem so plötzlichen, so lebhaften Schwung, daß ich glaubte, es greife uns an. Wir ließen den Strick los und sprangen zur Seite; der lange, gelbe Streifen schoß wie ein Wurfspieß an uns vorbei, aber an einem großen Stein bekam sein Abrutsch, den er auf dem Rücken fortsetzte, eine andere Richtung und endete an einem Kiefernstamm. Die Jäger brachen in Gelächter aus, und ich fühlte mich verpflichtet, noch lauter zu lachen als sie, denn es war mir kalt über den Rücken gelaufen.

Unsere Heimkehr machte dem kleinen Paul die größte Freude. Er tanzte im Skalptanz um den endlosen Kadaver herum, während François, der die Milch gebracht hatte, immerzu wiederholte: »Der gute Pétugue! Der gute Pétugue! Lili, lauf schnell und hol ihn! Der gute Pétugue!«

Mein Vater, mit seinem Zollstock bewaffnet, maß die Schlange, die ich am Schwanz hielt, während Onkel Jules am Strick zog, um sie in ihrer ganzen Glorie auszustrecken.

Unsere lieben Frauen, aus dem Fenster gebeugt, schrien unterdessen vor Entsetzen und Ekel laut auf, und meine Mutter rieb ihren Unterarm, der sich mit einer Gänsehaut bedeckt hatte.

»Drei Meter zwanzig«, sagte mein Vater.

»Man könnte sich vorstellen«, sagte Onkel Jules, »es handle sich um eine aus dem Zirkus ausgebrochene Python-Schlange.«

Ich war über diesen Vermessungsakt etwas enttäuscht, denn er bestimmte die Grenze, über die hinaus das Ungeheuer sich in meinen Berichten nicht mehr vergrößern konnte.

»Der gute Pétugue!« wiederholte François.

Im Zuge marschierten wir ins Dorf.

Zuerst trafen wir eine Kinderschar auf dem Dorfplatz beim Springbrunnen; dann eilten die Frauen herbei, dann die Bauern. Um mich her erklangen Ausrufe der Überraschung, des Entsetzens und der Bewunderung. Da Lili fortgegangen war, um Pétugue zu holen, der in seinem Weinberg arbeitete, stand ich inmitten des Kreises allein neben dem Reptil und beantwortete tausend Fragen mit dem undurchdringlichen Gesicht des Schlangentöters.

Die Frauen sagten: »Guter Gott, was für ein Ungeheuer! Wenn ich es nur ansehe, kriege ich eine Gänsehaut! Wieviel Mut dieser Kleine hat! Das eigentliche Ungeheuer ist er!«

Die Mädchen betrachteten mich mit sichtlicher Bewunderung, und ich konnte nicht umhin, mit stolzgeschwellter Brust darauf zu reagieren. Mein Erfolg war so groß, daß der kleine Paul durch die Menge schlüpfte, sich neben mich stellte und meine Hand hielt, um seinen Anteil daran zu haben.

Mond des Parpaillouns kam mit großen Sprüngen herbei; er packte die Schlange beim Genick, öffnete ihr den Rachen und trotz des scheußlichen Gestanks, der herauskam, untersuchte er die Zähne aus nächster Nähe, ohne sich im geringsten stören zu lassen.

Sein Wortschatz war nicht viel umfangreicher als der von François, aber er drückte seine Einfälle und Gefühle mit besonderer Selbstgefälligkeit aus. Er übersetzte sie, indem er sagte: »Was für ein Hurenbalg! Das ist mir mal ein schöner Hurenbalg!«

Diese Meinung wiederholte er zehnmal mit leisem, befriedigtem Lachen. Dann zeigte er plötzlich mit dem Finger auf mich und äußerte seine Bewunderung mit den Worten: »Und das ist auch ein Hurenbalg! Und zwar ein ganz besonderer Schlingel von einem Hurenbalg!«

Daraufhin erschien der Herr Pfarrer in Begleitung von M. Vincent.

M. Vincent bewunderte und beglückwünschte mich in den höchsten Tönen, während der Herr Pfarrer, der an einem Riemen über der Schulter seinen Fotoapparat hängen hatte, die Bestie in aller Stille, aber mit der Miene des Wissenschaftlers untersuchte. Zum Schluß sagte er zu Joseph, der ihm freundlich zulächelte: »Dieses Tier gehört augenscheinlich zur Familie der Colubridis-Nattern.«

»Ohne jeden Zweifel«, sagte mein Vater, »denn sie hat keine Giftzähne.«

»Gut beobachtet«, sagte der Herr Pfarrer, »aber«, fügte er mit erhobenem Zeigefinger hinzu, »es handelt sich keineswegs um die Cobra Giganta, wie Sie vielleicht glauben könnten.«

Diesen lateinischen Worten zum Trotz antwortete Joseph durch ein schwaches Kopfschütteln, um anzudeuten, daß er dies nicht glaube.

»Denn«, fuhr der Herr Pfarrer fort, »diese Giganta ist trotz ihres Namens niemals gigantisch.«

Joseph gab das mit einem mitleidigen Lächeln für die anspruchsvolle Giganta zu.

»Also«, fragte Onkel Jules. »Was ist es nun?«

»Meiner Ansicht nach glaube ich, nach der Farbe zu urteilen, daß es sich um eine Viridiflavus handelt, was soviel wie ›grüngelbe‹ heißt. Aber nun möchte ich unverzüglich die Bestie und ihren Besieger auf meiner fotografischen Platte festhalten.«

Er faßte mich an der Schulter, stellte mich neben den Kopf des Tieres und gab mir den Stock in die Hand, den er sich von Mond des Parpaillouns geliehen hatte.

»Stich diese Lanze in den Schädel des Ungeheuers und stütze deinen Fuß auf seinen Nacken.«

Von Eitelkeit geschwellt, nahm ich diese Haltung ein. Der kleine Paul hatte meine Hand losgelassen, aber mit großem Bedauern; er wartete nur auf ein Zeichen, um sich neben mir aufzupflanzen. Aber der Ruhm verdirbt das Herz der Menschen, und ich gab dieses Zeichen nicht.

Der Herr Pfarrer ging einen Schritt zurück, und während er

an seinem Apparat herumprobierte sagte er: »Belerofon, wie er den Drachen erlegt!«

Ich fühlte einen kleinen Stich im Herzen... Isabelle, meine liebe Isabelle... Ich nahm mir vor, mich über diesen Belerofon zu unterrichten, dem ich zwar ungeheuer ähnlich war, wie der Dichter es mir bereits versichert hatte, von dem ich aber nicht einmal wußte, wie man seinen Namen schrieb. Dann sah ich die schwarzlackierte Kutsche wieder vor mir, die meine Geliebte in die überfüllte Stadt entführt hatte. Aber der Herr Curé rief plötzlich: »Sieh mich an! Lächle! Sehr gut! Jetzt bewegen wir uns nicht mehr! Eins, zwei, drei! Danke.«

Er zog eine Art gläsernes Viereck aus seinem Apparat, holte ein gleiches aus seiner schwarzen Tasche und steckte es an den Platz des ersten.

Unterdessen tauchte Lili atemlos am Ende des Dorfplatzes auf und eröffnete uns: »Pétugue kommt!«

Dann stellte er sich bescheiden hinter M. Vincent, den Kopf gesenkt, die Hände in den Taschen, und kratzte leise mit der Schuhspitze den steinigen Boden auf.

Ich rief: »Bitte, Herr Pfarrer, warten Sie eine Sekunde! Ich habe die Schlange nicht allein getötet. Komm, Lili!«

Ohne mich anzusehen, verneinte er durch ein Kopfschütteln.

»Komm, Lili«, sagte mein Vater. »Beeil dich! Man wird dich fotografieren...«

Er wurde ganz rot und antwortete: »Das ist nicht der Mühe wert. Und außerdem wüßte ich nicht, was ich tun muß, denn das hat man noch nie mit mir gemacht.«

Alles fing an zu lachen, und Onkel Jules schaltete sich ein: »Eil dich, Bursche! Du brauchst nur still zu halten, solange der Herr Pfarrer zählt.«

Er nahm ihn bei der Schulter und stieß ihn vor.

Da war Lili, vor Freude strahlend, mit drei Sprüngen bei mir, schob seinen Arm unter meinen und hob stolz den Kopf.

»Achtung!« rief der Herr Pfarrer wieder.

Der kleine Paul, der es nicht mehr aushielt, hatte sich hinter uns gestellt; plötzlich schlüpfte er mit seinem Kopf zwischen unseren Hüften durch und lachte freundlich in den Apparat. Ich hatte nicht das Herz, ihn zurückzustoßen, und der Herr Pfarrer fotografierte in andächtigem Schweigen zum zweitenmal.

Dann schrie Mond: »Da ist Pétugue!«

Endlich kam er, auf seinen Säuferbeinen schwankend und von einem Kinderschwarm umgeben.

Das war nun die zweite Etappe des Ruhms und sicher ihre Krönung. Ich würde ihm den Bericht unserer Heldentat liefern, seine Ehre wiederherstellen und alle beschämen, die ihn der Lüge bezichtigt hatten; es würde eine feierliche Minute sein.

In langem respektvollem Schweigen, in dem man die Reue des ganzen Dorfes fühlte, öffnete sich der Kreis der Neugierigen weit, um ihn durchzulassen.

Aber er ließ sich nicht dazu herab, dem Reptil näherzutreten. Zehn Schritt davor blieb er stehen, brach in höhnisches Gelächter aus und schrie mit beleidigender Verächtlichkeit: »Das also ist eure Schlange? Oh, gütige Mutter Gottes! Na, dann kann ich euch nur sagen, daß die *Meinige* zweimal so dick und dreimal so lang ist. Sie hat einen Kopf wie ein Kalb, die Meinige, und von so kleinen Dreckfinken wie euch würde sie fünf oder sechs verschlingen!«

Er machte eine halbe Drehung und entfernte sich hinkend und höhnisch lachend. Nach zehn Metern drehte er sich um und rief: »Im Vergleich zur Meinigen ist das ein *Bindfaden.*«

Die Versammlung antwortete ihm mit Buh-Rufen, die der Herr Pfarrer sofort dämpfte: »Seien wir barmherzig«, sagte er, »denn ich bin sicher, daß dieser arme Unglückliche es ehrlich meint.«

»Der Herr Curé hat recht«, sagte Joseph, »man darf nicht vergessen, daß er täglich fünf bis sechs Liter Wein trinkt und daß dieses Tier lange im Jaquez-Dunst genährt wurde. Sie hat auf diese Weise schnell von seinem ganzen Verstand – der im übrigen nie sehr groß gewesen sein dürfte – Besitz ergriffen, deshalb erkennt er sie nicht wieder.«

»Ja, natürlich«, sagte Mond. »Sicher ist es so.«

Er wandte sich zu François, der sprachlos dastand.

»Hast du verstanden? Das will heißen, daß er diese Schlange seit zehn Jahren im Kopf hat... Nach und nach ist sein Gehirn ganz angeschwollen. Das frißt an den Wurzeln seiner Augen, und deshalb sieht er sie zu klein.«

Ich gestehe, daß dieses epische, romantische Ereignis zwei Tage lang alle meine Gedanken in Anspruch nahm. Die Notwendigkeit, der Gefahr ins Gesicht zu sehen, und danach der Ruhm hatten mich gezwungen, meinen Schatz an Kummer, Reue und Hoffnungen zu vernachlässigen. Vom zweiten Abend an rief ich mir vor dem Einschlafen meine Erinnerungen wach, aber die Beschwörung des lieblichen Gesichts wurde beinahe augenblicklich durch die Fotografie verdrängt, die der Herr Curé mir versprochen hatte; ich beschloß, sie Isabelle mit einem Brief zu schicken, den ich als Belerofon unterzeichnen wollte, sobald ich im Wörterbuch die Orthographie dieses berühmten Namens nachgeprüft hatte.

Dieser Brief würde den Bericht des großartigen Abenteuers in einer geschickt arrangierten Beschreibung enthalten. Es schien mir, daß ich – im Interesse aller – nichts von dem mörderischen Erdrutsch zu erwähnen brauchte. Es war vorteilhafter, das Ungeheuer getötet zu haben, indem ich mit sicherer Hand einen einzigen scharfen Stein nach ihm schleuderte, und zwar in dem Augenblick, als sein riesiger Kopf in der Luft schaukelte, bereit, sich auf mich zu stürzen. Andererseits würde es vielleicht nicht notwendig sein, von Lili zu sprechen, um ihn an einem Ruhm teilnehmen zu lassen, um den er sich nicht kümmerte und der dadurch vergeudet wäre.

Diese Darstellung wäre dann ebenso für die Tanten und Kusinen und sogar für meine zukünftigen Mitschüler am Gymnasium zu gebrauchen, denn die einwandfreie Fotografie würde ihre Glaubwürdigkeit sichern.

Nachdem die gefährliche Schreibweise des Namens Bellerophon im kleinen Larousse ermittelt war, begann ich mit der Abfassung des Heldengedichts. Da brachte mir Onkel Jules, der aus der Messe kam, eine sehr traurige Nachricht: durch eine unerklärliche Teufelei hatte der katholische Apparat nicht funktioniert, und alle chemischen Versuche des Herrn Pfarrers waren nicht imstande gewesen, das geringste Bild auf der verhexten Platte erscheinen zu lassen. Zum Unglück hatten meine Mutter und meine Tante uns gezwungen, den Kadaver zu begraben unter dem Vorwand, daß seine Verwesung uns mit einer Schlangenpest bedrohe, und sie widersetzten sich mit Ausrufen des Abscheus einer Wiederausgrabung, die neue Fotografien erlaubt hätte.

Die Niederlage des Herrn Pfarrers war also nicht wiedergutzumachen, und ohne ein Beweisdokument lief mein Siegesgesang Gefahr, für eine Eulenspiegelei gehalten zu werden, und Bellerophon wäre ein zweiter Pétugue... Ich verzichtete also auf meinen Brief und flüchtete in die wiedergefundene Freundschaft Lilis.

Wir waren mitten im September, dem Monat der blauen

Pflaumen, des körnertragenden Efeus, der roten Vogelbeeren und der abendlich vergoldeten Felsen. Der erste Schnee der Hochalpen sandte fette Drosseln, die Baptistin uns für je einen Franc abkaufte, weil er sie für zwei Francs weiterverkaufte. Auf diese Weise konnte ich ungesehen meiner Tante Rose die Schere ersetzen, die sie am gleichen Platz, an dem sie zehnmal vergeblich gesucht hatte, wiederfand, was sie um so mehr beunruhigte, als die Schere durch ihre lange Untätigkeit wie neu wirkte und auch etwas länger geworden war. Aber die Schlüsse, die sie daraus zog, sprachen nur gegen ihr eigenes Gedächtnis.

Ich wurde dann reich genug, um beim Hausierer ein kleines Halstuch aus Pyrenäenwolle einzukaufen, das meine Mutter mit mehr Stolz und Freude erfüllte als ein Brillantkollier. Ich muß erwähnen, daß es mich sieben Francs gekostet hatte, den Preis von vierzehn Säckchen mit bunten Glaskugeln im Laden vom Chemin des Chartreux. Niemals und für keine Frau habe ich im Verhältnis zu meinem Vermögen ein so bedeutendes Opfer gebracht.

Wir waren den ganzen Tag in den Hügeln und besaßen nun neun Dutzend Fallen. Um zweimal am Tag nach ihnen zu sehen, mußten wir sechs Stunden laufen; der letzte Rundgang am Abend führte uns über den Kamm-Gipfel bis auf die Hochebene von Baume-Sourne.

Die riesengroße Sonne sank in der Ferne in das schwefelgelbe Meer, unsere Schatten waren schon lang; mit den Füßen unter unseren Sohlen glitten sie zu unserer Rechten über die Oberfläche der Zwergeichen, wurden im Vorübergehen durch den Stamm einer Kiefer in zwei Hälften geschnitten und fielen plötzlich senkrecht auf einen vergoldeten Felsen. Die ersten Abendwinde, kaum fühlbar, wehten uns von den Hängen entgegen. Ein schwarzer Starenflug fiel vom Himmel und stieg wieder auf. Wie ein vom Wind entführter Ameisenhaufen wechselte er in unvorhergesehenen Kurven Umfang und Form, und durch das harzige Schweigen der Kiefern klangen einige verlorene Klänge des Angelus-Läutens von Allauch und heiligten die Echos der Gelände.

Ich hatte meine Liebe nicht vergessen, aber mein Kummer nahm die Farbe der Jahreszeit an: tragisches Bedauern, sanfte Melancholie ließen meine Erinnerungen wieder erstehen. Die demütigenden Prüfungen hatte ich ausgetilgt, ebenso den Dichter, der auf allen vieren die Straße entlangkroch und das verheerende, letzte Erscheinen der Familie Cassignol. Ich sah zwei

Veilchenaugen inmitten einer Iris-Girlande, schwarze Trauben vor halbgeöffneten Lippen und auf der knarrenden Schaukel den braunen Nacken eines Mädchens, dessen Fußspitzen sich in weißen Sandalen dem zitternden Laub eines Olivenbaumes entgegenstreckten. Und dann hörte ich in meinen nächtlichen Träumen ferne Musik, und die kleine, rote Königin ging weit fort, unendlich traurig und einsam unter dämmerigen Lauben eines Waldes aus vergangenen Zeiten.

Ich war jetzt richtig glücklich und glaubte, daß die wirklichen Ferien erst anfingen. Indessen hätte ich die Hinweise der ersten kleinen Regenfälle verstehen und bemerken müssen, daß die Gewitterlampe nicht mehr am Ast des Feigenbaums schaukelte. Wir nahmen unsere Mahlzeiten im Eßzimmer unter der modernen Hängelampe mit einem Kupferschirm ein, von deren opalisierender Halbkugel Fransen aus blauen Glasperlen herabhingen.

Während ich die Geschicklichkeit von Onkel Jules bewunderte, der elegant ein Rebhuhn zerlegte, sagte mein Vater ohne jedes einleitende Wort und als handle es sich um die selbstverständlichste Sache der Welt: »Also morgen früh, pünktlich um zehn Uhr, beginnen wir mit der Durchsicht der Schularbeiten.«

Paul unterstrich diese Ankündigung mit spöttischem Gelächter.

Da ich entrüstete Überraschung zeigte und mich nach dem Postkalender umsah, fuhr Joseph fort: »Ich verstehe sehr gut, daß du den Zeitbegriff verloren hast, denn du warst dieses Jahr durch sehr interessante Erlebnisse in Anspruch genommen.«

»Ja, natürlich«, sagte der Onkel, »die Jagd, die Fallen, die Natur, der gesellschaftliche Verkehr...«

»Die Braut!« rief Paul. »Die ganze Zeit ist er dort hinuntergegangen! Und mich wollte er nicht dabei haben!«

»Sei still!« sagte meine Mutter. »Nachdem es vorbei ist, spricht man nicht mehr davon.«

»Aber ich...«, schrie Paul.

Doch er konnte den Satz nicht mehr beenden, denn sie band ihm seine Serviette um und setzte hinzu: »Iß erst einmal deine Suppe auf, dann kannst du weiterreden.«

»In jeder Beziehung«, nahm Joseph wieder auf, »ist das ein Abschnitt deines Lebens, der nun zu Ende geht. Wir haben heute den 18. September, und am 3. Oktober wird dein Unterricht in der Oberschule beginnen, also in vierzehn Tagen.«

»Ja«, sagte ich, »selbstverständlich. Aber in vierzehn Tagen hat man noch viel Zeit zu spielen!«

»Bis zehn Uhr morgens«, sagte mein Vater, »aber der Rest des Tages wird von jetzt ab der Wiederholung gewidmet. Es ist unerläßlich, daß dein Eintritt ins Gymnasium glänzend ausfällt, damit du unserer Volksschule Ehre machst, auf die diese Herren vom Gymnasium manchmal verächtlich heruntersehen.«

Und aus dem Blickwinkel überwachte er Onkel Jules, dessen blaue Augen angestrengt das weiße Fleisch eines Rebhuhns durchsuchten, um die Schrotkugeln, die er selbst in das unglückliche Tier hineinpraktiziert hatte, wieder herauszuholen.

Plötzlich stoppte der Onkel die chirurgischen Nachforschungen seines Messers, zeigte mit dessen Spitze zur Zimmerdecke und rief: »Nein, nein, lieber Joseph, nein! Niemand verachtet den Volksschulunterricht. Das ist das einzige lobenswerte Werk eurer Revolution. Aber es stimmt, daß man es denjenigen, die diesen Unterricht erteilen, zum Vorwurf macht, wenn sie glauben, alles zu wissen und mit dem Abgangszeugnis über den Gesamtinhalt des menschlichen Wissens zu verfügen. Ich sage das nicht Ihretwegen – Sie sind im Gegenteil zu bescheiden. Aber geben Sie zu, daß einige von Ihnen übertreiben.«

Meine Mutter wurde ganz rot und sagte unfreundlich mit spitzer Nase: »Anmaßende Leute gibt es überall und vielleicht sogar in der Stadtverwaltung.«

»O ja«, sagte Tante Rose, »an denen ist kein Mangel!«

»Aber wir kennen einfache Lehrer«, fuhr Augustine immer schneller sprechend fort, »die Gymnasialprofessoren, Inspektoren an der Akademie, Ärzte und sogar Abgeordnete geworden sind!«

Onkel Jules begriff, daß er sich in einen Ameisenhaufen gesetzt hatte, und da er seine kleine Schwägerin andererseits sehr liebte, antwortete er mit Überzeugung: »Sie haben recht, meine liebe Augustine: Minister, hohe Verwaltungsbeamte, große Rechtsanwälte sind oft ehemalige Lehrer. Aber ich erlaube mir, hinzuzufügen, daß dies eben die Leute sind, die ihre Volksschulbildung durch mehrjährige Arbeit an der Oberschule oder an den Universitäten vervollständigt haben.«

»Natürlich«, sagte Joseph. »Das ist das Normale.«

»Übrigens«, fügte der Onkel hinzu, »erkenne ich es an und

betone, daß die Volksschule bis zum Abschlußzeugnis den unteren Klassen der Oberschule weit überlegen ist.«

Darauf antwortete meine Mutter mit einem reizenden Lächeln, und Joseph bekräftigte diese halbamtliche Erklärung durch ein offizielles Zeugnis: »Das habe ich den Herrn Rektor persönlich einmal sagen hören und hoffe, daß Marcel es in diesem Jahr von neuem beweisen wird.«

Er wandte sich zu mir und sagte ernst: »Wir haben eine Verpflichtung der Republik gegenüber, der Tochter der Revolution. Sie hat dir ein Stipendium bewilligt, das heißt, sie wird dir umsonst eine solide Bildung verschaffen, dein Mittagessen bezahlen und dir bis zum Abitur jedes Jahr die nötigen Bücher zur Verfügung stellen. Wir müssen uns einer so großen Freizügigkeit würdig erweisen und dem Opfer einiger Ferientage ohne Bedauern zustimmen. Morgen fangen wir mit der Wiederholung an.«

»Kannst du ihn noch zwei Tage frei lassen?« fragte meine Mutter.

»Meine liebe Freundin«, sagte Onkel Jules in strengem Ton, »wenn es sich um meinen Sohn handelte, hätte ich ihn ab fünfzehnten August an die Arbeit gesetzt.«

Ich betrachtete den Vetter Pierre. Auf seinem hohen Stuhl thronend, drehte er von Zeit zu Zeit geräuschvoll seine Klapper und hatte keine Ahnung, was ihn erwartete.

Während meine Tante ihn schon ganz ängstlich in seine Wiege trug, erzählte Onkel Jules lang und breit vom Gymnasium; er hatte es sechs Jahre in Perpignan besucht und vier Jahre in Marseille.

Er fing damit an, uns den Karzer des Gymnasiums in Marseille zu beschreiben; das war, wie er sagte, ein richtiger Kerker, fast ganz unter der Erde, da er sich unter einer Treppe befand und nur durch ein kleines, vergittertes Viereck schwaches Licht aus einem dunklen, fast immer verlassenen Gang erhielt.

Paul ergriff meine Hand und drückte sie voll Mitleid. Meine Mutter, ganz blaß, empörte sich darüber, daß man Kinder »wie Verbrecher« behandelte. Mein Vater beruhigte sie sofort und erklärte, während er Onkel Jules fest ansah, daß diese reaktionären Methoden – furchtbare Erbschaft einer klerikalen Vergangenheit! – ohne jeden Zweifel längst abgeschafft wären.

Der Onkel antwortete lebhaft, daß er nicht zur Zeit des Königs Herodes geboren sei und trotzdem selbst einmal in diesem Gefängnis eingesperrt war, daß er von dieser Prüfung die schreckliche Erinnerung an eine lange Schlacht im Halbdunkel mit einer wütenden Ratte bewahre, die ihm sein Brot gestohlen hatte, und daß er seinen Erfolg im Leben der Angst vor einer zweiten Gegenüberstellung mit diesem tobsüchtigen Nagetier verdanke.

Seine Schlußfolgerung war agressiv: »Es ist durchaus möglich, daß diese Strafe nicht mehr üblich ist. Diese Tatsache würde die Minderwertigkeit der heutigen Abiturienten erklären, wie die Zerstörung der Bastille die Anarchie erklärt, in der wir heute leben.«

Joseph, mit zitternden Nasenflügeln, hatte nun sicher vor, von der Bartholomäusnacht und den Verbrechen der Inquisition zu sprechen, als Tante Rose einen Schmerzensschrei ausstieß: durch einen ungewöhnlichen Zufall war sie von einer Wespe oder vielleicht einer Spinne (man weiß das ja nie) grausam in die Wade gestochen worden, und Onkel Jules rannte in die Küche, um eine Flasche Salmiakgeist zu suchen, die meine Mutter ihm genau beschrieb (»mit einem roten Etikett auf dem zweiten Regal rechts«) und die er trotzdem nicht finden konnte. Was mich nicht wunderte, denn niemand hatte sie je gesehen, weder an diesem Platz noch an einem anderen.

Als wir am nächsten Morgen unter den letzten Sternen aufbrachen, teilte ich Lili die traurige Nachricht mit. Er tröstete mich, so gut er es konnte, und erklärte, es wäre sehr schön, wenn man von fünf bis neun Uhr wildern könnte. Übrigens würde er selbst herangezogen werden für die Ernte der »Liebesäpfel« für den Winter und für die ersten herbstlichen Feldarbeiten.

Ich kam gegen zehn Uhr nach Hause zurück, beladen mit Wild, das ich auf dem Eßzimmertisch ausbreitete, um seinen Wert ins rechte Licht zu setzen und in der Hoffnung auf die Erlaubnis, am Abend meine Fallen aufstellen zu dürfen. Aber mein Vater schob die Drosseln wortlos beiseite und ließ mich ein langes Diktat schreiben, in dem unnötigerweise die Tragödie eines Königs namens Boabdil erzählt wurde.

Nachmittags, nach einem Festspiel logischer Analysen und einer kurzen Erholungspause, mußte ich das Soll von drei Wasserhähnen bestimmen, die ein Bassin füllten, und dann ausrechnen, wieviel Zeit ein Radfahrer brauchte, der sich – warum, weiß ich nicht – abmühte, einen Reiter einzuholen, dessen Pferd mehrmals stehengeblieben war, um zu trinken. Nachher wurde Paul hereingerufen, um zuzuhören, wie ich mit lauter Stimme das unselige Schicksal des Vercingetorix vorlas.

Schließlich, gegen fünf Uhr, kam Onkel Jules von der Jagd zurück, in jeder Hand ein Rebhuhn. Er warf die Hühner auf meine Drosseln und versetzte mir: »Rosa, die Rose« in der ersten Deklination. Joseph hörte mit kenntnislosem Interesse zu.

Ich fragte ihn: »Warum willst du, daß ich eine Sprache lerne, die du nicht kannst? Wozu soll mir das nützen?«

Er erwiderte: »Wenn man nur Französisch gelernt hat, kann man nicht gut Französisch. Du wirst das später merken.«

Ich war bestürzt von dieser Antwort, die ihn selbst verurteilte.

Zudem waren die zwölf »Fälle« dieser Rose eine sehr sonderbare Überraschung.

Ich fragte Onkel Jules: »Wozu zwölf Namen für ein und dieselbe Blume?«

Er ließ sich nicht lange bitten, uns das Geheimnis zu enthüllen, eine im übrigen erschreckende Enthüllung: die lateinischen Worte wechselten ununterbrochen das Gesicht, je nach ihrer Funktion, und das erlaubte ihnen, sich an jeden Platz zu stellen, der ihnen paßte. Ich schloß daraus, daß ich niemals Latein verstehen würde, aber Joseph zuliebe lernte ich wie ein Papagei die zwölf Fälle von Rosa die Rose auswendig.

Dieser Unterricht dauerte übrigens nur sechs Tage, da wir nun andere Vorbereitungen zu beenden hatten, ehe wir wieder endgültig in die Stadt zurückkehren mußten.

Am letzten Abend ging ich zum Abschied zu Lili, den ich den ganzen Tag lang nicht gesehen hatte.

Im geräumigen Speicher seiner Eltern drang ein Strahl der untergehenden Sonne durch die Dachluke und vergoldete einen staubigen Balken.

Da saß er auf einem Schemel vor einem großen Haufen Liebesäpfel, die wie rote Pflaumen aussahen. Jede hatte einen grünen Stil, den er durch die beiden Schlingen einer doppelten Schnur zog. So flocht er lange, rotglänzende Zöpfe, die er an den braunen Tragbalken des Dachstuhls aufhängte.

Einen Augenblick sah ich ihm schweigend bei der Arbeit zu. Endlich hob er den Kopf und sagte: »Im Grund mußt du doch zufrieden sein, in die Stadt zurückzukommen.«

»Warum?«

»Weil du sie da unten vielleicht sehen wirst.«

»Erstens weiß ich ihre Adresse nicht, und zweitens werde ich keine Zeit haben.«

Er verknotete sorgfältig zweimal die Schlußschleife einer Flechte und sagte, ohne mich anzusehen: »Dieses Jahr haben wir viel Spaß gehabt, aber wir hätten noch viel mehr Spaß haben können. Trotzdem ist es schade...«

Auf dies Bedauern antwortete ich nichts. Er hätte zweifellos hören wollen, wie ich Isabelle verleugnete; das lehnte ich wortlos ab. Aber er verstand und wechselte das Thema.

»Diese neue Schule, in die du jetzt gehst, wie ist sie?«

Sogleich beschrieb ich ihm das Gymnasium, das ich selbst gar nicht kannte, als einen Tempel der Wissenschaft. Vor allem aber hob ich das Latein hervor und dann den Karzer, in dem Onkel Jules beinahe umgekommen wäre. Er empfahl mir dringend, immer eine Rattenfalle bei mir zu tragen. Dann stand er auf, wühlte in seinem Sack und steckte mir eine Handvoll vergiftetes Korn in die Tasche...

Unterdessen betrachtete ich die langen Flechten roter Liebesäpfel und fragte mich, ob es nicht vernünftiger wäre, mein ganzes Leben lang Tomaten aufzuziehen, anstatt, ohne die geringste Hoffnung, die zwölf Fälle von Rosa die Rose zu lernen...

In der Stadt stellte meine Mutter mit Hilfe der Nähmaschine einen schwarzen Schülerkittel aus knisterndem Lüster her, der vor Appretur glänzte; ich durfte ihn nicht auf der Straße tragen, sondern nur im Gymnasium, aus dem er nicht mitgenommen werden durfte. Für das Leben außerhalb der Schule hatte ich einen Anzug mit Matrosenkragen, zu dem nicht nur eine kurze Hose, sondern auch – für alle Fälle – eine lange gehörte. Auf dem Mützenband las man in goldenen Buchstaben den Namen ›Surcouf‹. Man kaufte mir »handgenähte« Nagelschuhe, und im Warenhaus »la Belle Jardinière« suchten wir einen Mantel aus, den ich in einem dreiteiligen Spiegel bewundern konnte und auf den ich so stolz war wie auf den Umhang des Ehrenlegionärs.

Außerdem entdeckte ich an diesem Tag mein Profil, das ich noch nie gesehen hatte, und war von dieser kostenlosen Neuerwerbung entzückt. Unterdessen fragte Paul den redegewandten Verkäufer, warum diese »Schöne Gärtnerin« Anzüge herstellte, anstatt sich mit ihrem Garten zu beschäftigen.

Am Vorabend des großen Tages gab es ein Abendessen bei Tante Rose.

Zuerst schenkte sie mir eine Lackschachtel als Federkasten; auf dem Deckel sah man Napoleon in Sankt Helena: eine Hand auf dem Magen, die andere wie ein Schutzdach über der Stirn, betrachtete er das Meer. Das war sehr schön. Wenn man auf einen Knopf drückte, ging der Deckel von selbst auf; da entdeckte ich drei neue Federhalter, Federn aller Art (es gab sogar eine in Form eines Entenschnabels), verschiedene Farbstifte und vor allem einen so weichen und öligen Radiergummi, daß ich ihn am liebsten gleich aufgegessen hätte.

Der Onkel beschenkte mich mit einem Kompaß in einer Schachtel, der 2 Francs 95 gekostet hatte (was auf dem Etikett vermerkt war), einer Schreibunterlage mit echter Lederdecke und sieben Heften mit steifem Umschlag, auf die er in schöner Rundschrift meinen Namen geschrieben hatte; es sah aus wie gedruckt.

Diese Geschenke machten mich überglücklich; trotzdem war ich Pauls eifersüchtiger Bewunderung wegen etwas in Sorge; aber Tante Rose hatte alles vorausgesehen, und als er seine Serviette entfaltete, entdeckte er ein sehr hübsches Federmesser mit vier Klingen; sie waren in verschiedenen Richtungen halboffen, so daß man sie umgehend zählen konnte wie im Schaufenster der Läden. Da umarmte er alle Anwesenden, und ich setzte seiner Begeisterung die Krone auf, indem ich erklärte, ich hätte gern auf meinen Federkasten verzichtet, um ein so schönes Messer zu besitzen.

Während der Mahlzeit erteilte mein Vater mir seine letzten Ratschläge.

Zuerst versicherte er, wie es vorauszusehen war, daß die Republik den finsteren Karzer abgeschafft hatte, denn er hatte Erkundigungen eingezogen. Wir waren darüber alle sehr erleichtert, besonders der kleine Paul, der für mich gezittert hatte. Aber, fügte er hinzu, man sollte deshalb nicht glauben, das Gymnasium sei ein Faulenzerparadies, und er wies speziell auf das Nachsitzen hin, was eine Art Verurteilung zur Zwangsarbeit ist, die der ganzen Familie die Schamröte ins Gesicht treibt.

Beim Nachtisch beschrieb Onkel Jules die höchste Strafe: das Erscheinen vor dem Schulrat, das mit einem Disziplinarverfahren endet, aus dem einer seiner Mitschüler zwar lebend, aber entehrt herausgekommen war.

Endlich kehrten wir nach Haus zurück – es war schon neun Uhr vorbei –, alle meine Ausstattungsstücke lagen ausgebreitet in meinem Zimmer: die Kleider über einem Stuhl, die neuen

Socken in den neuen Schuhen, und auf der Kommode der Schulranzen, geschwollen von meinen Heften, dem Federkasten und der sorgfältig zusammengelegten Schülerbluse.

Kurzum, dieser neue Start in meinem Leben wurde mit derselben Sorgfalt vorbereitet wie dic Aufstellung eines Sputniks auf der Abschußrampe, und ich sollte bald entdecken, daß ich tatsächlich in eine andere Welt eintrat.

Montag, den dritten Oktober, morgens um sechs Uhr begann die große Vorbereitung zum Kampf. Gewaschen, frottiert, aufgescheuert (ich hätte mir beinahe das Trommelfell verletzt) und mit Butterbroten ausgiebig genährt, zog ich meine Matrosenbluse an. Paul trug auch eine ganz neue Bluse mit weißem Umlegekragen, aus dem eine himmelblaue Schleife hervorsah. Joseph schien mir etwas eingeengt von seinem gestärkten, steifen Kragen (das war immer so nach den Ferien), aber er sah trotzdem gut aus in einem hellgrauen Anzug, auf dem wirkungsvoll eine sozialistische Krawatte aus roter Seide glänzte.

Meine Mutter hatte uns darauf vorbereitet, daß sie uns nicht begleiten könne, da die kleine Schwester kein für diese Gelegenheit passendes Kleid besaß. Das war mir sehr lieb, denn ich fürchtete, mich lächerlich zu machen, wenn ich, wie die Leiche bei der Beerdigung, an der Spitze der ganzen Familie meinen Einzug ins Gymnasium hielt.

Wir brachen also alle drei gegen halb acht Uhr auf. Ich ging an der rechten Seite von Joseph, während Paul sich an seine linke Hand klammerte.

Mein Schulranzen, der meine Schultern nach rückwärts zog, hob meine Brust vorteilhaft hervor, und meine neuen Absätze klapperten auf dem Pflaster, auf dem noch die morgendlichen Mülleimer standen.

Mein Vater machte mich im Vorübergehen auf die Straßennamen aufmerksam, damit ich den Heimweg finden konnte. Meine Mutter sollte mich abends nach Schulschluß erwarten, aber von morgen an müßte ich ganz allein zwischen Gymnasium und Elternhaus hin und her steuern, was mich etwas erschreckte.

Nach einem Weg von einer Viertelstunde kamen wir ans Ende der Bibliothekstraße: Joseph wies mich darauf hin, daß diese Straße dadurch bemerkenswert sei, daß sich keinerlei Bibliothek dort befinde, und daß ich mich durch diese falsche Bezeichnung nicht irreführen lassen sollte.

Die Straße mündete auf der Höhe in einen steilen Abhang, den wir eilig hinuntergingen.

Fast am Ende dieser abschüssigen Straße zeigte mein Vater mir zur Rechten ein riesengroßes Gebäude.

»Das ist das Gymnasium!« sagte er.

In der Mitte der unendlich langen Fassade unter alten Platanen, am Rand des Bürgersteigs sah ich eine Menge Kinder und junge Leute, die Ledermappen unter dem Arm oder Ranzen auf dem Rücken trugen. Eine Flügeltür, hoch wie das Portal einer Kathedrale, stand halboffen. Leute gingen hinein und kamen heraus, aber die Schülergruppen, die rundum auf dem Trottoir schwatzten, schienen es nicht eilig zu haben, sich an den Quellen der Wissenschaft zu tränken.

»Diese Tür«, sagte mein Vater, »führt uns vom Externat zu den Gebäuden, in denen die Klassen sind. Du mußt durch die Tür des Internats gehen, das auf der anderen Seite des Hauses liegt.«

Wir gingen durch verschiedene Gruppen, aus denen lautes Lachen tönte und Zurufe die Ankunft eines Kameraden ankündigten.

Dann stiegen wir den Abhang weiter hinunter, und nach etwa hundert Schritten stellte ich mit Verblüffung fest, daß das Gebäude uns immerzu folgte.

In dem Augenblick, als der Boulevard schräg nach rechts abbog, donnerte über unseren Köpfen ein bronzenes Getöse: am Rand des Daches – das sich zu einer gewaltigen Höhe erhob – sah ich in einer Art kleinem Häuschen, das einen dreieckigen Ziergiebel hatte, das Zifferblatt einer Uhr in der Größe eines Wagenrades.

»Halb acht!« sagte Joseph.

»Sie hat mindestens viermal geschlagen!«

»Acht Schläge für die halbe Stunde!« antwortete er. »Es ist ein Glockenspiel. Vier Schläge für die Viertelstunde, acht für die halbe, zwölf für die Dreiviertel- und sechzehn für die volle. Und natürlich schlägt sie auch die Stundenzahl, aber mit einer anderen Glocke. So schlägt sie zum Beispiel am Mittag achtundzwanzigmal.«

»Von unserer Stubenuhr kann ich die Stunden sehr gut ablesen«, sagte Paul, »aber diese da könnte ich nicht zählen.«

Ich war durch diese tönende Neuheit schon sehr überrascht, und es schien mir, daß auf dem Gymnasium selbst die Zeit genau überwacht wurde.

Wir gingen noch einige Minuten, dann wandten wir uns nach rechts und bogen in eine kleine Straße ein.

»Die Gymnasiumstraße«, sagte mein Vater. »Weißt du es noch? Zuerst muß man den Museumsweg hinuntergehen und dann die Gymnasiumstraße nehmen...«

Sie führte uns auf einen kleinen Platz, der Gymnasiumsplatz hieß... Immer das Gymnasium!

Die gigantische Schule vom Chemin des Chartreux verlor ihren Superlativ und schien zum Schülerheim reduziert.

Auf der Höhe einer Freitreppe von mindestens fünfzehn Stufen war wieder eine Flügeltür, etwas kleiner als die erste, aber zu beiden Seiten von hohen Fenstern umgeben, deren Eisengitter an die Anwesenheit von Gefangenen denken ließen.

Diese Tür war geschlossen, aber am Ende des Platzes war noch eine kleinere, die sich auf einen viereckigen Eingang öffnete.

Dort saß hinter einer Glasscheibe ein Hausmeister, oder vielmehr ein Offizier der Hausmeisterei, denn er trug einen Uniformrock mit goldenen Knöpfen.

Dieser Mensch wußte augenscheinlich nicht, mit wem er es zu tun hatte, denn er betrachtete uns eine halbe Minute lang durch seine Glasscheibe, ehe er eine Art Schalterfenster öffnete.

Zu meiner großen Überraschung gab mein Vater sich nicht zu erkennen. Er fragte einfach, wo sich die Halbpensionäre der 6 A versammeln müßten.

Der andere antwortete mit der erstaunlichsten Gleichgültigkeit: »Gehen Sie über den kleinen Hof, durch den Korridor rechts. Der Herr Oberaufseher wird Sie unterrichten.«

Darauf schloß er seinen Schalter, ohne uns das geringste Lächeln als Willkommensgruß zu spenden.

Mein Vater hatte dennoch die Schwäche, »Danke!« zu sagen.

»Ist das der Direktor?« fragte Paul.

»Nein«, sagte mein Vater. »Das ist der Portier.«

Ich fragte: »Warum hast du ihm deinen Namen nicht gesagt?«

»Weil er ihn nicht kennt.«

Diese Antwort beunruhigte mich. Der Hausmeister unserer Schule nannte ihn mit respektvoller Vertraulichkeit M. Joseph; oft fragte er nach der Gesundheit meiner Mutter, und manchmal sagte er: »Das ist eine Ungerechtigkeit, daß Sie die akademischen Palmen noch nicht haben, Monsieur Joseph. Ich finde, Sie verdienen sie genau so wie der Herr Direktor.« Wohingegen dieses in seinem Glaskäfig eingesperrte Mistvieh traurig und unverschämt zugleich aussah wie die Tiere im Zoo.

Mir schien, das fing schlecht an. Mein Vater mußte Paul, der sich mit zurückgewandtem Kopf vergewisserte, daß die Tür zu seiner Freiheit sich nicht geschlossen hatte, hinter sich herziehen.

Wir überquerten einen kleinen Hof, der wie ein Bürgersteig gepflastert war, und betraten das Gebäude durch eine niedrige Tür, die um so schmaler wirkte, als sie in eine meterdicke Mauer eingelassen war.

Beim Verlassen dieses Tunnels gelangten wir in einen Gang, der hoch wie eine Kirche war.

Auf den schwarzweißen Fliesen, die sich unabsehbar verlängerten, gingen Schüler jeden Alters umher. Die jüngsten waren in Begleitung reich gekleideter Damen oder Herren, die nach Schülereltern aussahen.

An der Kreuzung von zwei Korridoren trafen wir in der Tür seines Arbeitszimmers den Herrn Oberaufseher.

Das war ein dicker kleiner Mann mit einem Spitzbärtchen unter einem dichten, graumelierten Pfeffer- und Salzschnurrbart. Er trug einen zitternden Zwicker, der mit einem schwarzen Schnürchen in seinem Knopfloch befestigt war, und auf dem Kopf ein Mützchen aus grauem Samt in der Farbe seines Gehrocks.

Ein Halbkreis von Kindern und Eltern umgab ihn, er warf einen Blick auf die Papiere, die man ihm hinhielt, und gab Anweisungen an die Schüler; aber von diesem Schicksalsort ab hatten die Eltern kein Recht mehr, ihnen zu folgen. Es gab Umarmungen, ich sah sogar einen kleinen Blonden, der weinte und die Hand seiner Mutter nicht loslassen wollte.

»Das ist sicher ein Pensionär«, sagte mein Vater. »Er wird seine Eltern bis Weihnachten nicht wiedersehen.«

Diese Vorstellung schien Paul so grausam, daß ihm die Tränen in die Augen traten.

Unterdessen hatte mein Vater dem Aufseher meinen Ausweis hingehalten. Der prüfte ihn und sagte ohne das geringste Zögern: »Dritte Türe links. Gehen Sie durch den Arbeitsraum, lassen Sie Ihre Sachen dort und warten Sie im Hof der Kleinen.«

Er sagte »Sie« zu mir!

Ich sah, daß mein Vater gern mit ihm gesprochen hätte, aber schon hatte er andere Papiere vor Augen und fuhr fort, die Schüler in alle Richtungen zu weisen wie jemand, der Karten austeilt.

»Gehen wir!« sagte mein Vater. »Wir haben auch Schulanfang heute und dürfen nicht zu spät kommen.«

Er umarmte mich und ich umarmte Paul, der seine Tränen nicht zurückhalten konnte.

»Weine nicht«, sagte ich zu ihm. »Ich bleibe ja nicht bis Weihnachten hier, ich werde heute abend heimkommen.«

»Wirst du mir alles erzählen?«

»Alles.«

»Und wenn man dich in den Karzer sperrt?«

»Papa hat es dir doch gesagt, das macht man nicht mehr wegen der Revolution.«

»Gehen wir!« sagte Joseph. »Beeilen wir uns! Es ist dreiviertel acht!«

Er zog ihn fort, während ich mich entfernte...

Ich kam an die dritte Tür und sah mich um. Durch das Hin und Her der Schüler erblickte ich die beiden, wie sie vor dem Tunnel zum Ausgang standen; sie sahen mich an, und Paul winkte mir mit erhobener Hand kleine Abschiedsgrüße zu.

Um in den Pausenhof zu kommen, mußte ich durch den vom Aufseher ›Arbeitszimmer‹ genannten Raum gehen. Das war eine Klasse, in der drei Reihen Pulte mit je zwei Sitzen sich bis zu einem Katheder ausdehnten, das auf einem Podest von einer mir abnorm erscheinenden Höhe stand. An der Wand gab es in Kopfhöhe eine lange Reihe kleiner Schränke.

Da ich auf den Pulten Schülermappen und mit Riemen zusammengeschnürte Bücherpakete sah, machte ich die Schließen meines Schulranzens auf, nahm meinen Kittel heraus und zog ihn über meinen Anzug. Während ich ihn zuknöpfte, bemerkte ich, daß auf der großen Tafel, die neben dem Katheder hing, eine unbekannte Hand in großen Buchstaben die berühmte Antwort des Generals Cambronne geschrieben hatte. Dieses einsame Wort ohne Punkt und Komma hatte zweifellos die beiden Ferienmonate den leeren Pulten gegenüber verbracht und inmitten des Schweigens und der Gleichgültigkeit der Dinge, die es umgaben, hatte ich den Eindruck, daß es tot war; aber plötzlich bekam ich Angst, daß der Eintritt eines Aufsehers es in seiner ganzen Frechheit wieder zum Leben erwecken würde, und lief fluchtartig in den Hof der Kleinen.

Unter uralten Platanen, die der Herbst gelb gefärbt hatte, waren schon etwa dreißig Schüler versammelt.

Sofort fielen mir fünf oder sechs Chinesen auf (es waren in Wirklichkeit Anamiten), ein Neger und ein Junge mit schokoladenbrauner Haut und gekräuseltem Haar. Später erfuhr ich, daß er der Sohn eines mächtigen algerischen Beamten war.

Einige trugen ganz neue, städtische Anzüge, aber fast alle hatten schwarze, vom vielen Tragen bereits abgenutzte Kittel an, mit Flecken übersät und infolge fehlender Knöpfe schlecht zugeknöpft.

Mein allzugut gebügelter Kittel hing in steifen Falten herunter und schillerte im Glanz seines Lüsters, während meine neuen Schuhe, die die Knöchel etwas einzwängten, bei jedem Schritt »uit, uit, uit« sagten.

Ich fürchtete, daß diese Ausstattung mich als Neuling verraten würde; aber diese Jungen – von denen mehrere ein oder zwei Jahre älter waren als ich – hatten schon Spiele organisiert, die ihre ganze Aufmerksamkeit beanspruchten. Es gab Partien mit Glaskugeln, Hupfspiele und Bockspringen. Mitten auf dem Hof vereinigte ein Reitturnier ungefähr zwanzig Teilnehmer.

Die großen – darunter ein Neger – waren die Reitpferde. Sie bildeten zwei Reihen, die einander in einer Entfernung von zehn Metern gegenüberstanden; auf ein Zeichen rannten sie gegeneinander los, wildes Geschrei und das Gewieher von Paradepferden ausstoßend. Die Reiter packten einander in einem Luftkampf in den Haaren und machten große Anstrengungen, den Gegner aus dem Sattel zu werfen, während die Pferde sich mit tückischen Fußtritten bekämpften. Jeden Augenblick stürzte einer der Kämpfer, und der Sieger griff wild das nächste Opfer an.

Dieses Spiel fand ich sehr schön, aber die Lehrer der Schule vom Chemin des Chartreux hätten es nie geduldet. Meine Augen suchten die Aufsicht, die eine Ladung entehrender Nachsitz-Strafen austeilen würde. Ich sah einen jungen Mann, der – die Hände auf dem Rücken gefaltet – auf und ab ging. Er war mager und hatte einen großen, schwarzen Filzhut auf. Er dachte nach. Jedesmal, wenn er an dem Turnier vorüberkam, richtete er seine Augen mit vollkommener Gleichgültigkeit auf die Kämpfenden, und ich hatte den Eindruck, daß er seinen Spaziergang nur abkürzen würde, um einen Todesfall festzustellen.

Ununterbrochen tauchten neue Schüler auf; die alten, überaus selbstsicher, kamen im Galopp herbei, manchmal mit lautem Geschrei, und beteiligten sich sofort am Turnier. Ich sah mit Vergnügen einige neue Schülerkittel, die sich ebenso wie ich nicht allzuweit vorwagten und mit niemandem sprachen. Einer dieser Neuen stellte sich neben mich und sah der Schlacht zu; nach einem Augenblick fragte er: »Du bist neu hier?«

»Ja. Und du?«

»Ich auch.«

Er war klein, beinahe winzig. Durch seine glänzend schwarzen, lockigen Haare wirkte er noch blasser. Seine Augen funkelten wie Kohlen, und auf seinen Schläfen sah man feine blaue Adern.

»Woher kommst du?«

»Aus der Volksschule an der Rue de Lodi.«

»Ich komme vom Chemin des Chartreux.«

Wir waren sofort Freunde.

»In welcher Klasse bist du?«

»In 6 B.«

»Ich in 6 A.«

»Dann sind wir nicht in derselben Klasse, aber zum Aufgabenmachen alle beide im Arbeitsraum sieben.«

»Wie heißt du?«

»Oliva.«

Ich zitterte.

»Also du hattest beim Examen den ersten Platz bekommen?«

Er wurde etwas rot.

»Ja. Wer hat es dir gesagt?«

»Ich habe den zweiten bekommen.«

Er lächelte begeistert.

»Na, das ist aber wirklich ungewöhnlich!«

Auch ich fand, daß wir unsere Begegnung einem wunderbaren Zufall verdankten, einer Laune des Schicksals. Dabei war es selbstverständlich, daß zwei Schüler, die im gleichen Jahr das Stipendium für die sechste Klasse bekommen hatten, sich beim Eintritt ins Gymnasium unbedingt treffen mußten. Aber bis dahin war einer für den anderen nichts gewesen als der Name eines Konkurrenten, und sein plötzliches Auftauchen als Lebewesen war ebenso überraschend wie das Erscheinen des kleinen Däumlings oder des Kapitän Nemo in Fleisch und Blut. Deshalb betrachteten wir einander ängstlich und entzückt.

»Ich konnte die Aufgabe mit dem Kupfer nicht lösen«, sagte ich auch schon. »Aber du hast sie herausgebracht.«

»Ich habe Glück gehabt. Ich hatte drei Lösungen ausgerechnet und wußte nicht, welche richtig war. Ich habe ganz zufällig eine gewählt und bin gut damit gefahren.«

Dieses Geständnis gefiel mir. Das magere Hühnchen war ein

ganzer Kerl. Es tat mir leid, daß ich ihn als den Sohn eines Falschmünzers bezeichnet hatte und entschuldigte mich – im Geiste – bei ihm. In diesem Augenblick stürzte über uns das Gymnasium ein.

Ich sprang nach vorn, dann drehte ich mich wieder um und sah einen kleinen Mann mit starkem Schnurrbart, der wütend auf einen Gong trommelte. Das Instrument – in Messing zwischen zwei blauen Holzreifen – schien mir riesengroß, und ich fragte mich, warum dieser Virtuose uns ein so dröhnendes Konzert gab, als die auf die Tür des Arbeitsraumes zuflutende Menge mich mitriß; man stellte sich in zwei Kolonnen hintereinander vor dem Gongschläger auf, der immer noch trommelte, daß es mir fast den Kopf sprengte, während die Turmuhr läutete wie mehrere Kirchenglocken zusammen.

Endlich hörte das Getöse auf, der Schnurrbärtige machte eine Halbdrehung und zog sich zurück, um durch das Arbeitszimmer zu gehen. Nachdem er verschwunden war, sahen wir einen überaus vornehmen Herrn, aufrecht und unbeweglich wie eine Statue. Er war sehr groß und hatte einen eleganten Mantel über den Schultern hängen, den Kopf trug er hoch und seine schwarzen Augen glänzten wie Glas. Er machte einen Schritt auf uns zu, und sich auf einen schwarzen Stock mit Gummispitze stützend, sagte er mit einer tiefen, metallischen Kommandostimme: »Die Pensionäre der sechsten und fünften in das Arbeitszimmer nebenan, in Nummer acht. Ich habe gesagt, die Pensionäre!«

Es gab eine große Bewegung in der Kolonne, die sich auflöste, um diese Gefangenen hinauszulassen.

Der Herr wartete, bis unsere Reihen wieder geschlossen waren, und sagte dann in ernstem Ton: »Die Halbpensionäre der sechsten und fünften A und B! Treten Sie ein!«

Wir traten ein.

Kaum hatten wir die Tür passiert, als ein allgemeiner Ansturm auf die begehrtesten Plätze begann; ich stellte mit Überraschung fest, daß es die vom Katheder am weitesten entfernten waren.

Als ich mich an das Pult, auf dem ich meinen Schulranzen gelassen hatte, setzen wollte, brachte mich das Gedränge bis in die erste Reihe, und ich hatte gerade noch Zeit, die kostbare Tasche festzuhalten. Oliva, von den ›Großen‹ aus der fünften nach vorn gestoßen, strandete schließlich auf einer Bank an der anderen Seite des Arbeitszimmers. Es gab Streitereien, Beschimpfungen und Geschrei.

Unser Lehrer, unbeweglich wie ein Felsen inmitten des stürmischen Meeres, sah den Ereignissen zu. Endlich rief er uns einen Satz zu, den ich zwei Jahre täglich hören sollte.

»Wie lang das dauert, meine Herren! Wie lang das dauert!«

Das war eine Art melancholischen Aufseufzens, eine drohende Klage, die Überraschung und Bedauern ausdrückte.

Dann schwieg er eine Minute lang, und der Lärm flaute nach und nach ab.

Jetzt brüllte er mit Donnerstimme: »Ruhe!«

Und es trat Ruhe ein.

Ich war durch das Geschiebe direkt vor das Katheder geschubst worden und saß neben einem dunkelhaarigen, pausbäckigen Jungen, der bestürzt schien, daß man ihn dorthin gedrängt hatte.

Der Herr stieg langsam wieder zur Tafel hinauf, sein rechtes Bein etwas nachziehend. Dann sah er der ganzen Gesellschaft direkt ins Gesicht und sagte mit einem kaum angedeuteten Lächeln in einem Ton, der jeden Widerspruch ausschloß: »Meine Herren, die Schüler, die eine ständige Überwachung brauchen, haben einen natürlichen Hang, sich ihr zu entziehen. Da ich noch keinen von Ihnen kenne, habe ich es Ihnen freigestellt, sich Ihre Plätze selbst auszusuchen. So haben sich diejenigen mit schlechten Absichten selbst entlarvt, die verzweifelte Anstrengungen machten, sich möglichst weit vom Katheder entfernt niederzulassen. Die Schüler der letzten Reihe: Aufstehen!«

Überrascht standen sie auf.

»Nehmen Sie Ihre Sachen und wechseln Sie Ihre Plätze mit den Schülern der ersten Reihe!«

Das Gesicht meines Nachbarn leuchtete freudig auf, während die Enteigneten bestürzt nach vorn kamen.

Wir setzten uns in das allerletzte Pult in der rechten Ecke, vom Katheder aus gesehen.

»Und jetzt«, sagte der Lehrer, »nimmt jeder den Fachkasten, der von seinem Platz der nächste ist.«

Alles stand auf, und der Tumult brach von neuem los. Viele zogen ein Vorhängeschloß aus der Tasche, um die Unverletzlichkeit dieses Schülergeheimfaches zu sichern.

Bei meiner Ausstattung war keinerlei Vorhängeschloß vorgesehen; aber ich erinnerte mich, daß mein Vater eines besaß: das Schloß des Flurwächters, das Bouzigue uns mitgebracht hatte. Ich nahm mir vor, Joseph noch heute abend darum zu bitten. Es war mitsamt seinem Schlüssel in der Küche aufgehängt. Niemand rührte es je an, und ich hatte den Eindruck, daß es allen immer noch Furcht einflößte. Ich war überzeugt, daß er es mir geben würde.

Unser Lehrer ließ plötzlich sein Lamento hören: »Wie lang das dauert, meine Herren! Wie lang das dauert!«

Er wartete fast eine Minute lang, dann befahl er im Ton eines Leutnants: »An die Plätze!«

In großer Eile stieg er auf das Podest, setzte sich hin, und ich glaubte, daß er mit dem Unterricht beginnen würde; ich irrte mich.

»Meine Herren«, sagte er, »wir werden ein ganzes Jahr zusammen verbringen, und ich hoffe, Sie werden mir die Mühe ersparen, Ihnen für Betragen die Note Null zu geben, Nachsitzen oder Arrest. Da Sie die sechste und fünfte Klasse besuchen, sind Sie keine Kinder mehr. Deshalb müssen Sie auch verstehen, daß zur Arbeit Ordnung und Disziplin notwendig sind. Und nun werde ich Ihnen zur Einführung in Ihr Schuljahr den Stundenplan austeilen.«

Er nahm einen Haufen Blätter von der Ecke seines Katheders und machte einen Rundgang durch das Studierzimmer, bei dem er jedem den Stundenplan, der ihn betraf, überreichte.

So erfuhr ich, daß unser Tageslauf um viertel vor acht mit einer »Arbeit« von einer Viertelstunde anfing, auf die zwei Unterrichtsstunden folgten. Um zehn Uhr, nach einer Viertelstunde Pause, wieder eine Unterrichtsstunde und eine dreiviertel Arbeitsstunde, ehe man in den Speisesaal im Souterrain des Internats hinunterging.

Nach dem Mittagessen gab es eine ganze Stunde Freizeit, dann eine halbe Stunde Schularbeit, auf die – ex abrupto – zwei Unterrichtsstunden folgten.

Um vier Uhr zweite Pause, dann von fünf bis sieben die langen, friedlichen Abendaufgaben.

Im ganzen blieben wir elf Stunden täglich im Gymnasium, außer am Donnerstag, dessen Vormittag mit vier Arbeitsstunden ausgefüllt war: das war die Sechzigstundenwoche, die noch durch den Halbtagsarrest vom Donnerstag oder einen Arrest über den ganzen Sonntag verlängert werden konnte.

Während ich darüber nachdachte, hörte ich ein Flüstern: »In welcher Abteilung bist du?«

Erst begriff ich nicht, daß es mein Nachbar war, der sprach, denn er blieb vollkommen unbeweglich, den Blick starr auf seinen Stundenplan gerichtet.

Aber auf einmal sah ich, wie sein Mundwinkel sich kaum merklich bewegte und er seine Frage wiederholte.

Ich bewunderte seine Fertigkeit, und indem ich versuchte, ihn nachzuahmen, antwortete ich: »Sechs A.«

»Fein!« sagte er. »Ich auch. Kommst du aus dem Vorgymnasium?«

»Nein. Ich war in der Volksschule vom Chemin des Chartreux.«

»Ich war immer auf dem Gymnasium. Wegen des Lateins verdopple ich die sechste.«

Diesen Ausdruck verstand ich nicht und glaubte, er wolle sagen, daß er die Absicht habe, seine Bemühungen zu verdoppeln. Er fuhr fort: »Bist du ein guter Schüler?«

»Ich weiß es nicht. Jedenfalls habe ich das zweite Stipendium erhalten!«

»Oh!« sagte er freudig. »Fein! Ich bin eine vollkommene Null. Du wirst mich abschreiben lassen!«

»Was denn abschreiben?«

»Zum Donnerwetter, die Aufgaben! Damit man es nicht merkt, werde ich ein paar Fehler hineinschreiben und dann...«

Er rieb sich vergnügt die Hände.

Ich war verblüfft. Vom Nachbarn abschreiben war eine ehrlose Handlung. Und er hatte vor, dazu nicht nur in verzweifelten Fällen seine Zuflucht zu nehmen, sondern als tägliche Gewohnheit! Wenn Joseph und Onkel Jules das gehört hätten, würden sie mir sicher verboten haben, mit ihm zu verkehren. Außerdem ist es immer gefährlich, den Nachbarn abschreiben zu lassen; wenn zwei Aufgaben einander gleichen, kann der Professor nicht wissen, welche von beiden erschwindelt ist, und der allzu großzügige Mitschuldige wird oft als Schwindler betrachtet.

Ich nahm mir vor, meinem zynischen Nachbarn diese Befürchtungen auseinanderzusetzen, und überlegte gerade meine Einwände, als zu meiner großen Überraschung das Donnergetöse des Trommlers im Korridor ausbrach und die ganze Klasse aufstand. Wir stellten uns in einer Reihe vor die Tür; sie ging von selbst auf, der Pausenaufseher erschien und sagte nur: »Gehen Sie!«

Wir folgten ihm.

»Wohin gehen wir?«

»In die Klasse. Man muß hinauf ins Externat.«

Wir gingen durch einen pompösen Korridor, spärlich erhellt durch sehr hoch angebrachte Fenster unter schweren, romanischen Gewölben, die ebenso viele Echos bargen wie eine Kathedrale.

Ihr Hauptvergnügen war der Tambour, der den Tageslauf des Gymnasiums regelte. Dort breitete sein Getrommel sich aus wie ein tönendes Gewitter; es erklang vom Gewölbe und kam vom Fußboden zurück, prallte dann gegen die seitlichen Echos und entfernte sich im Galopp, das antike Gemäuer und die zitternden Fensterscheiben streifend.

Wir kamen an eine Treppe, denn wegen des steilen Geländes, auf dem das Gymnasium erbaut war, befanden sich die Klassenzimmer und die Höfe für die Pausen des Externats in einem höheren Stockwerk.

Mein Nachbar zeigte mir unter der Treppe eine schwarze, mit einem vergitterten Guckloch versehene Tür; es war die Karzertür, und im Vorübergehen grüßte ich den Schatten von Onkel Jules, der dort in der Dunkelheit mit seiner Ratte herumsprang.

Die Treppe führte unter eine Galerie mit rechteckigen Säulen, die auf drei Seiten den weiten Hof des Externats umgab: die vierte Seite war von einer langen, grauen Mauer abgeschlossen, wenig erheitert durch ein Dutzend Klosetts, deren Halbtüren sich streng aneinanderreihten.

Unsere Reihen lösten sich sofort in eine unübersehbare Schülermenge auf, die die Galerie überflutete. Fast alle waren älter als wir. Es gab sogar einige, die kleine Schnurrbärte trugen; ich hielt sie für Lehrer und ihre große Zahl überraschte mich. Mein Gefährte klärte mich auf:

»Das sind die Schüler von ›Philo‹ und ›Mate‹«, sagte er.

Eine geheimnisvolle Antwort, die eine Erklärung verdient hätte; aber ich war viel zu sehr beschäftigt, in dem allgemeinen Gedränge den Kontakt mit meinem Führer zu bewahren; er war ganz in seinem Element, drang vergnügt durch die Menge und tauschte im Vorübergehen Begrüßungen oder Beschimpfungen mit Gleichaltrigen aus.

Unser Vorwärtsdrängen verlangsamte sich bald; ein kleiner Kreis von Großen bildete eine Insel, sie trennte die Schülerflut in zwei Arme. Vollkommen gleichgültig gegenüber der Unordnung, die sie verursachten, unterhielten die Großen sich, offensichtlich befriedigt, daß sie ihre Bedeutung beweisen konnten. Einer von ihnen hielt hinter seinem Rücken in beiden Händen Hefte mit steifen Deckeln und ein dickes Buch. Mein Freund warf mit einem schnellen Schlag das ganze Paket hinunter und rannte davon, ohne sich umzusehen.

Zum Glück drängte sich gerade ein Junge von fünfzehn Jahren mit karottengelbem Haar zwischen uns und erhielt einen Fußtritt in den Hintern, dessen Wucht seine Gangart unvermittelt beschleunigte. Ich wich dem Großen, der seine Bücher aufsammelte, aus, während der Getretene vom Strom erfaßt und davongetragen wurde; aber sein zurückgewandtes Gesicht schoß wütende Blicke und Salven von Flüchen umher.

Ich konnte meinen Führer einholen; er war etwas weiter entfernt stehengeblieben und hörte sich mit dem Rücken an der Wand die entehrenden Unterstellungen und schimpflichen Aufforderungen an, die die Stimme der wütenden Unschuld hervorbrachte. Ich war selbst vom Reichtum dieser Umgangssprache geblendet; aber der Trommler übertönte brutal den poetischen Rachegesang. Also tauchten wir im Fluß wieder unter, und mein Pilot lotste mich geschickt durch alle Strudel und Gegenströmungen an den Schauplatz unserer Arbeit.

Das war ein sehr großes Zimmer. Die Rückwand war von vier Fenstern durchbrochen, durch die man das Laub der Platanen im Internat sah. Zur Linken, abgestuft auf hölzernen Podesten, gab es lange Pulte mit jeweils sieben oder acht Plätzen, auf der rechten Seite neben der Tür einen Ofen, dann eine große Tafel über einem weiteren Podest; schließlich auf einer etwas erhöhten Kanzel ein Katheder und hinter dem Katheder einen Lehrer.

Er war ein sehr umfangreicher Mann. Auf dicken Schultern ein fettes rosiges Gesicht, das ein leicht gewellter, schöner blonder Bart verlängerte. Er trug einen schwarzen Rock. Im Knopfloch sah ich ein violettes Band glänzen: die akademischen Palmen! Hoffnung und Traum meines Vaters, der gedachte, sie am Tag seiner Pensionierung zu erhalten, dasselbe Band, das den Ruhm des Herrn Direktors unserer Volksschule vom Chemin des Chartreux ausmachte. Ich war stolz, aber etwas ängstlich, einen Lehrer zu haben, der die Auszeichnung eines Direktors trug.

Eine gute Anzahl Schüler war uns zuvorgekommen, und ich sah zu meiner Überraschung, daß diese sich stillschweigend um die Plätze in der ersten Reihe stritten.

»Das sind Externe«, sagte mein Freund. »Die müssen sich immer bemerkbar machen. Komm schnell.«

Er zog mich zu zwei noch freien Plätzen an der Außenseite der vorletzten Stufe, direkt vor einem weiteren Fenster, das auf die Galerie führte.

Wir richteten uns mit bescheidener und unterwürfiger Miene ein. Auf der letzten Bank hinter uns saßen schon zwei Unbekannte, die mir für eine sechste Klasse sehr groß vorkamen; sie empfingen meinen Freund mit Augenzwinkern und spöttischem Lächeln.

»Du auch?« fragte der Größte leise.

»Ja, wegen des Lateins.«

Er sprach aus dem Mundwinkel wieder zu mir: »Die müssen auch die Klasse verdoppeln.«

»Was heißt das?«

Er schien perplex und beinahe ungläubig. Dann sagte er mitleidig: »Das heißt, daß man in der sechsten noch mal von vorn anfängt, weil sie uns in der fünften nicht gewollt haben.«

Ich war tiefbetrübt, zu erfahren, daß mein Freund ein »Krebs« war, aber es überraschte mich nicht, nachdem ich bereits wußte, daß er die Absicht hatte, meine Aufgaben abzuschreiben.

Meine Hefte und Federhalter ordnend, betrachtete ich unseren Lateinprofessor, der mit vollkommener Ruhe seine Herde musterte.

Ganz leise fragte ich: »Kennst du ihn schon?«

»Nein, letztes Jahr war ich bei Bergeret in A I. Von diesem weiß ich nur, daß er Sokrates heißt.«

Wir konnten die Unterhaltung nicht fortsetzen, denn M. Sokrates sah uns an. Aber sein Name machte mich neugierig; ich wußte, daß es schon einen Sokrates gegeben hatte, einen griechischen Dichter, der mit seinen Freunden unter Platanen spazierenging und durch Selbstmord endete, indem er einen Schierlingstee trank. Vielleicht hatte man unserem die akademischen Palmen verliehen, weil er ein Verwandter von ihm war?

Weil man ihn noch nicht kannte, herrschte tiefe Stille; an diesem ersten Tag waren wir fast alle einsam und heimatlos – die Klasse hatte noch keine Gestalt angenommen.

M. Sokrates fing damit an, uns die Liste der Bücher zu diktieren, die wir brauchen würden. Sie füllte eine ganze Seite aus, und diese Auswahl mußte hübsch teuer sein. Aber ich brauchte mich um Josephs Geldbeutel nicht zu sorgen, denn dank meines Stipendiums mußte das Gymnasium sie mir kostenlos zur Verfügung stellen.

Als dieses Diktat beendet war, ging M. Sokrates an die Tafel, schrieb kurz und bündig die Deklination von »Rosa die Rose« an und sagte uns, das sei unsere Aufgabe für den nächsten Tag.

Während er in Schönschrift das Wort »Ablativ« hinsetzte, fragte mein zynischer Nachbar: »Wie heißt du?«

Ich zeigte ihm meinen Namen auf dem Umschlag meines Heftes.

Er besah ihn sich eine Sekunde lang, zwinkerte mit den Augen und sagte schlau: »Heißt das Spanier?«

Ich war entzückt von dieser geistreichen Anspielung, die für mich noch neu war, und fragte meinerseits: »Und du?«

Die Antwort war ein kleines, meckerndes Blöken. Aber er hatte die Lautstärke dieser Äußerung unterschätzt; der Ton durchdrang den Flüsterschleier, und die ganze Klasse hörte ihn. Sokrates drehte sich in ganzer Person um, und in einem Gemurmel unterdrückten Lachens erkannte er den Schuldigen an seiner Verlegenheit.

»Sie, da unten, wie heißen Sie?«

Mein Nachbar stand auf und sagte laut und deutlich: »Lagneau.«

Man hörte wieder unterdrücktes Gelächter, das Sokrates mit einem einzigen Blick zum Verstummen brachte; dann fragte er energisch: »Wie?«

»Lagneau«, wiederholte mein Nachbar, »Jacques Lagneau.«

Sokrates sah ihn eine Sekunde lang an, dann sagte er in sarkastischem Ton: »Und weil Sie Schaf heißen, blöken Sie in der Schule?«

Dieses Mal lachte die Klasse aus vollem Hals.

M. Sokrates schien keineswegs böse über eine Heiterkeit, die seine geistreiche Frage feierte, und lächelte, selbst als Lagneau (der nicht begriffen hatte, daß gewisse Fragen unbeantwortet bleiben müssen) mit gekreuzten Armen aufstand und unterwürfig antwortete: »Jawohl, mein Herr.«

Er hatte das in aller Aufrichtigkeit gesagt, denn um mir mitteilen zu können, daß er Lagneau hieß, hatte er etwas zu laut geblökt.

Die Klasse lachte darauf schallend, aber Sokrates schätzte eine komische Wirkung nicht, wenn er sie nicht selbst hervorgerufen hatte, und hielt dieses Geständnis für eine Frechheit. Deshalb fiel sein strenger Blick niederschmetternd auf die Lacher, und dann sagte er zu Lagneau: »Mein Herr, ich möchte die erste Lateinstunde nicht dadurch trüben, daß ich Ihnen die Strafe erteile, die Ihre Unverschämtheit verdient. Aber ich warne Sie: diese Nachsicht wird sich nicht wiederholen, und bei seinem nächsten Streich wird Lagneau, anstatt auf den heiteren Weiden des Donnerstag zu tändeln, im düsteren Schafstall des Internats eingesperrt bleiben, unter dem Hirtenstab des Schäfers für die Nachsitzer. Setzen Sie sich!«

Diese glänzenden Vergleiche hatten großen Erfolg. Der begnadigte Lagneau besaß die Geistesgegenwart, ihm diskreterweise zuzustimmen, und Sokrates, mit sich selbst und seinem Publikum sehr zufrieden, konnte sich eines breiten Lächelns nicht enthalten, wobei er seinen schönen Bart strich. Dann dämpfte er mit einer Handbewegung die schmeichelnden Lacher und sagte: »Dieser kleine Zwischenfall erinnert mich daran, daß ich Sie bei Ihren Namen aufrufen muß.«

Er stieg auf sein Katheder, öffnete ein Heft und bat uns, mit erhobener Hand »hier« zu antworten.

Auf Grund seiner reizenden Späße und wie um den Gegner abzutasten, versuchte die Klasse eine Form der Frechheit, die mir ganz neu war und deren Hinterlist mich gleichzeitig erschreckte und entzückte.

Sokrates hatte zuerst »Alban« aufgerufen. Das war ein Blondkopf, der mit hoher, dünner Vogelstimme »Hier« antwortete.

Der nächste war »Arnaud«, dessen Antwort in einem viel tieferen Register ertönte, während »Aubert« in spitzige Höhen zurückkehrte.

In diesem Augenblick stieß Lagneau mich mit dem Ellbogen an, zwinkerte mir zu, und ich verstand, daß etwas vorging. Tatsächlich tauchte »Barbier« in tiefste Tiefen unter, während »Berlaudier« (ein großer, rotbackiger Junge) wie ein kleines Mädchen sein »Hier« flötete.

»Man liefert ihm einen Jodler«, flüsterte Lagneau.

Ich dachte mir, daß eine solche Kollektiv-Ungezogenheit von den Lehrern der Volksschule am Chemin des Chartreux nie geduldet worden wäre und daß M. Besson zum Beispiel sie mit einem einzigen Blick beendet hätte. Aber Sokrates rief ohne das geringste Zeichen von Ungeduld weitere Namen auf, so daß die Kühnheit der Jodler überschäumte und ihre Antworten immer mißtönender wurden, was er nicht zu bemerken schien. Dieses Spiel war wunderbar, und mutig bereitete ich mich darauf vor, meine Rolle darin zu spielen, als die Reihe an »Galliano« kam; das war einer der beiden Verdoppler-Krebse, die hinter mir saßen. Um auf der Höhe seines Ranges und seines Rufes zu bleiben, gab er die Antwort mit einer prächtigen Grabesstimme, die ihn sichtliche Anstrengung kostete.

Sokrates betrachtete ihn mit lebhaftem Interesse und sagte: »Wiederholen Sie das bitte!«

Galliano, eingeschüchtert, antwortete nochmals »Hier«, aber mit seiner natürlichen Stimme.

Worauf Sokrates in beinahe freundschaftlichem Ton, aber mit amtlicher Entschlossenheit sagte: »Nein, Herr Galliano, nein! Ich lasse alle Stimmen gelten, denn die Natur hat ihre Launen, aber ich kann nicht dulden, daß man sie verändert, denn das wäre der Beweis für eine Unverschämtheit... Wiederholen Sie also Ihr ›Hier‹ in diesem frühreifen Bariton Ihrer natürlichen Stimme, die uns das ganze Jahr über entzücken wird!«

Man hörte mehrfach unterdrücktes Lachen.

Galliano wurde sehr rot, schlug jämmerlich die Augen nieder, hustete, schwieg, als hoffe er, ein Wunder werde ihm zu Hilfe kommen.

»Ich warte«, sagte Sokrates.

Es herrschte längeres Stillschweigen. Schließlich machte der Unglückliche eine große Kraftanstrengung, blies seine Brust auf und es gelang ihm, in lächerlichem Baß zu sagen: »Hier!«

»Ausgezeichnet!«

Die ganze Klasse brach in Gelächter aus; aber nicht auf Kosten von Sokrates, der ein Lächeln andeutete, noch einmal seinen schönen Bart strich und »Galubert, Grenier, Guiges« aufrief, die der Reihe nach sehr bescheiden antworteten und sich bemühten, im gleichen Ton zu sprechen.

Lagneau schien durch diese sofortige Unterwerfung verletzt; er zuckte die Achseln in Richtung Galliano, der beschämt den Kopf senkte, und flüsterte mir gereizt zu: »Du wirst sehen!«

Ich fragte mich etwas ängstlich, was er tun werde, als die Stimme von Sokrates rief: »Lagneau!«

Da stand mein Freund auf, kreuzte die Arme, schloß die Augen und antwortete mit verblüffendem Mut: »Bähähä...«

Die ganze Klasse schüttelte sich in dröhnender Heiterkeit, und Galliano, dessen Schwäche gesühnt war, nahm die Gelegenheit wahr, um wie rasend auf den Resonanzboden der hölzernen Stufen zu stampfen, ohne den Oberkörper zu bewegen; das setzte eine große Übung voraus und erzeugte ein prachtvolles Gedonner.

Gleichzeitig ließ Berlodier mit geschlossenem Mund ein längeres Gebrüll hören, und ein kleiner schwarzhaariger Bursche, der hinter mir saß und mir für sein Alter sehr weit fortgeschritten schien, steckte zwei Finger in den Mund, worauf ein kurzer, aber scharfer Pfiff ertönte.

Das Gesicht von Sokrates wurde plötzlich rot, seine Nasenflügel weiteten sich, seine Schultern hoben sich und sein Bart stieg in die Horizontale. Er wußte, daß genau von dieser Minute der Frieden des ganzen Schuljahres abhing. Heftig schlug er mit der flachen Hand auf das Katheder und rief mit durchdringender Stimme: »Ruhe!« Das Tohuwabohu legte sich sofort, und in einer Weltuntergangsstille blieb Lagneau unbeweglich stehen. Er zitterte nicht, aber sein Hals hatte sich verkürzt und sein Umfang ein gutes Drittel eingebüßt. Darauf sagte Sokrates zu dem Opferlamm streng und feierlich, während er jede Silbe betonte und nach jedem Satzteil eine längere Pause einschaltete: »Mein Herr! Wir sind nicht im Zirkus... und Ihre Narrenpossen... gehen über das erlaubte Maß hinaus... Sie zwingen mich... Sie mit zwei Stunden Nachsitzen zu bestrafen... und Ihnen beizubringen... daß es gewisse Grenzen gibt... und daß es gefährlich ist, sie zu überschreiten...«

Dann rief er in einem einzigen Atemzug mit ausgestrecktem Zeigefinger: »Stellen Sie sich mit gekreuzten Armen neben den Türstock! Wenn Sie geglaubt haben, mein Wohlwollen sei nur die Maske meiner Schwäche, dann haben Sie sich gänzlich getäuscht, und wenn Sie in diesem Irrtum beharren, werde ich zu meinem Bedauern ein Disziplinarverfahren gegen Sie einleiten müssen.«

Lagneau stellte sich stumm und bleich an den Schandpfahl, den Kopf gesenkt und mit gekrümmtem Rücken, während Sokrates mit noch immer drohender Stimme die Namensliste weiter aufrief.

Ich war niedergeschmettert durch das Unglück, das meinen neuen Freund betroffen hatte. Nachsitzen! Ich zitterte bei dem Gedanken, daß so nahe von mir der Blitz eingeschlagen hatte.

Unterdessen fuhren meine Mitschüler fort, den Aufruf ihrer Namen ohne die leiseste stimmliche Akrobatik zu beantworten, und als ich endlich an die Reihe kam, war mein »Hier!« klar, ohne Bosheit, ohne Anmaßung oder Demut.

Schließlich sprach Sokrates den Namen Zacharias aus, der auf der Liste der letzte war (und es das ganze Jahr über blieb – sogar ohne den Zwang der alphabetischen Reihenfolge), und im gleichen Augenblick trommelte als Befreier der Tambour im Hof.

Galliano sprang sofort auf und war mit drei Sätzen an der Tür; aber Sokrates schrie: »Wohin gehen Sie? Setzen Sie sich wieder auf Ihren Platz!«

Der Flüchtling kehrte zurück und setzte sich. Da ließ unser Tyrann nur durch die Kraft seines Blickes die ganze Klasse bis zum letzten Trommelschlag erstarren. Endlich, als man den Ansturm der Nachbarklassen unter der Galerie hörte, sagte er mit überlegener Autorität: »Gehen Sie!«

Die ganze Klasse erhob sich, und Galliano – mit einer täuschend zur Schau getragenen Miene der Zerknirschung – ging auf den Fußspitzen hinaus.

Lagneau verließ den Schandpfahl, kam zu unserem Pult zurück, um seine Hefte zu holen, und wir gingen hinaus.

Auf dem Gang sagte er nur: »Er sieht aus, als ob er nett wäre, aber er ist ein Feigling!«

Er schien nicht sehr beeindruckt durch seine Bestrafung.

Ich fragte: »Was wird dein Vater sagen?«

Anstatt bei diesem Gedanken zu erblassen, lachte er spöttisch.

»Mach dir meines Vaters wegen keine Sorgen! Komm! Wir wollen die Englischklasse suchen!«

»Ist das eine andere Klasse?«

»Natürlich.«

»Sind wir denn in mehreren Klassen?«

»Ja.«

»Warum?«

»Weil die einen Deutsch lernen und die anderen Englisch. Deshalb sind wir der Englischklasse 6 A zugeteilt.«

Ich war etwas verwirrt.

»Da haben wir also Sokrates nicht?«

»Denkst du!« sagte Lagneau verächtlich. »Der hat schon genug damit zu tun, Lateinisch zu können!«

Auf dem Katheder saß ein anderer Professor.

Er war sehr viel weniger imponierend: klein, vierschrötig, sehr dunkelhaarig, mit angenehmer Stimme. Er rief wieder alle Namen auf und diktierte eine neue Bücherliste. Ich betrachtete voll Neugier die Gesichter der ›Engländer‹ von Sechs A 1; sie sahen denen aus Sechs A 2 überaus ähnlich.

Ich hörte, daß unser Professor M. Pitzu hieß; das war ein etwas sonderbarer Name. Aber Lagneau erklärte mir die Angelegenheit damit, daß er ein richtiger Engländer sei, was mir durch die Tatsache bestätigt schien, daß er unsere Sprache mit fremdem Akzent sprach.

Er lehrte uns »*This is the door*, *this is the desk*, *this is a chair*, *this is a book*«, und diese Sprache kam mir ganz wundervoll vor, weil es keine Deklination gab.

Nach der Unterrichtsstunde war wieder dieselbe Pause, das heißt, wir verbrachten zehn Minuten auf dem großen Hof des Externats, wo einige hundert Schüler jeden Alters, die einen langsam, die anderen im Galopp, zu den Toiletten liefen, während die Lehrer mit schweren Mappen unter dem Arm in der Galerie herumirrten.

Man hatte weder Zeit noch Platz, irgendein Spiel zu organisieren, man konnte gerade in aller Eile einen Streit beenden, der im Klassenzimmer angefangen hatte. Es gab zwei Schlachten zwischen den Großen; ich konnte durch den Kreis der übrigen Großen, die auf den besten Plätzen standen, nichts davon sehen, aber ich hatte Gelegenheit, eine gepfefferte Ohrfeige knallen zu hören und ein blaugeschlagenes Auge zu sehen.

Nachher gingen wir zum Mathematikunterricht. Das Wort hatte mich erschreckt, aber es handelte sich nur um eine Rechenstunde.

Dieser Professor war ganz klein, mit schwarzem Schnurrbart, dick, aber kurz, und er rollte die R's so ähnlich wie Onkel Jules.

Er hatte auch einen komischen Namen: M. Petunia. Er fragte einen nach dem anderen. Überaus gescheit kam mir Alban vor, ein sehr gut frisierter Externer, und N'Guyen, ein anamitischer Pensionär, aber ich gab die besten Antworten, und Lagneau lief das Wasser im Mund zusammen bei dem Gedanken, daß er meine Aufgaben abschreiben würde. Petunia beglückwünschte mich und gab mir zehn auf zehn: an diesem Zeichen erkannte ich, daß er ein guter Lehrer war.

Wir stiegen dann wieder ins Arbeitszimmer hinunter, und ich hörte noch einmal die langgezogene, melodisch-abgestufte Klage: »Wie lang das dauert, meine Herren! Wie lang das dauert!«

Ich schrieb »Rosa die Rose« in mein Lateinheft ab, dann »*This is the door*« und das übrige in mein Englischheft.

Lagneau bewunderte meine Schrift, aber er machte keine Anstalten, mir seine zu zeigen; er las hinter einem Stapel von Heften in einem illustrierten Buch.

Ich flüsterte: »Was liest du?«

»Jules Verne.«

»Welchen?«

Da antwortete er, ohne die Augen aufzuschlagen oder zu lächeln: »Zwanzigtausendmal Scheißdreck im Örtchen.«

Ich platzte heraus; M. Payre sah mich streng an und hätte mich bestimmt zur Rede gestellt. Zum Glück trommelte der Tambour und durchbrach den Zauber des vorgeschriebenen Schweigens. Der strenge Blick wurde zurückgenommen, und wir tauchten im Souterrain unter, wo ich den Speisesaal entdeckte.

Das war ein riesengroßer Saal, sehr hell durch die in der Decke eingelassenen Fenster.

Wir setzten uns auf Bänke, die in den Boden gelassen waren, an Marmortische so lang wie Bürgersteige. Ich saß zwischen Lagneau und Berlaudier. Uns gegenüber der kleine Oliva zwischen Schmidt und Vigilanti.

Lagneau erklärte uns, daß die langen Tische in Rechtecke zu je sechs Schülern aufgeteilt waren und daß die Schüsseln, die die Kellner uns bringen würden, sechs Portionen von jedem Gericht enthielten. Ebenso waren sechs Rationen Wein in jeder Flasche; bei der Mitteilung, daß weder Oliva noch ich Wein tranken, beglückwünschten unsere Tischgenossen sich nachträglich zu unserer Anwesenheit.

Diese Mahlzeit war eine köstliche Erholung. Ich hatte noch nie mit Jungen in meinem Alter ohne einen Erwachsenen gegessen, der uns zum Stillschweigen ermahnte (»Kinder sprechen nicht bei Tisch!«) oder uns zwang, fade Gerichte zu schlucken (»Iß deine Suppe! Bist du noch nicht fertig mit dem Gemüse?«). Die Unterhaltung war überaus interessant, und ich genoß das ganz neue Vergnügen, beim Essen Kraftausdrücke zu benutzen.

Die Speisenfolge war ungewöhnlich; anstatt der Suppe bekamen wir zuerst Wurst, Butter und schwarze Oliven, dann eine Scheibe Hammelkeule mit Pommes frites. Ich glaubte, das wäre alles. Keineswegs. Jetzt brachte man uns – Makkaroni, mit einer Art Spitzenhaube aus gebackenem Käse bedeckt. Und zum Schluß für jeden eine schöne Orange. Vigilanti konnte sich gar nicht beruhigen, Oliva aß wie ein Menschenfresser und ich war ebenfalls ganz verdutzt über soviel Überfluß.

Ich fragte Lagneau: »Ist das jeden Tag so?«

»Ungefähr«, sagte er. »Nur gibt es überhaupt keine Abwechslung. Der kalte Hammelbraten geht niemals zu Ende, und dann Bohnen und kleine krachende Steine mit Linsen vermischt.«

»Linsen esse ich leidenschaftlich gern«, sagte ich. »Die kleinen

Steine werde ich wegwerfen, aber mit den Linsen stopfe ich mich voll!«

»Nach drei Monaten wirst du es genau so machen wie alle anderen«, sagte Berlaudier. »Da kannst du sehen, wo die Linsen geblieben sind.«

Er zeigte mir auf der Wand hellgrüne Fresken, deren Personen sämtlich die Pocken gehabt haben mußten. Eine etwas genauere Untersuchung zeigte mir, daß die kleinen Löcher auf ihren Gesichtern in Wirklichkeit winzige Buckel waren, aus gekochten Linsen gebildet, die von den Internen am Vorabend der Ferien mit vollen Händen so heftig an die Wand geworfen worden waren, daß sie dort klebenblieben.

Immer noch in Reihen, stiegen wir wieder hinauf zu unserem Hof. Die große Pause dauerte eine Stunde.

Schmidt und Vigilanti, die Meister im Fußball waren, verließen uns, weil sie versuchen wollten, eine Mannschaft zusammen zu bringen. Berlaudier, der sah, daß sich in einer Hofecke eine Schlacht vorbereitete, ging mit geballten Fäusten hin in der Hoffnung, daran teilnehmen zu können...

Ich spazierte mit Lagneau unter den Platanen, von denen welke Blätter wie Schmetterlinge herunterfielen.

Ein blonder Junge schloß sich uns an. Er war mir schon im Arbeitszimmer aufgefallen; er trug einen ebenso neuen Kittel wie ich und sagte ohne irgendeine Einleitung zu mir: »Du kommst von der Gemeindeschule.«

»Ganz richtig«, sagte ich. »Von der Volksschule vom Chemin des Chartreux.«

Er war ein Kenner, denn er schüttelte mit einem Ausdruck der Bewunderung den Kopf und fügte bescheiden hinzu: »Ich komme aus der Volksschule Saint-Barnabé.«

»Bist du in Klasse B?« fragte Lagneau.

»Ja, in Sechs B 1.«

»Da hast du Glück!« sagte Lagneau. »Wenigstens brauchst du kein Latein zu lernen. Wie heißt du?«

»Nelps.«

Dieser merkwürdige Name überraschte mich.

»Und wie schreibt man das?«

»Wie es ausgesprochen wird.«

Er war größer als ich, mit feinen goldglänzenden Haaren und großen, blauen Augen, und er lachte gern.

Wir sprachen natürlich von unserem Debüt im Gymnasium.

Lagneau, der die Rolle des ›Erfahrenen‹ spielte, erklärte uns, daß wir noch lange nicht allen Ärger hinter uns hätten; das stimmte uns nachdenklich. Dann erzählte er prahlerisch, wie er ›geblökt‹ hatte, was Nelps als voreilig verurteilte; seiner Ansicht nach verdüsterte Nachsitzen am ersten Tag in gefährlicher Weise die Zukunft.

Lagneau beschränkte sich auf ein Achselzucken und erklärte, daß er vor Nachsitzen keine Angst habe, was meine Bewunderung für seine Heldenhaftigkeit noch vergrößerte. Als die rücksichtslosen Spieler uns auf unserem Spaziergang anrempelten, setzten wir uns auf eine Holzbank, die längs des überdachten Wandelganges an der Mauer stand.

Dort erzählte Nelps uns von seiner Klasse, und wir sprachen von der unsrigen und der harten Notwendigkeit, unter der Herrschaft von Sokrates dieses verdammte Latein zu lernen. Da erklärte Nelps, der ihn weder gesehen noch je von ihm gehört hatte, kalt, daß er bestimmt nicht Sokrates heiße, denn das sei ein Spitzname.

Wir stritten hartnäckig, und ich fragte ihn in sarkastischem Ton, wie ein Junge, der geradewegs aus Saint-Barnabé komme, mehr als wir von *unserem* Professor wissen könne, von dem wir im übrigen gar nichts wußten.

Wie jeder sinnlose Streit wäre auch dieser endlos weitergegangen, und er stand gerade gleich zu gleich, als ein großer, dunkelhaariger Junge, der nicht weit von uns saß, sich einschaltete und sagte: »Sokrates heißt Lepelletier.«

Er stand auf, und ich sah, daß sein einer Stiefel eine dreifache Sohle hatte und an den Seiten durch ein kleines Gestell aus vernickelten Stäben gehalten wurde. Er kam stark hinkend näher und fügte hinzu: »Ich habe ihn in der Sechsten gehabt. Er ist ein schwerreicher Mann. Am Donnerstag habe ich ihn einmal im Prado gesehen, im Automobil und im Bärenpelzmantel. Wenn er wollte, hätte er es nicht nötig, den Schulmeister zu spielen; es macht ihm nur Spaß, andere Leute anzuöden.«

»Mich hat er für nächsten Donnerstag schon festgemacht«, sagte Lagneau.

»Darüber darfst du dich nicht wundern«, sagte der andere, »das wird dir noch oft passieren.«

Er teilte uns mit, daß er Carrère heiße, vierzehn Jahre alt und in Klasse Vier A sei.

»Aber wie geht es dann zu«, fragte ich, »daß du in diesen Hof kommst?«

»Wegen meiner Pfote«, sagte er. »Die eine wollte nicht zur gleichen Zeit wachsen wie die andere. Das ist keine Krankheit, und eines Tages wird sie sich schon entschließen. Aber meine Mutter macht sich einen Riesenkummer daraus und hat den Zensor gebeten, mich im Hof der Kleinen zu lassen, weil sie das für weniger gefährlich hält. Daher, um ihr die Freude zu machen...«

Er hatte ein sehr schönes Gesicht, blasse, zarte Haut wie ein Mädchen, lockiges Haar und große schwarze Augen. Er gefiel mir sofort wegen dieser durch ein zu kurzes Bein so grausam verratenen Schönheit.

Außerdem war er ein Born des Wissens.

Nachdem er den Fall Sokrates aufgeklärt hatte, teilte er uns mit, daß Pitzu nicht Pitzu hieß, sondern Ferronet. Er versicherte sodann, daß er das Beste vom Besten und ein feiner Kerl sei und daß er »dir Englisch beibringt, ohne daß du es merkst«.

Monsieur Petunia hingegen hieß M. Gros. Es war lustig, bei ihm Radau zu machen, denn er bekam fürchterliche Zornanfälle und verhängte ein Dutzend Nachsitzstrafen, die er am Schluß der Stunde wieder aufhob.

Ich fragte ihn, ob er unseren Studienpräfekten kannte. Er teilte uns mit, daß er M. Payre hieß und das Bein etwas nachzog, weil er ehemals als Husarengeneral bei der Eroberung von Madagaskar durch einen vergifteten Pfeil schwer verwundet worden war. Er konnte kein Latein (wie alle Generäle), war aber hervorragend in »Mathe«, einer unentbehrlichen Wissenschaft für höhere Offiziere, da sie (ohne Papier und Bleistift) die Anzahl Soldaten, Rationen, Kugeln, Kilometer, Feinde, Gefangene, Verbände, Orden und sogar der Särge ausrechnen müssen, die der Kriegszufall jeden Augenblick verlangt.

Zum Schluß belehrte er uns, daß das Gymnasium von Napoleon I. gegründet worden sei, was auf einer großen Marmortafel eingraviert war, im Durchgang, der zum Hof der Mittelklassen führte. Aus diesem Grund kamen die Trommler des Gymnasiums direkt aus der kaiserlichen Garde. Unserer, der für das Internat, war derselbe, der den letzten Wirbel in der Schlacht bei Waterloo geschlagen hatte, was er durch eine vertrauliche Mitteilung des Hausmeisters wußte.

Diese ergreifende Offenbarung – die unsere Glocke vom Chemin des Chartreux zu einer nichtssagenden Banalität herabsinken ließ – wurde sofort durch einen grandiosen Trommelwirbel bekräftigt, den der hünenhafte Kürassier der kaiserlichen

Garde im Hof entfesselte und der uns in das Arbeitszimmer zurückbeorderte, während der schöne, kleine Hinkende den Hof der Mittelklassen aufsuchte.

Um zwei Uhr wechselten wir nochmals den Lehrer, denn man führte uns in den vierten Stock in den Zeichensaal.

Unser Lehrer sah ganz und gar nicht aus wie ein Lehrer; er trug einen schönen blonden Bart und lange Künstlerlocken.

»Schick!« sagte Lagneau, gleich nachdem wir eingetreten waren. »Das ist die ›Mähne‹. Da wird es was zu lachen geben.«

Gestärkt durch die Aufklärungen Carrères begriff ich, daß dies ein Spitzname war, den er seiner Haartracht verdankte. Mähne war stocktaub und daher wunderbar gutmütig. Es genügte, ihn optisch zufriedenzustellen, und alle lautstarken Unterhaltungen – Geschrei, Miauen, Seufzen, Trällern und Pfeifen – waren uns erlaubt.

In dieser Jahrmarktstimmung lehrte Mähne uns mit großem Ernst, Bleistifte zu spitzen, und zeigte uns, wie man mit Glaspapier Zeichenkohle präpariert. Danach stellte er einen großen, irdenen Krug auf eine Holzstaffelei, und wir versuchten, ihn zu zeichnen. Man mußte von weitem die Maße nehmen, indem man ein Auge zukniff und mit ausgestrecktem Arm den Bleistift hielt; das ist schwer zu erklären, aber es war ein großartiger Trick. Man weiß nicht, wer ihn erfunden hat.

Um drei Uhr beendete der kaiserliche Tambour unsere künstlerischen Arbeiten. Zacharias hatte sich mittels Zeichenkohle in einen Neger verwandelt, und es gelang ihm nicht, seine natürliche Gesichtsfarbe wieder zu bekommen; deshalb warf ihn der Geschichtsprofessor, der uns in unserem Klassenzimmer erwartete, mit demütigenden Worten hinaus und befahl ihm, sich in der Krankenabteilung das Gesicht zu waschen. Von dieser Unternehmung kehrte er nicht zurück, denn unterwegs wurde er von der Oberaufsicht der Externen abgefangen, der ihn in einer Ecke seines Arbeitszimmers an den Schandpfahl stellte und ihm mit zwei Stunden Nachsitzen den Kopf wusch, denn der arme Zacharias fand mit Hilfe von Tränen schnell genug seine natürliche Farbe wieder, mit Ausnahme zweier schwärzlicher Ringe um die Augen, die ihm das Aussehen einer kranken Schleiereule verliehen.

Dieser Geschichtsprofessor, der M. Michel hieß, hatte keinen Spitznamen. Er war eher klein, kugelrund mit vollen straffen Backen und einem dichten, schwarzen Schnurrbart.

Er erzählte uns vom Weltall, vom System der Sterne und dann von der Erde. Sie war so klein, daß man sich fragte, wie Marseille sich auf einem solchen Staubkörnchen halten konnte. Zum Schluß gab es dieses Mysterium der Australier, die mit dem Kopf nach unten marschieren, ohne es auch nur zu bemerken. M. Michel lehrte uns, daß dies durch die Anziehungskraft hervorgerufen wurde, die auf einem englischen Gesetz beruhe. Das war alles kaum zu glauben, und beim Hinausgehen fragte ich Lagneau, was er davon halte.

Er antwortete: »Vielleicht springen deshalb die Känguruhs so weit. Übrigens ist es mir vollkommen egal!«

Während der Vier-Uhr-Pause im Hof des Internats rief uns ein Junge in Gruppen zu fünft oder zu sechst auf, unsere Schulbücher in der Bibliothek abzuholen. Wieviel Treppen und was für Korridore! Es war so weitläufig wie das Museum von Longchamp.

Der Bibliothekar war ein Mann von etwa dreißig Jahren, dünn, blond, und seine blauen Augen schauten freundschaftlich durch die Gläser seines Zwickers. Er gab mir zwei dicke Pakete mit Büchern in allen Größen, darunter zwei riesige; das waren die lateinischen Wörterbücher. Ich war verblüfft durch ihr Gewicht und entmutigt bei dem Gedanken, daß ich meinen Kopf mit vier oder fünf Kilo Latein anfüllen mußte, die in meiner Mütze nicht Platz gehabt hätten.

Der Tag wurde durch zwei Stunden im Arbeitszimmer beendet. Wir verbrachten sie mit dem Einräumen unserer Schließfächer und dem Lernen unserer Aufgaben für den nächsten Tag.

Ich wiederholte »Rosa die Rose« und die Multiplikationstabelle, die ich bis zu 13 × 13 beherrschte.

An meiner Seite studierte Lagneau mit lebhaftem Interesse das französisch-lateinische Wörterbuch.

Ich fragte ihn nach der Ursache seines Eifers; er flüsterte: »In den Wörterbüchern meines Vaters stehen sämtliche Schweinereien, in dem da gibt es nicht mal ›Flaschenhintern‹.«

»Vielleicht hatten die Römer keine Flaschen«, sagte ich.

»Das ist möglich«, sagte Lagneau. »Jedenfalls aber hatten sie...«

Ein strenger Blick von M. Payre unterbrach augenblicklich diese Unterhaltung.

Beim Verlassen der Schule um sieben Uhr hatte ich die erhoffte Überraschung. Meine Mutter und Paul waren gekommen und erwarteten mich auf dem kleinen Gymnasiumsplatz. Sie stürzten mir entgegen und umarmten mich mit ebensoviel Rührung, als kehrte ich aus Amerika zurück. Meine Mutter examinierte mich unter einer Gaslaterne, um festzustellen, wie mir die Prüfung bekommen war.

Ich beantwortete scherzhaft ihre Fragen, und während wir heimgingen, feilte ich den Bericht über meinen Tageslauf im Hinblick auf Joseph aus.

Als wir den Tisch deckten, erstarrte Paul plötzlich in höchster Angst mit dem Salzfaß in der Hand und rief: »Er hat seinen Schulranzen vergessen!«

Ich zuckte die Achseln und sagte herablassend: »Im Gymnasium haben wir Fächer, in denen wir alle unsere Sachen liegenlassen!«

»Sind sie abgeschlossen?«

»Noch nicht. Aber Papa wird mir das Vorhängeschloß von der Kanaltür geben. Nicht wahr, Papa?«

»Möchtest du nicht, daß ich dir ein neues kaufe?«

»Nein«, sagte ich. »Mir ist dieses lieber, weil wir Angst davor hatten. Sogar jetzt sehe ich noch, wie du es anschaust. Aber wenn ich es täglich gebrauche, dann wird es ebenso dumm und ungefährlich werden wie alle anderen Schlösser auch.«

Während des Abendessens erzählte ich meinen Tageslauf bis in die kleinsten Einzelheiten, und meine Familie hörte sich den Bericht mit lebhaftem Interesse an.

Als ich erklärte, daß unsere Professoren mich mit »Sie« anredeten und mich »Monsieur« nannten, sah Paul mich voll Bewunderung an, und mein Vater sagte: »Ich hatte sie mir weniger streng vorgestellt.«

Ich sprach von Sokrates und betonte seine Auszeichnung als Direktor, dann von Pitzu, und deklamierte vor dem ganz begeisterten Paul: »*This is the table, this is a chair, this is the door.*«

Ich beschrieb die Zeichenklasse, in der dauernd durcheinander geredet wurde, und mein Vater belehrte mich darüber, daß dies eine Tradition sei, gerechtfertigt durch die Tatsache, daß Schweigen zum Zeichnen nicht notwendig ist; schließlich erzählte ich lange von M. Payre, der mir sehr gut gefiel. Aber Joseph bezweifelte, daß er Husarengeneral gewesen war.

»Erstens ist das ein Titel, den es gar nicht gibt; dann habe ich noch nie gehört, daß man Husaren nach Madagaskar geschickt hätte. Und außerdem, wenn er so groß ist, wie du sagst, hat er sicher nicht bei den Husaren gedient, die zur leichten Kavallerie gehören.«

Als er sah, daß ich etwas enttäuscht war, sagte er: »Bei den Dragonern, das ist möglich, oder sogar bei den Kürassieren... Auf jeden Fall, wenn die Schüler diese schöne Geschichte erfunden haben, ist es ein Beweis dafür, daß sie ihn lieben und daß er ein guter Lehrer ist. Gib dir Mühe, seine Freundschaft zu verdienen.«

Während der ersten zwei Monate war ich vollkommen entwurzelt, und obwohl ich mich für alles Neue interessierte, dachte ich oft mit Bedauern an meine liebe Schule vom Chemin des Chartreux zurück, von der Paul mir jeden Abend die neuesten Nachrichten überbrachte.

Vor allem war ich in dieser Kaserne zweiten Ranges nicht mehr der Sohn von Joseph, der kleine Junge, den alle Lehrer duzten und der donnerstags oder sonntags auf dem verlassenen Schulhof spielte. Jetzt war ich in der Fremde bei den anderen.

Ich hatte »mein« Schulzimmer und »mein« Pult nicht mehr. Wir wechselten ununterbrochen den Raum, die Pulte gehörten uns nicht, denn sie dienten auch anderen, von denen wir nichts weiter wußten als manchmal ihren Namen, der (mit je einem Buchstaben pro Woche) mit dem Messer tief in die dicke Tischplatte aus hartem Holz geritzt wurde.

Anstatt eines Lehrers hatte ich fünf oder sechs Professoren, die nicht nur meine waren, da sie auch in anderen Klassen unterrichteten. Nicht nur, daß sie mich nicht Marcel nannten, sie vergaßen sogar manchmal meinen Namen. Schließlich waren nicht sie es, die uns während der Pause überwachten; man sah nie etwas anderes von ihnen als ihre Büste im Katheder wie bei Zentauren, die immer zu Pferd sind, oder bei Kassiererinnen in Warenhäusern.

Schließlich war ich von einer großen Anzahl voneinander ganz verschiedener, aber gegen mich verbündeter Persönlichkeiten umgeben, die mich auf dem Weg der Wissenschaften weiterbringen wollten. Zu unseren Professoren und dem Lehrer, der die Schularbeiten beaufsichtigte, kamen zuerst noch die ›Spione‹, die die Pausenpolizei darstellten, den Speisesaal überwachten, am Donnerstag vormittag die Aufgabenstunden ›leiteten‹ und das ›Kommen und Gehen‹ regelten.

Die Überführung der Herde von Internat zu Externat bestimmte Poil d'Azur. Er wurde so genannt, weil er rothaarig war, mit vorstehenden Augen von durchsichtigem Blau. Er war sehr groß und sehr mager, und ich stellte mir vor, daß sein Nabel wie eine Entenmuschel auf der Vorderseite seiner Wirbelsäule klebte.

Immer auf dem Posten, sprach er nie mit uns, außer um mit einer vom langen Schweigen etwas rauhen Stimme »Weitergehen!« oder »Halt!« zu sagen. Carrère teilte mir mit, daß er sein Mathematiklehrerexamen vorbereitete und daß seine leeren Augen nichts Reales mehr zur Kenntnis nahmen; sein nach innen gewandter Blick richtete sich auf den Ameisenhaufen von Ziffern, von denen die Galerien seines verwüsteten Gehirns wimmelten.

Der Donnerstag-Vormittag-Spion hieß Piqueoiseau. Mit schwarzem Kraushaar, Kugelaugen und Stumpfnase sah er wie ein robuster Bauer aus, aber Carrère offenbarte mir, daß er ein Philosoph sei. Er bewies es übrigens durch nachdenkliche Gleichgültigkeit. Nachdem er die Ruhe des Arbeitsraumes dadurch gesichert hatte, daß er sich zwei Wattebäuschchen in die Ohren stopfte, schrieb er ohne Unterlaß Dutzende von Seiten; aber sein Glaube an die Philosophie mußte nicht sehr tief sein, denn es konnte ihm passieren, daß er ohne den Kopf zu heben in Lachen ausbrach. Auf jeden Fall wurde er als ›feiner Kerl‹ geschätzt, weil er souverän über unser Geschwätz und unsere kleinen Spielereien hinwegsah.

Diese im allgemeinen gutmütigen Aufseher unterstanden zwei Oberaufsehern, die ihren Eifer anspornten.

Der vom Internat mit seinem grauen Mützchen war ununterbrochen kreuz und quer durch die Gänge unterwegs wie ein Kanonenboot auf dem Fluß einer Kolonie, aber er tauchte immer in dem Augenblick im Hof auf, in dem seine Gegenwart am wenigsten erwünscht war.

Der vom Externat, der einen gewichsten, nadelspitzen Schnurrbart trug, hatte glasige Augen, eine eisige Stimme und Stiefel mit blitzenden Knöpfen.

Er hatte offenbar schon zu dieser Zeit das Radar erfunden, denn er entdeckte unweigerlich die vor die Klassentür verbannten Schüler, die, um ihm zu entwischen, sich wie die Eichhörnchen beim Anblick des Jägers um eine Säule der Galerie drehten.

Man nannte ihn den Totenvogel, weil die immer unvermutete Begegnung mit ihm das Unglück des Schülers besiegelte.

Über diesen Feldwebeln thronten zwei furchterweckende Persönlichkeiten: die Zensoren.

Der vom Externat hatte weder Namen noch Spitznamen; er

war sehr groß und dünn, in einen perlgrauen Gehrock gezwängt und mit weißen Gamaschen über Schuhen, die so hellgelb wie sein Schnurrbart waren, der lang herabhing wie bei einem vornehmen Gallier.

Im Vorübergehen sah man ihn sein Zimmer aufsuchen oder verlassen, unter der Galerie, wo er mit Schülermüttern elegant Konversation machte. Wir fürchteten ihn um so mehr, als er noch nie jemanden bestraft hatte; aber wir nahmen an, daß eine Verurteilung, die aus solcher Höhe kam, den Schuldigen zermalmen würde.

Der Zensor vom Internat war uns näher bekannt. Er hatte keine Gamaschen an und war klein; außerdem war er es, der während der Pause von zwölf bis halb eins die Nullen im Betragen in sein Zimmer rufen ließ, um ihnen eine Moralpredigt zu halten und sie auf die peinlichen Folgen dieser ärgerlichen Zwischenfälle hinzuweisen. Eines Abends hatte er uns im Arbeitsraum besucht, das heißt, er hatte, auf die Schulter eines Schülers gestützt, einen Augenblick zugesehen, wie dieser seine Aufgaben machte, und ihm mit leiser Stimme einige Ratschläge erteilt. Da ich noch keine Null im Betragen gehabt hatte, war er mir sympathisch gewesen.

Zum Schluß und hoch über allen regierte der Herr Direktor, der sich nur selten zeigte.

Das erstemal, als ich ihn sah, begleitete er den Herrn Zensor vom Externat, der in unsere Klasse gekommen war, um uns die Resultate der schriftlichen Mathematikaufgabe mitzuteilen. Sein Auftritt machte großen Eindruck.

Er war riesengroß, trug einen Zylinder, eine weiße Weste und einen langen, glänzend schwarzen Gehrock. Er hatte einen großen braunen Bart und ein Monokel im Auge.

Sowie er in der Tür erschien, stand die ganze Klasse auf, die Arme auf der Brust gekreuzt. Da faßte er den Rand des gigantischen Zylinders und grüßte ausladend. Blitzartig näherte er sich dem Katheder und drückte Petunia, der ihm respektvoll entgegengegangen war, wortlos die Hand.

Dann las der Zensor, der ihm folgte, mit lauter Stimme die Noten der schriftlichen Arbeit vor. Der Herr Direktor schwieg noch immer, aber in großartiger Haltung.

Der Herr Zensor gab nicht nur die erhaltenen Plätze bekannt; nachdem er jedem Geprüften seine Note verkündet hatte, schlug er ein Arpeggio von drei Zahlen an, die den absoluten Wert von »Betragen, Aufgaben, Unterricht« ausdrückten.

Ich war als Dritter genannt nach Gillis und Picot, die *ex aequo* Erste wurden. Damit war ich ganz zufrieden, denn ich habe eine natürliche Neigung, mich, womit auch immer, zufrieden zu geben. Lagneau hatte meine Ergebnisse abgeschrieben und listig einige Fehler hinzugefügt; aber er hatte es gar zu gut machen wollen und mußte mindestens zwei Minuten warten, ehe sein Name endlich aufgerufen wurde; er war Zweiundzwanzigster, was ihn übrigens kalt ließ. Von dieser Stufe ab färbte sich die Stimme des Zensors nach und nach mit Melancholie, dann mit Bedauern, dann mit Tadel. Schließlich sagte er zögernd und im Ton der Bestürzung: »Einunddreißigster und letzter: Berlaudier. Noten 1 ½, 6, 4 und 0.«

Darauf wiederholte der Herr Direktor, ohne daß der leiseste Schauder seinen Bart erzittern ließ, mit finsterer Stimme: »Null.«

Der Herr Zensor zeichnete ein kleines Kreuz auf sein Notizblatt und sagte automatisch: »Donnerstag Nachsitzen.«

So konnte der Herr Direktor, durch ein einziges Wort eine Verurteilung erzielen, ohne daß er sich herabließ, sie auszusprechen, wie das Echo eines Atemzuges manchmal eine Lawine auslöst.

Diese Organisation machte mir angst. Sie waren wirklich zu zahlreich, man konnte sie weder verstehen noch lieben, noch verführen. Ich vermißte Herrn Besson, der nicht schön war, aber alles wußte; der Beweis dafür war, daß er alles lehrte: Französisch, Rechnen, Naturgeschichte oder Geographie. Er hatte keinen Orden und gab mir manchmal Ohrfeigen, aber immer lächelte er.

Andererseits war das Schülervolk nicht einheitlich. Es gab die Pensionäre, die Halbpensionäre und die Externen, die eine von der unseren wirklich sehr verschiedene Gattung darstellten.

Als Paul mich fragte, wie denn die Externen wären, antwortete ich einfach: »Das sind Schüler, die ihren Sonntagsanzug täglich tragen.«

»Das muß teuer sein!« sagte Paul voll Bewunderung.

»Ihre Väter haben sehr viel Geld. Da ist einer, der heißt Picot und ist so reich, daß er jeden Morgen seine Brote auf beiden Seiten mit Butter bestreicht.«

Verblüfft über eine so große Verschwendung pfiff Paul durch die Zähne.

Und es stimmte, daß die Externen zu schön waren.

Sie traten vom frühen Morgen ab schon in ihrer ganzen Pracht auf.

Sie trugen Halbschuhe aus gelbem oder braunem Leder, deren Schnürsenkel breit wie Bänder mit einer Schmetterlingsschleife zugebunden waren. Manche trugen dicke, runde Gummiabsätze, die mit einem Metallkreuz, durch das eine Nickelschraube ging, befestigt waren. Dieser sich drehende Absatz war das Höchste an modernem Luxus. Er prägte eine Art Medaille mit diesem Kreuz in der Mitte in den Straßenstaub; daraus konnte man die Spur eines Externen ebenso leicht erkennen wie ein alter Trapper die Fährte des Vogel Strauß oder eines Rhinozeros.

Sie hatten die Taschen voller Glaskugeln, sie lutschten weiche Karamelbonbons (die vom »Springenden Hund«) oder Lakritzepastillen mit Veilchengeschmack; in der Zehnuhrpause kauften sie beim Hausmeister Kipfel und blonde Hörnchen, die pro Stück fünf Sous kosteten, weshalb die Überlieferung behauptete, daß dieser Hausmeister bereits Millionär sei.

Aber vor allem im Schulzimmer wurde ihr Luxus erdrückend.

Sie öffneten die vernickelten Schlösser ihrer Mappen aus naturfarbenem Wildleder oder blauem Maroquin und zogen – ehe sie sich hinsetzten – erst einmal eine kleine viereckige Unterlage heraus, die oft wie Seide glänzte und die sie sorgfältig auf die Bank breiteten, um ihren kostbaren Hintern zu schützen, der die Berührung mit hartem Holz nicht hätte ertragen können. Diese Vorsichtsmaßnahmen schienen die Ansprüche der Märchenprinzessin zu rechtfertigen, die infolge des brutalen Vorhandenseins einer getrockneten Erbse unter vier Federbetten mit blauen Flecken bedeckt aufgewacht war.

Nachdem sie so für ihre eigene Person gesorgt hatten, packten sie Lackfederkästen aus, deren Inhalt sie vor sich ausbreiteten: da gab es Radiergummis groß wie Seifenschalen, Bleistiftspitzer aus blitzendem Metall von einem konischen Loch durchbohrt und riesige Bleistifte in allen Farben; Auphan, der vor uns saß, zeigte mir sogar einen, der nicht aus Holz war. Die sehr dicke Mine war mit einem schmalen Papierband umwickelt, das sich in kunstvoller Spirale drehte. Wenn die Mine abbrach, genügte es, einige Zentimeter des Bandes abzurollen, und der Bleistift war wieder gespitzt! Sie hatten auch Federhalter aus Onyx oder Jade, auf jeden Fall aus einem kostbaren Material, das vergoldeten Federn als Griff diente, und kleine Perlmuttfedermesser, die scharf waren wie Rasierklingen.

Gegenüber solchen Reichtümern machten die meinigen eine

traurige Figur, und ich gestehe, daß ich die ersten Tage darüber etwas beschämt war. Aber ich zog spontan den philosophischen Schluß, der seit Jahrhunderten die Armen tröstet und sie vom grausamen Neid befreit; ich beschloß, das Glück der anderen zu verachten, materielle Vorteile als etwas absolut Zweitrangiges zu betrachten, und ich sagte mir, daß diese Luxusartikel ihren Herstellern mehr Ehre machten als ihren Besitzern. So konnte ich ohne alle Pein Auphans Uhr bewundern, die mit einem goldenen Armband an seinem Handgelenk befestigt war. Sie zeigte mir genau so die Stunden an wie ihm, aber er war für sie verantwortlich und konnte auch nicht an der harmlosesten Schülerschlacht teilnehmen aus Angst vor einem Schlag, der sie hätte zerbrechen können.

Jedoch ein Schüler namens Bernier aus Sechs A 1, der in der Englischstunde links von mir saß, sollte über meine Abgeklärtheit siegen, und ich muß zugeben, daß er meine heitere Seele – während einiger Minuten – mit schmerzlicher und verächtlicher Eifersucht erfüllte.

Man sagte, daß sein Vater »Armateur« (Reeder) war, und aus diesem Grund glaubte ich lange, daß er Revolver, Gewehre und vielleicht Kanonen fabriziere, denn der Reichtum dieses Bernier war sichtbar an seiner ganzen Person: er hatte eine schöne Uhr, lederne Handschuhe, stets neue Schuhe, und er war ein großer Hörnchenkäufer.

Eines Morgens, während Pitzu uns darüber aufklärte, daß das Adjektiv im Englischen unveränderlich sei, lenkte Bernier meine Aufmerksamkeit von dieser angenehmen Neuigkeit ab, indem er leicht meinen Ellbogen berührte; er zwinkerte mir zu und zog aus der linken Brusttasche seiner Jacke eine silberne Röhre, deren Verschlußkapsel er abnahm. Dann drehte er eine Metallschraube, die das andere Ende verschloß, und ich sah langsam eine vergoldete Feder herauskommen.

»Sie ist aus Gold!« flüsterte er. »Es steht darauf geschrieben.«

Dieser Luxus kam mir erst aufreizend sinnlos vor, und ich fragte kühl: »Kann man damit schreiben?«

Er zwinkerte wieder und sagte nur: »Schau her!«

Und dann schrieb er vor meinen Augen seinen Namen, ohne die Feder ins Tintenfaß zu tauchen.

Ich glaubte zuerst, es handele sich um eine Art Bleistift. Er belehrte mich eines Besseren. Dieser Apparat schrieb mit blauer Tinte, die in der Röhre enthalten war und die ganz von allein in die goldene Feder floß!

Und in diesem Moment war es, daß ich mit Bitterkeit an die ungerechte Verteilung des Reichtums dachte, denn Bernier schrieb wie eine Katze, und ich fühlte einen häßlichen Stich im Herzen.

Er erklärte mir, daß man diesen Apparat einen »Füllfederhalter« nannte, daß sein Vater ihn aus England mitgebracht hatte und daß man, ohne aufzuhören, eine Woche lang damit schreiben könne; wenn er schließlich leer war, konnte man ihn von neuem füllen, indem man an einer Art Kolben zog.

Er wollte mir zeigen, wie es funktionierte, aber er war noch nicht besonders geschickt in der Bedienung dieser englischen Mechanik, und als einziges gelang ihm nur, einen plötzlichen, nicht mehr zu löschenden Tintenguß über sein herrliches neues Heft zu patzen.

Ich empfand ein so lebhaftes Vergnügen, daß ich ihm umgehend den Besitz seines Wunderwerkes verzieh, denn er würde doch nie verstehen, es zu gebrauchen.

Der schlimmste Fehler der Externen war, daß sie so leicht flennten. Sie brachten es fertig, zu den Lehrern zu laufen, um sich zu beklagen und einen Freund eines harmlosen Scherzes wegen zu verpetzen, weil er ihnen ein Bein gestellt oder ein Papierkügelchen (in Tinte getränkt, versteht sich) mit einem Pusterohr auf eine schön beschriebene Heftseite geblasen hatte. Andererseits verstanden sie unsere Sprache manchmal nicht, deren männliche Grobheit ihnen überlegen war. Die ihre war von einer verzweifelten Korrektheit; sie ging gerade so weit, zu sagen: »Einen Tritt in den Hintern!« Und eines Tages hatte Picot sogar Berlaudier voller Wut zugebrüllt: »Du bist ein Dummkopf!« Über eine so schwache Ausdrucksweise konnten wir nur mitleidig lächeln. Wenn ich sagte »Wir«, soll das heißen, die »Internen«.

Denn unsere Heimat war unser Arbeitsraum, über den alle Tage M. Payre regierte. (»Wie lange das dauert, meine Herren, wie lange das dauert!«) Dort blieben jeden Abend unsere Blusen hängen, unter dem Fach mit dem Vorhängeschloß, in dem wir unsere Sachen aufbewahrten und manchmal sogar unsere Geheimnisse. Berlaudier versuchte, dort eine weiße Maus großzuziehen; sie starb im Lauf einer Woche, nicht ohne vorher vier gute Punkte verschlungen zu haben, die einzigen, die er jemals besessen hatte und die ihm um so wertvoller waren, als er sie für schamloses Abschreiben der Schilderung eines Sonnenuntergangs aus dem »Kleinen Echo der Mode« erhalten hatte.

Die Zusammensetzung des Arbeitsraumes wechselte nicht wie die Klassen. Jeden Tag verbrachten wir sieben Stunden zusammen, teils am Pult, teils auf dem Hof, und vor allem gab es die Vertraulichkeit des Speisesaals; die Externen kamen uns wie Ausländer vor, da wir sie nie bei Tisch gesehen hatten.

Am Ende des Trimesters war ich eingewöhnt und fühlte mich zu Hause in meinem Arbeitsraum, wo ich mich immer mit Vergnügen inmitten meiner Stammesgenossen niederließ.

Dieses ganze Jahr in der Sechsten verbrachte ich an der Seite von Lagneau im letzten Pult der ersten Reihe, und um mein Fach aufzumachen, brauchte ich nur aufzustehen.

Im Anfang saß vor uns, neben Picard, Berlaudier; das war ein Fluch, denn er zog durch verschiedene Geräusche ununterbrochen die Aufmerksamkeit von M. Payre auf sich; er hustete, räusperte sich, schneuzte sich die Nase mit Trompetenton, und sein Rülpsen war noch nicht einmal das, was uns am meisten genierte. Da er schlau und betrügerisch war, rotzte er mit gesenktem Kopf. M. Payre konnte ihn nicht auf frischer Tat ertappen, so daß schwarzer Argwohn auf unserer ganzen Ecke lastete.

Zum Glück hatte der geräuschvolle Berlaudier einen Monat später einen fatalen Einfall.

Er hatte ein winziges Musikinstrument ins Gymnasium mitgebracht. Es war eine Metallpille mit einem Loch, über das ein dünner Gummistreifen gespannt war. Nahm man die Pille bei festgeschlossenem Mund auf die Zunge, so war es möglich, Töne von reizender Musikalität hervorzubringen, ohne daß man hätte feststellen können, woher sie kamen.

Berlaudier mußte das lange zu Hause geübt haben, denn er debütierte als Virtuose während der Zeichenstunde. Die Gefahr war nicht groß, denn die Mähne hörte nichts. Der Musiker spielte, nur um sich einzutrainieren, zwanzig Minuten lang Tonleitern, und als er merkte, daß er nichts riskierte, hörte er entmutigt auf.

In der Lateinstunde dauerte das Solo nicht länger als fünf Sekunden; Sokrates schickte den zwar beleidigten, aber loyalen Zacharias vor die Tür, der den Schuldigen nicht verriet und mit zum Himmel erhobenem Blick vornehm das Zimmer verließ. Daraufhin verzichtete der infame Berlaudier darauf, seine kleine Musik fortzusetzen, und die vollkommene Stille, die dieser Bestrafung folgte, bestätigte die Schuld des Schuldlosen.

In der Englischstunde gaben die Götter selbst dem Musiker

ein Zeichen, denn schon in der ersten Minute schrieb Pitzu an die Tafel: »*The little bird is singing in the tree.*« Er übersetzte gemessen: »Der kleine Vogel singt im Baum.«

Sofort bekräftigte Berlaudier die Richtigkeit dieser Behauptung durch einen verlängerten Triller. Unser guter Lehrer näherte sich entzückt dem Fenster, machte es weit auf und versuchte, durch das Laub den Spatzen zu entdecken, der so im rechten Augenblick zwitscherte.

Er entdeckte wohl mehrere Sperlinge, denn mit dem Finger auf die gelben Herbstblätter zeigend, erklärte er: »*This is the little bird that is singing in the tree.*«

Berlaudier, über sein Heft gebeugt, schrieb diesen Satz nieder, indem er ihn mit einer köstlichen Koloratur illustrierte, die allgemeines Gelächter hervorrief. Pitzu, verblüfft, den Vogel hinter sich singen zu hören, drehte sich brüsk nach uns um und sein Blick durchlief unsere Reihen. Er sah in dreißig Gesichter, die ehrerbietigste Aufmerksamkeit ausdrückten, und Berlaudier, die Feder in der Luft, sah mit den Augen der Unschuld zu ihm auf.

Pitzu machte das Fenster wieder zu, und ohne uns aus den Augen zu verlieren, ging er mit langsamen Schritten zurück zum Katheder. Aber als er uns den Rücken kehrte, rief der Vogel ihn lustig beim Namen: »Pitzu! Pitzu!«

Er drehte sich um sich selbst, und mit drohend blitzendem Blick auf uns zugehend, sagte er: »Wer ist der Gimpel, der hier den Vogel spielt?«

Tiefes Schweigen antwortete ihm.

»Gut«, sagte er wütend. »Ich stelle fest, daß der Virtuosität dieses Vogels seine Feigheit entspricht. Ich sage, seine *Feigheit!*«

Dieses Wort hatte er mit einer verächtlichen Grimasse wiederholt. Aber Berlaudier, als Verbrecher verhärtet, brachte keine andere Gemütsbewegung zustande, als gewaltige Lust zu lachen, was er durch Niesen verbarg, und Pitzu hatte genug.

Am Nachmittag in der Mathematikstunde schrieb Petunia einige Variationen über die Reduzierung der Brüche, die denselben Nenner hatten, an die Tafel, eine Lösung, die er auf das vollkommenste demonstrierte. Doch bemerkte er nur zu bald, daß jeder seiner Triumphe durch ein diskretes Nachtigallengetriller begrüßt wurde. Er war die längste Zeit darüber beunruhigt, als ihm der kleine Vernet in der dritten Reihe auffiel. Das war ein Externer, artig wie ein Musterschüler; aber wenn er mit Sorgfalt schrieb, machte er unbewußt eine zugespitzte kleine

Schnute; von weitem hätte man glauben können, er pfeife. Petunia glaubte es tatsächlich. Darum beglückwünschte er Vernet zu seinem »hübschen geselligen Talent«, stellte ihn an den Schandpfahl neben den Ofen und versprach ihm außerdem noch einen Arrest. Berlaudier fürchtete einen Augenblick, dieser Externe würde ihn verpetzen; aber Vernet, der außerordentlich schüchtern war, wagte kein einziges Wort zu sagen und blieb bis zum Schluß der Stunde in der Ecke stehen, die Arme gesittet auf seiner gefaßten Brust gekreuzt, so vorbildlich, daß er das Schulbeispiel eines braven Schülers am Schandpfahl gab und die Vollkommenheit seiner Haltung allein schon genügte, seine Unschuld zu beweisen.

Berlaudier war gerührt über so viel Demut, und als der Tambour uns befreite, ließ er im Trubel des Aufbruchs, während er so tat, als müsse er die Schleife seines Halbschuhs binden, einen wunderbaren Triller los, der die Unschuld des noch immer regungslosen Märtyrers feierlich verkündigte. Petunia – streng, aber gerecht – wurde das augenblicklich klar.

»Monsieur Vernet«, sagte er, »ich fürchte, ich habe Sie zu Unrecht bestraft. Ich werde Ihnen ein Zeugnis meiner Genugtuung darüber ausstellen, um die Würde Ihrer Haltung und Ihre Achtung vor der Disziplin zu belohnen. Ich gratuliere Ihnen, Monsieur Vernet.«

Und während M. Vernet rot vor Stolz zu seiner Bank zurückging, um seine Schulmappe zu holen, fügte Petunia in absoluter Stille hinzu: »Was den häßlichen Vogel betrifft, der einen Unschuldigen verurteilen ließ, so denke ich, daß für ihn die Beschämung, die er über eine solche Tat empfinden muß, verschärft durch die Verachtung seiner Kameraden, eine ausreichende Strafe ist, wenigstens für heute. Gehen Sie!«

Berlaudier drückte umgehend durch leises, aber unendlich trauriges Pfeifen sein Bedauern aus. Petunia tat so, als ob er es unter dem Getrampel der Hinausgehenden nicht hörte, denn sonst wäre er verpflichtet gewesen, Krach zu schlagen und eine Untersuchung einzuleiten, die sicher zu nichts geführt hätte. Aber ich sah, wie sein Blick hart wurde, was mir für das zukünftige Geschick des Vogels von sehr schlechter Vorbedeutung zu sein schien.

Am Abend im Arbeitsraum stopfte M. Payre ihm den Schnabel.

Um halb sechs, während unser Lehrer auf dem Katheder seine Zeitung las, hörte man in dem fleißigen Schweigen einen schüchternen Triller wie eine Art Vorspiel von einer Nachtigall, die sich die Kehle anwärmt.

Die ganze Klasse wurde plötzlich von sichtlichem Eifer erfaßt. Bénézech und Gambier, die auf ihrer Bank Dame spielten, versteckten das Spiel unter ihrem Pult und schlugen auf gut Glück ihre Schulbücher auf. Lagneau ließ von Buffalo Bill ab – obwohl dieser gerade an den Marterpfahl gebunden wurde –, und ich blätterte fieberhaft in meinem lateinisch-französischen Wörterbuch.

Die Palme gebührte, um die Wahrheit zu sagen, Berlaudier selbst. Von Buntstiften umgeben, einen Radiergummi in der einen Hand, einen Kompaß in der anderen, zeichnete er die Karte Frankreichs aus einem weit offenen Atlas ab mit einer Aufmerksamkeit, die aufs äußerste gespannt schien.

Monsieur Payre hatte noch nicht einmal die Augen erhoben.

Als Berlaudier mit gesenktem Kopf und den Ellbogen in der Luft mittels eines Lineals einen langen, schwarzen Strich zog, erhob sich ein Triller, schwoll an und verklang. Alle Köpfe senkten, alle Schultern strafften sich. M. Payre erhob sich mit gleichgültiger Miene, und ohne einen Blick auf unsere Seite zu werfen, stieg er von seinem Katheder herunter, ging schlendernd wie ein Spaziergänger auf Lambert zu und beugte sich über seine Arbeit. Er drehte uns den Rücken und machte seine Bemerkungen mit leiser Stimme. Man hörte den Vogel piepen, dann schmetterte er einen Gesang, noch schöner als das Gefieder von Berlaudier. M. Payre drehte sich nicht einmal um, und ich dachte, daß er vielleicht taub war und es uns bisher verheimlicht hatte, was mich ein bißchen betrübte.

Der Vogel schwieg. Da begab M. Payre sich ins hinterste Ende des Arbeitsraumes, aber unserer Seite entgegengesetzt, und interessierte sich lebhaft für die Aufgaben von Galubert, eines Siebengescheiten aus Fünf B 1.

Der Vogel war wieder zu Atem gekommen und fing plötzlich wie die Nachtigall zu singen an. M. Payre drehte uns immer noch den Rücken zu; er sprach mit Galubert, der ihm mit erhobenem Gesicht, größtem Interesse und sichtlicher Verlegenheit zuhörte, denn der Nachtigallengesang beunruhigte ihn.

Aber M. Payre hörte ihn immer noch nicht. Diese Gleichgültigkeit brachte Berlaudier auf; er schaute M. Payres Rücken an und schüttelte protestierend den Kopf, als ob er ihm den Vorwurf machen wollte, seine Rolle nicht zu spielen und sich seinen Pflichten zu entziehen. Dann stieß er im Ton der Herausforderung Schlag auf Schlag drei Triller-Koloraturen aus und ließ ihnen lange, trostlose Klagetöne folgen...

M. Payre verließ Galubert, dem er einen kleinen, ermutigenden Klaps auf die Schulter gab; dann lenkte er seine Schritte nachdenklich in unsere Richtung.

Er ging an den Schließfächern vorbei, kam in unsere Reihe und beugte sich plötzlich über Berlaudiers Landkarte.

»Was ist das für eine Karte?« fragte er ihn.

Berlaudier zeigte ihm, ohne ein Wort zu sagen, den Atlas, als wäre er wie Napoleon der Meinung, daß eine kleine Skizze mehr wert ist als eine lange Rede.

M. Payre bestand auf weiterer Auskunft: »Wer hat Ihnen diese Aufgabe gegeben?«

Berlaudier machte große Augen und drückte durch seinen dummen Gesichtsausdruck aus, daß er es nicht wisse.

»Wie?« sagte M. Payre. »Sie kennen den Namen Ihres Geographieprofessors nicht? Wie heißt er?«

Lagneau schaltete sich hilfsbereit ein und sagte: »Es ist M. Michel!«

»Ich spreche nicht mit Ihnen«, sagte M. Payre.

Er nahm die Kartenzeichnung wieder in die Hand, sah Berlaudier direkt ins Gesicht und fragte energisch: »Wie heißt Ihr Geographieprofessor?«

Berlaudier konnte nicht mehr ausweichen und sagte mit verzweifelter Anstrengung: »Möfiö Mifel.«

»Ausgezeichnet«, sagte M. Payre, »spucken Sie aus, was Sie da im Mund haben!«

Ich befürchtete einen Moment, daß Berlaudier beim Versuch, den Vogel zu verschlucken, ersticken würde; er war feuerrot geworden. Das ganze Studierzimmer starrte ihn an, und die Krebse in der ersten Reihe hatten sich halb erhoben, um seiner Hinrichtung besser folgen zu können.

»Beeilen Sie sich!« brüllte M. Payre, »oder ich lasse den Herrn Zensor holen!«

Der schreckerfüllte Berlaudier steckte Daumen und Zeigefinger in den Mund, zog die von Speichel glänzende Scheibe heraus und legte sie auf das Pult.

M. Payre betrachtete sie einen Augenblick und sagte, als hielte er einen Vortrag über Musikinstrumente: »Dieser Apparat ist bemerkenswert, aber nicht so modern, wie man annehmen könnte. Ich hatte auch so einen, als ich Schüler der Fünften im Internat von Arles war... Unglücklicherweise erwischte ihn

M. Grimaud, mein Arbeitsaufseher. Und wissen Sie, was M. Grimaud tat?«

Während er das sagte, sah er den armen Berlaudier starr an, als erwarte er eine Antwort.

»Sie wissen es nicht, aber Sie müßten es sich vorstellen können. Na also: M. Grimaud beschlagnahmte nicht nur das kostbare Instrument, sondern er brummte mir auch einen ganzen Tagesarrest für Sonntag auf. In achtungsvollem Gedenken an diesen ehrenwerten Mann fühle ich mich verpflichtet, Sie genau so zu behandeln, wie er mich behandelt hat: Sie werden also den ganzen nächsten Sonntag im Gymnasium zubringen, und es ist nicht ausgeschlossen, daß der Herr Zensor Ihnen aus eigener Initiative eine zusätzliche Einladung für den folgenden Donnerstag zukommen läßt, denn Musik kann er gar nicht leiden. Jetzt nehmen Sie Ihre Sachen und richten Sie sich in der zweiten Bank vor meinem Katheder ein, anstelle von Picot, der mit Ihnen tauschen wird. Aber vorher trocknen Sie den Speichel von der Scheibe und legen Sie dieselbe neben mein Tintenfaß. Ich denke, daß der Herr Oberaufseher ihr einen guten Platz in seinem kleinen Museum für Verbrecherwerkzeuge anweisen wird.«

So wurden wir von Berlaudiers gefährlicher Gegenwart befreit, dessen Verbannung eine doppelte Wohltat war, denn er lenkte M. Payres Mißtrauen nun nicht mehr auf uns, sondern auf einen anderen Bereich des Arbeitsraumes; unsere Freiheit war gesichert.

Die Ankunft Picots bereicherte unsere Ecke außerordentlich. Er war in Fünf A 1 und so gelehrt, daß er aus dem Buch *Epitome Historia Graece* vorlesen konnte! Meine Noten in der lateinischen Übersetzung wurden dadurch unvermittelt besser.

Neben Picot saß Remusat, Schüler von Sechs B. Er war blond und schmächtig und für seine schöne Schrift berühmt, wenigstens in unserem Arbeitskreis. Sein Vater war Konditor; jeden Morgen zog er eine kleine Tüte aus der Tasche und verteilte Karamellen und manchmal sogar Pralinen mit starkem Likör gefüllt.

Vor diesen beiden Schülern sah man die Rücken von Schmidt und Vigilanti.

Schmidt war groß und fleischig wie alle Schweizer, und er lachte gern, was ihm viel Ärger eintrug, denn jedesmal, wenn ein Spaßmacher seiner Klasse Radau machte, konnte er sich nicht zurückhalten zu lachen, und immer war er es, der vor die Tür gestellt wurde. Er spielte wunderbar Fußball und lehrte mich mit unermüdlicher Geduld, wie man anderen ein Bein stellt. Ich bewahre ihm ewige Dankbarkeit, obwohl diese wertvolle Fähigkeit zu nichts Besonderem geführt hat, jedenfalls bis heute nicht.

Sein Nachbar Vigilanti kam aus Corté, also aus den Bergen Korsikas. Er hatte sehr viel gröbere Knochen als ich, ein schweres Kinn, schwarzes Haar und große, blaue Augen. Er sprach komisch und rollte die R's, aber nicht in der triumphalen Art von Onkel Jules, sondern mit einem leisen Zischen, und seine Sätze bildeten eine Art singendes und sich schlängelndes Rezitativ. Er war gutmütig und freigebig, aber sehr reizbar; als Berlaudier ihn eines Tages »Figatelli« genannt hatte, wurde er leichenblaß und warnte ihn davor, diese Beleidigung zu wiederholen, oder »er würde sechsunddreißig Kerzen in der Nacht des Grabes« zu sehn kriegen. Da der sie nicht einmal gern am hellichten Tage gesehen hätte, hütete er sich, rückfällig zu werden.

Auf der dritten Bank, der mittleren Reihe, thronte unser Freund Nelps, den man den »Pfarrer von Sankt Barnabé« nannte, weil er sich rühmte, die Messe am Sonntag noch nie versäumt zu haben. Er war freundlich, geduldig, gefällig, und die Professoren stellten ihn als Beispiel hin. Trotzdem interessierte er sich für die Unternehmungen der ›bösen Buben‹ und war auf dem laufenden über die Strafen, die es rings um ihn her regnete, wie diese ehrbaren Kriminalisten, die Bücher über Mörderpsychologie schreiben und Untersuchungen von Zuchthäusern leiten. Obwohl er selbst nie an irgendeinem Krawall teilnehmen wollte, gab er ausgezeichnete technische Ratschläge und vervollkommnete primitiv angelegte Pläne; er wurde von weither – manchmal sogar auf dem Hof der mittleren Klassen – zu Rat gezogen, was man mit einer zerschlagenen Fensterscheibe riskiere oder mit dem Schleudern einer Stink- oder Tränengasbombe. So bewegte dieser tugendhafte Bursche sich als Liebhaber am Rande des Verbrechens, während er Pluspunkte und Fleißbilletts einheimste. Er hätte zwanzigmal den Schierlingsbecher des antiken Sokrates verdient.

Schließlich, weit vor uns in der zweiten Reihe, saß der kleine Oliva, der so gern lachte, mit Brüchen jonglierte und geschlossenen Auges dreistellige Zahlen multiplizieren konnte.

Ich verkehrte auch mit dem schönen Carrère, den ich auf dem Hof traf, und mit drei Externen: Picot, Zacharias und mit Bernier, dem Reeder. Das waren meine Freunde, die mein kleines Weltall darstellten, in dem ununterbrochen Ereignisse von größter Wichtigkeit passierten, und heute stelle ich fest, daß unser Gymnasialleben uns von unseren Familien, über die wir unter uns niemals sprachen, beinahe losgelöst hatte. Erst zwanzig oder dreißig Jahre später erfuhr ich etwas über die Herkunft von einigen meiner besten Freunde.

Eines Abends bei einem Diner traf ich einen Schiffskapitän; es war Oliva, aus dem die Marineakademie einen Athleten gemacht hatte. Da erfuhr ich, daß er im Alter von sechs Jahren seine Eltern verloren hatte und von seinen beiden Brüdern – einem Maurer und einem Dockarbeiter – großgezogen worden war. Ich bedauerte, das auf dem Gymnasium nicht gewußt zu haben –, ich hätte ihn um so mehr geliebt. Ebenso hatte ich weder geahnt, daß der Vater von Zacharias sechzig Tanker besaß, noch daß die Mutter von Galubert eine sehr berühmte Schauspielerin war.

Auf der anderen Seite wußten unsere Familien so gut wie nichts von unserem Leben in der Schule; zu Hause erzählte ich nur die scherzhaften oder die ruhmreichen Episoden wie zum Beispiel Poil d'Azurs Treppensturz auf dem Weg zum Speisesaal oder unseren Sieg über die Spieler vom Hof der Mittelklassen beim Schlagball. Übrigens sprach ich eine durch unverständliche Abkürzungen oder groteske Vergleiche (die übrigens provisorisch waren und oft wechselten) verdunkelte Sprache des Internats.

Die einzigen verläßlichen Nachrichten, die unsere Familien erhielten, gelangten durch den Kanal der Trimesterzeugnisse zu ihnen, und meines war, wie ich zu meinem großen Bedauern gestehen muß, eine ziemliche Enttäuschung für den guten Joseph.

Dank meiner Volksschuljahre errang ich ehrenvolle Noten in Rechnen und Orthographie; andererseits hatte meine Leidenschaft für Wörter einen rapiden Fortschritt in Englisch gezeitigt und – mit Hilfe des gelehrten Picot – einige Erfolge in lateinischer Übersetzung. In Grammatik war ich eine Null; obwohl ich meine Aufgaben auswendig lernte und den Kopf mit Regeln und Beispielen vollgestopft hatte, verstand ich ihre Anwendung nicht und lebte im guten Glauben, daß es genügte, sie aufzuzählen. Beim Übersetzen eines Satzes suchte ich mir die Wörter im lateinischen Wörterbuch zusammen und setzte sie so, wie sie waren, an die Stelle der französischen; daher behauptete Sokrates, ich sei ein bemerkenswerter Fabrikant von Barbarismen und Solözismen, während ich nicht einmal wußte, was diese Worte bedeuteten.

Andererseits fesselte Geschichte mich nicht mehr; trotzdem sie numeriert waren, gelang es mir nicht, diese Könige voneinander zu unterscheiden, die nichts als Vornamen hatten, alle miteinander verwandt waren und sich gegenseitig bekriegten, und es schien mir absurd, die Klauseln von zwei aufeinanderfolgenden Verträgen zu lernen, von denen der zweite den ersten aufgehoben hatte. Im übrigen waren alle diese Leute lange tot und konnten mir nichts mehr geben noch nehmen; die Geschichte sprach immer nur von der Vergangenheit. Was mich interessierte, war der nächste Donnerstag, und das Gerede von M. Michel über abgelaufene Jahrhunderte, die ihre Kalender aufgebraucht hatten, interessierte mich so wenig wie ein Spaziergang auf einem Friedhof.

Die Geographie machte mir vorübergehend Spaß, weil man da sehr sympathischen Leuten begegnete: Marco Polo, der einen falschen Stock, gefüllt mit Eiern des Seidenwurms, besaß. Christoph Columbus, der gerufen hatte »Land! Land!« und das Ei, an einem Ende flachgedrückt, mitten auf dem Teller auf die Spitze gestellt hatte – was mir übrigens heutzutage ebenso töricht vorkommt wie Alexanders Lösung des Gordischen Knotens – und La Pérouse, den die Kannibalen in voller Admiralsuniform am Spieß brieten. Aber all diese Buchten, Kaps, Halbinseln, Zuflüsse und Nebenflüsse waren wirklich zu zahlreich für mich, und ich war wie vor den Kopf geschlagen, als ich auf der Karte sah, daß das linke Ufer der Seine auf derselben Seite lag wie das rechte Ufer der Rhône!

Und darum tat ich nichts Besonderes zum Ruhm der Schule vom Chemin des Chartreux, während der zarte Oliva in der Sechs B das Banner der Schule von der Rue de Lodi sehr hoch hielt.

Für diese Mittelmäßigkeit gab es eine Entschuldigung.

Wahrscheinlich auf Grund meines Alters und der geheimnisvollen Veränderungen, die meinen Körper umbildeten, fiel es mir sehr schwer, meine Aufmerksamkeit auf einen bestimmten Stoff zu konzentrieren; es gelang mir nur mit allergrößter Anstrengung. Sicher wäre ich imstande gewesen, diese körperliche Faulheit zu überwinden, wenn die Hoffnung auf glänzende Siege mich unterstützt hätte; aber zum Unglück waren Picot und Gillis in meiner Klasse, zwei Anormale, die sich gegenseitig die ersten Plätze streitig machten.

Picot war ein ziemlich großer und sehr vornehmer Junge, der mir oft Lakritzenbonbons anbot, aber niemals lächelte, denn durch die Existenz von Gillis war sein Leben die Hölle.

Wenn Picot nur Zweiter wurde, verlor er für mehrere Tage den Gebrauch der Sprache, und zwei bis drei Mitglieder seiner Familie kamen einer nach dem anderen, um sich – heimlich – beim Zensor zu erkundigen, wie ein so merkwürdiger Unfall habe passieren können.

Gillis seinerseits (ein Mägerling mit großen Ohren) hatte die Brüche gezähmt und handhabte den absoluten Ablativ wie ein Indianer seinen Tomahawk. Er kannte sämtliche Unterpräfekturen wie ein Eisenbahnbeamter, und von den Pharaonen sprach er mit der Zungenfertigkeit einer wiedererstandenen Mumie.

Sein Eifer und sein Gedächtnis wurden mächtig durch die tatkräftige Frömmigkeit seiner Mutter unterstützt. Am Vorabend jeder Prüfung weihte sie dem Heiligen des gefährlichen Tages eine Kerze. Aber dieses – für mein Gefühl unlautere – Verhalten war nicht immer erfolgreich: bei der Rechenprüfung mußte das Opfer der Bestechungskerze wohl irgendeinen überstrengen alten Heiligen beleidigt haben, denn Gillis wurde nicht nur von Picot geschlagen, sondern mußte sich mit dem vierten Platz begnügen! Rot vor Wut und Scham führte ihn sein Vater, ein dicker Bärtiger aus der Rue de Paradis, im Trab zu einem Arzt, der ihm eine Spritze in den Hintern jagte. Dann wurde ein Nachhilfelehrer engagiert, der ihm allabendlich zwei Stunden gab und zusätzlich vier am Donnerstag. Der Kampf zwischen diesen beiden Rivalen wurde bald so grausam, daß unseren Professoren nichts anderes übrigblieb, als fast bei allen Klassenarbeiten beide ex aequo als Erste zu nominieren.

Es war nicht daran zu denken, diese beiden Fanatiker zu besiegen; übrigens schien mir ihr Ruhm nicht beneidenswert. Umränderte Augen, blasse Wangen und dauernde Nervosität bezeugten die Gefahren übertriebener Arbeit, und ich war richtig erschrocken, als ich sah, wie Picot seinen Radiergummi aufaß oder wie Gillis, ohne es selbst zu merken, eine Reihe kleiner Grimassen schnitt. Lagneau war der Meinung, daß diese beiden Unglücklichen – wenn sie nicht Gelegenheit hätten, jung zu sterben – sicher im Narrenhaus enden würden.

Es war klar, daß all mein Fleiß nicht ausreichen würde, je über den dritten Platz hinauszukommen.

Und wer würde seine gesamten Ersparnisse für den Ankauf eines Lotterie-Billetts aufs Spiel setzen, wenn er die absolute Gewißheit hat, das Große Los nicht zu gewinnen? Da das Spiel den Einsatz nicht wert war, konzentrierte ich mein Bemühen hauptsächlich auf Fußball, Handball, Barren und Holzpferd und die eifrige Lektüre von Buffalo Bill, Nick Carter und Nat Pinkerton. Lagneau kaufte jede Woche drei Groschenhefte, und ich las sie mit Leidenschaft, ohne zu bemerken, daß der Inhalt immer derselbe war.

Mein Vater, der auf ein Jahr der Triumphe gehofft hatte, war peinlich enttäuscht von der Mittelmäßigkeit meines Zeugnisses und machte mir etliche Vorwürfe. Ich erzählte ihm sofort von Gillis und Picot, die von Blutarmut und Meningitis bedroht waren, und beklagte mich über Schmerzen in den Knien, die echt waren und über Kopfweh, das eingebildet war.

Als er in unheilverkündendem Ton sagte: »Der neunundzwanzigste im lateinischen Aufsatz mit 4 zu 20!« warf meine Mutter ein: »Aber im Turnen ist er Erster, und jeden Monat wächst er einen Zentimeter. Man kann nicht alles auf einmal machen!«

»Einverstanden!« sagte mein Vater. »Aber man muß ihn darauf vorbereiten, daß er niemals Gymnasialprofessor sein kann, wenn er auf diese Art weitermacht, und wir werden gezwungen sein, einen Trambahnschaffner oder Laternenanzünder oder vielleicht sogar einen Straßenarbeiter aus ihm zu machen.«

Diese Aussichten erschreckten mich keineswegs, denn lieber hätte ich die schwindelerregende Trambahn nach Aubagne geführt als die Klasse von Sokrates.

Indessen hegte ich einige Befürchtungen, seit ich eines Abends durchs Schlüsselloch eine Unterhaltung meiner Eltern mitanhörte.

Es war ziemlich spät, aber ich schlief noch nicht, denn ich hatte wie ein Vielfraß ein Pfund gebratener Kastanien aufgegessen.

Joseph stattete meiner Mutter Bericht ab über einen Besuch, den er – ohne mir etwas zu sagen – im Gymnasium gemacht hatte. Er war lange bei Sokrates gewesen.

»Nach Ansicht von M. Lepelletier«, sagte er, »hält die geistige Entwicklung des Kleinen mit seiner körperlichen nicht Schritt. Es fehlt weder an Intelligenz noch an Gedächtnis, aber er ist im Augenblick etwas zurückgeblieben...«

»Was?« rief meine Mutter. »Sag doch gleich, daß er anormal ist.«

»Aber nein«, sagte Joseph. »M. Lepelletier meint, daß er sicher bald aufwachen und uns noch vor seinem dreizehnten Jahr überraschen wird. Übrigens sind seine Schlußnoten ganz annehmbar, mit Ausnahme von Latein. Aber im großen und ganzen ...«

»Im großen und ganzen pfeife ich auf Latein!« sagte meine Mutter. »Zurückgeblieben! Ich habe ihn gesehen, diesen Lepelletier! Der ist allerdings nicht zurückgeblieben! Fett wie ein Schinken und einen Hintern wie ein Ackergaul!«

»Da ich ihm gegenüberstand«, sagte mein Vater, «ist mir dieses Detail nicht aufgefallen.«

»Das kann schon sein; aber als ich den Kleinen am Samstag um vier Uhr abholte, hat er mir diesen Herrn auf der Straße gezeigt; und ich muß sagen, er ist ein vollendeter Heuchler, denn er hat mich sehr höflich gegrüßt und keineswegs, als ob ich die Mutter eines Anormalen sei! Und wenn du die Wahrheit wissen willst: sie können samt und sonders deinen Sohn nicht leiden, weil er aus der Volksschule kommt und hundertmal intelligenter ist als alle anderen, die dort versammelt sind. Zurückgeblieben! Ich habe schon die stärksten Sachen gehört, aber so etwas denn doch noch nicht! Das werde ich meiner Schwester erzählen, damit sie auch etwas zu lachen hat... Die arme Rose hat nie geahnt, daß sie die Tante eines Zurückgebliebenen ist! Wenn ich denke, daß er mit drei Jahren lesen konnte!«

»Sprich nicht so laut«, sagte Joseph. »Du wirst die Kinder aufwecken!«

Ihre Unterhaltung dauerte noch einige Minuten, aber ich hörte nur noch Flüstern, und leicht beunruhigt über dieses geheimnisvolle Wort schlief ich ein.

Am anderen Morgen, gleich nach meiner Ankunft auf dem Hof in der Halbachtuhrpause suchte ich unseren Gelehrten Carrère auf. Ich fand ihn unter dem Wandelgang; er spazierte gemächlich und einsam, mit dem Zeigefinger in einem Buch, und bewegte lautlos seine fleischigen Lippen wie ein Geistlicher, der sein Brevier betet.

Als er mich kommen sah, verlangsamte er plötzlich seine Schritte, zeigte auf mich und rief mit wütendem Gesichtsausdruck:

»Ihr Unglück hatt' ihren Stolz nicht gebeugt,
Ja, sie hat in dem künstlichen Glanz sich bezeugt,
Womit sie ihr Antlitz bemalt und beladen,
Zu heilen der Jahre unheilbaren Schaden.«

Ohne Einleitung sagte ich: »Was soll das heißen: ›zurückgeblieben‹? Wenn einer zurückgeblieben ist, was ist das?«

Anstatt mir das in Worten zu sagen, zog er plötzlich seinen Hals zwischen den Schultern ein, und während er die Handgelenke vor die Brust legte, ließ er die Hände konvulsivisch zuckend hängen. Aus seinem Mund kam eine weiche, speicheltriefende Zunge, und seine Augen schielten auf die Nasenspitze, wobei er unartikulierte Laute ausstieß.

Dann nahm er mit seinem natürlichen Gesicht seinen Spaziergang wieder auf und murmelte:

»›Meine Tochter, erzittre!‹ so warnte sie mich.
›Dieser grausame Gott hat Gewalt über dich.‹«

Ich folgte ihm und ließ nicht locker: »Sag doch, glaubst du, daß ich zurückgeblieben bin?«

Er antwortete mit feierlichem Ernst: »Das sieht man dir doch an der Nasenspitze an.«

»Und woran erkennt man das?«

Er antwortete:

»›Weh, fielest du ihm in die furchtbaren Hände!‹
Und als die entsetzlichen Worte zu Ende,
Da schien es, als neigte ihr Schatten sich mir.
Zur Umarmung streckt' ich die Hände nach ihr.«

Er hatte diesen letzten Vers mit pathetischem Tremolo gesprochen und streckte seine Hände und sein Buch nach mir aus, als gebieterisch der Trommelwirbel erklang.

Ich hatte wohl begriffen, daß er scherzte, aber die Erinnerung an seine Pantomime machte mir das Lachen unmöglich, und ich begann, mit einer gewissen Unruhe über meinen Fall nachzudenken.

In der Halbeinuhrpause erzählte ich Lagneau die ganze Geschichte in scherzhaftem Ton. Er sah wohl, daß ich etwas verärgert war, und wollte mich trösten.

»Was?« rief er angewidert. »Du nimmst ernst, was Sokrates sagt? Der versteht doch überhaupt nichts, abgesehen vom absoluten Ablativ. Ich sage dir, du bist der Männlichste von allen! Du bist nicht der Erste, du bist nicht der Letzte, du lachst gern über die Späße der anderen, aber du selbst läßt dich nie erwischen... Du hast den rechten Mittelweg gefunden, und deshalb sage ich dir, du bist der Stärkste!«

Nun war ich wie alle Kinder ein kleiner Schauspieler. Diesen Fehler habe ich abgelegt, wahrscheinlich, um der Liste meiner Tugenden die sehr auffällige Bescheidenheit hinzuzufügen. Das Kompliment von Lagneau verletzte mich also zutiefst, da es nur offenbarte, daß ich in unserer kleinen Welt selbst in den Augen meines Freundes keinen moralischen Standpunkt hatte.

Lagneau seinerseits war unerschrocken im Einkassieren von Strafen, Berlaudier der Anstifter jeglichen Radaus, Schmidt unbestrittener Meister im Fußballspiel, Zacharias das Vorbild der Faulpelze, Vigilanti gab niemals nach, nicht einmal den Großen gegenüber, Oliva wurde für einen künftigen Preisträger gehalten, Nelps schrieb Gedichte, Carrère galt als der Weise, der Schiedsrichter. Sie alle hatten eine Persönlichkeit. Mir war einerseits der Weg zu schulischen Ehrungen durch das Tandem Picot-Gillis versperrt, und Sokrates behandelte mich als »Zurückgebliebenen«; andererseits konnte ich, gelähmt durch die Angst vor dem Nachsitzen, nicht wagen, die Aufmerksamkeit meiner Mitschüler zu erregen, und so vegetierte ich im Schatten der Mittelmäßigkeit. Diese Lage schien mir plötzlich unerträglich, und ich beschloß, einen Gewaltstreich zu verüben, um mich aus ihr zu befreien; wenn das Unglück es wollte, daß ich durch Nachsitzen bestraft wurde, könnte ich meinem Vater erklären, daß ich um der Ehre unseres Namens willen gezwungen gewesen wäre, diese Gefahr auf mich zu nehmen.

Eines Nachmittags in der Vieruhrpause trafen wir Oliva, einsam auf einer Bank im Wandelgang sitzend; das gehörte zu seinen Gewohnheiten; aber ich bemerkte, daß seine Nase geschwollen war und daß er niedergedrückt schien.

»Was hast du denn?« fragte Lagneau.

»Es war Pégomas«, sagte er und zeigte auf seine verunstaltete, veilchenblaue Nase.

Dieser Pégomas war ein Externer, groß, dick, fett und von letzter Unverschämtheit; er mißhandelte mit Vorliebe die Kleinen und protzte in aller Öffentlichkeit mit dem Reichtum seiner Familie.

Ich fragte: »Was hattest du ihm denn getan?«

»Nichts. Er ist eifersüchtig auf mich, weil er immer der Schlechteste ist. Also hat er zu mir gesagt: ›Die guten Noten gibt man dir nur aus Barmherzigkeit. Die Halbinternen sind alle

Schleimscheißer und die Stipendiaten Hungerleider.‹ Da habe ich ihm geantwortet: ›Und du bist ein Fettwanst, der vor Suppe überläuft.‹ Und da hat er mir auf einmal mit der Faust ins Gesicht geschlagen.«

Ich wußte zwar nicht genau, was ein Schleimscheißer ist, aber es handelte sich doch offenbar um eine Beleidigung. Auf alle Fälle wurde ich rot vor Wut, weil dieser reiche Angeber gesagt hatte, wir seien Hungerleider. Die Wiedergabe dieser Gemeinheit machte schnell die Runde auf dem Hof, und Olivas Nase wurde der Zielpunkt eines Kreises empörter Zuschauer, die bereits eine beispielhafte Rache verabredeten. Aber da sie davon sprachen, daß sie zu viert oder fünft den Beleidiger züchtigen wollten, erklärte ich, das wäre nicht ehrenhaft, und sagte kalt: »Ein einziger wird genügen.«

»Du hast recht!« rief Berlaudier, der auf Schlägereien versessen war, »ich werde mich morgen früh mit ihm beschäftigen.«

»Nein«, sagte ich. »Du bist kein Stipendiat. Es muß ein Stipendiat sein.«

»Also wer?« fragte Lagneau.

Ich schaute mir die ganze Gesellschaft an, runzelte die Augenbrauen und sagte: »Ich.«

Es folgte ein Augenblick des Schweigens, dann wurde gelächelt, was mir bewies, daß mein Ruf nicht auf der Höhe dieser heldenhaften Entscheidung war. Berlaudier erklärte: »Vorausgesetzt, daß du nicht umkippst, denn sonst wird er deine Nase genauso zurichten wie die von Oliva.«

Ich sah ihm in die Augen und erwiderte: »Das werden wir morgen früh in der Zehnuhrpause sehen. Im Hof der Externen.«

Ich bemerkte Überraschung auf mehreren Gesichtern und war selbst überrascht über die entschiedenen Worte, die ich soeben ausgesprochen hatte. Unterdessen legte Lagneau seine Hand auf meine Schulter und äußerte mit überlegener Autorität: »Beunruhigt euch seinetwegen nicht. Ihr kennt ihn nicht. Ich – ich kenne ihn.«

Ich sagte nichts mehr, aber um die Erklärung meines Freundes zu bekräftigen, vergrub ich meine Hände in den Taschen und lächelte spöttisch, wie jemand, der sein Spiel die längste Zeit nicht aufgedeckt hat, aber seine Trümpfe auf den Tisch legen wird.

Diese Haltung schien einen gewissen Eindruck auf alle Anwesenden zu machen; auf jeden Fall stärkte sie mich selbst, und mit ruhigem, aber sicherem Schritt folgte ich dem Ruf des Trommlers.

Die beiden Arbeitsstunden wurden zu einem Triumph. Die Neuigkeit eilte von einem Pult zum anderen. Einer nach dem anderen betrachtete mich und drückte durch Gesten oder Mienenspiel seine Zustimmung, Bewunderung, Besorgnis oder seinen Zweifel aus.

M. Payres Aufmerksamkeit war durch diese ungewöhnliche Atmosphäre schnell erwacht, und da Nelps als Pessimist mir Zeichen machte, zu entsagen, wurde er beschuldigt, sich seit fünf Minuten wie ein Hanswurst zu benehmen, und mit einer Null im Betragen bedroht, die die erste seiner ganzen bisherigen Schulzeit gewesen wäre.

Dann fragte M. Payre Vigilanti, ob er an Genickstarre leide, die ihn zwänge, sich nach mir umzusehen. Die Pantomimen hörten auf, aber man ließ mir heimlich Zettel zukommen, die von weitem durch Augenzwinkern angekündigt wurden.

»Wenn du als erster zuschlägst, wird er absacken.« (Schmidt)

»Mit dem Absatz auf die Zehen!« (Rémusat)

»Iß heute abend nicht zuviel!« (Nelps)

»Kitzle ihn, das fürchtet er!« (Oliva)

»Wenn du einen Rückzieher machst, gehe ich für dich.« (Berlaudier)

»Eine Fingerspitze voll Pfeffer in die Augen, das langt!« (Cabanel, genannt die Trüffel)

Zum Dank antwortete ich mit lächelndem Kopfschütteln, was meine Sicherheit bewies; und da ich den Mittelpunkt des Interesses im Arbeitsraum darstellte, fühlte ich mich immer stärker und war trunken von Vertrauen und Eitelkeit.

Lagneau begleitete mich bis vor meine Haustür. Auf dem Weg wechselte er den Ton, denn er sagte plötzlich: »Hör mal, du hast etwas vergessen!«

»Und was?«

»Wenn sie dir Nachsitzen aufbrummen?«

»Na, dann werde ich meinem Vater die Wahrheit sagen, und er wird mir gratulieren!«

»Ich sage dir das nur – verstehst du... weil... wenn du dich im letzten Moment zurückziehen möchtest, könnte man den anderen auseinandersetzen, daß du vor dem Nachsitzen Angst hast, weil du Stipendiat bist.«

»Also glaubst du, daß ich die Absicht habe, mich zurückzuziehen?«

Er antwortete nicht gleich, dann sagte er mit halber Stimme: »Pégomas ist größer als du, und er ist bösartig!«

Diese Besorgnis hätte mich rühren sollen, aber der Mangel an Vertrauen, den sie bewies, ärgerte mich.

»Du hast jetzt Angst um mich?«

»Das heißt...«

»Gut! Morgen früh, fünf Minuten nach zehn Uhr, wirst du sehen, was ich kann!«

Nach dem Abendessen, als ich mich auszog, kam meine Mutter ins Zimmer und fragte leise: »Was hast du denn? Hast du schlechte Noten bekommen?«

»Nein, Mama, ganz gewiß nicht.«

»Du hast fast nichts gegessen!«

»Weil ich nachmittags um vier Uhr zuviel gegessen hatte. Lagneau hat mir zwei Hörnchen gekauft.«

»Man muß nicht immer nur annehmen«, sagte sie. »Morgen werde ich dir zwanzig Sous mitgeben, damit du ihm auch etwas anbieten kannst. Sieh zu, daß du gut schläfst; du kommst mir etwas nervös vor. Hast du Halsweh?«

»Nein, im Augenblick nicht.«

Sie küßte mich auf die Stirn und ging hinaus.

Ihre Unruhe bestätigte Lagneau und brachte mir meine eigene Sorge in Erinnerung, die ich bis dahin nicht hatte aufkommen lassen. Da wurde mir klar, daß die prahlerische, ruhmreiche Periode meines Abenteuers zu Ende war... Morgen früh hieß es, sich recht und schlecht zu schlagen.

Allerdings war der Ruf dieses Pégomas beunruhigend, und die Tatsache, daß er die Schwachen angriff, bewies keineswegs, daß er selbst schwach war; genau besehen, bedeutete es sogar, daß er sich oft schlug und immer gewann... Ich hatte ihn immer nur im Vorübergehen auf dem Hof des Externats gesehen. Während ich diese flüchtigen Bilder prüfte, entdeckte ich, daß er ebenso groß wie Schmidt war und sehr viel dicker. »Dicker Suppentopf« ist leicht gesagt, aber man weiß nie, wovon die Leute voll sind. Vielleicht war er ein »dicker Muskelprotz«, der mich mit dem ersten Faustschlag zu Boden werfen würde, und wenn ich dann mit derselben Nase wie Oliva wieder aufstand, würde mein ganzes Maulheldentum in Lächerlichkeit untergehen.

Eine technische Überlegung ließ mich das Schlimmste befürchten: dieser abscheuliche Externe hatte seinem Opfer nicht mehr als einen Faustschlag versetzt, einen einfachen Warnungsschlag, und trotzdem war das Resultat schauderhaft gewesen. Sicher, Oliva hatte nicht viel Kraft; aber die Nase der Schwachen ist nicht weicher als die der Starken, und meine würde ebensowenig Widerstand leisten. Ich hatte sie im dreiteiligen Spiegel der »Belle Jardinière« im Profil gesehen; sie war ziemlich fein, vollkommen gerade, und ich hatte sie reizend gefunden. Dieser Rohling würde sie mir vielleicht fürs ganze Leben platt schlagen; ich würde aussehen wie ein Chinese, den man mit Eau de Javel geschrubbt hat, und meine Mutter würde das zu einer Krankheit erheben. Durch welchen Wahnsinn hatte ich mich auch verleiten lassen, mit der Nase voran in diese lächerliche Tragödie zu stürzen? Ich versuchte, mich zu ermutigen, indem ich mir den Erfolg ins Gedächtnis rief, den meine Mitschüler mir bereitet, und die moralische Unterstützung, die sie mir freiwillig angeboten hatten, aber plötzlich begriff ich, daß ihre überraschte Bewunderung keineswegs ein Vertrauensbeweis für meine Stärke war, sondern daß ihr Beifall dem unsinnigen Mut meiner Schwäche galt.

Sicher wünschten sie meine Niederlage nicht, aber sie würden erbarmungslos darüber lachen, während Oliva und Lagneau mit feuchten Taschentüchern meine plattgeschlagene Nase zwischen zwei blaugeschlagenen Augen pflegen würden...

Da war ich wie vereist von bleicher Furcht und suchte nach einer Möglichkeit, diesem Massaker zu entkommen, ohne mein Gesicht zu verlieren.

Die Feigheit ist immer erfinderisch, und bald hatte ich mir eine Inszenierung ausgedacht.

Meine Mutter hatte sich über meine Gesundheit besorgt gezeigt. Ich brauchte nur über eine beginnende Angina zu klagen, und sie würde mich zwei oder drei Tage zu Hause behalten; während dieser Zeit würde ich vor Schluckbeschwerden fast nichts essen. Diese Komödie würde bis Freitag vormittag dauern. Dann würde ich blaß und mit hohlen Wangen ins Gymnasium zurückkehren und infolge meiner Kniegelenkschmerzen etwas hinken.

Viele würden mich mit unangenehmem Lächeln empfangen, oder mit unfreundlichen »Huus«. Ich würde so tun, als sähe ich sie nicht, und vertraulich zu Lagneau sagen: »Der Doktor wollte zwar nicht, daß ich ausgehe, aber ich bin gekommen, um diese Sache mit Pégomas in Ordnung zu bringen.«

Dann würden Lagneau, Berlaudier, Oliva und Vigilanti die Hände zum Himmel ringen und ausrufen: »Du bist wohl verrückt! In dem Zustand, in dem du bist, darfst du dich nicht schlagen! Soviel Mut ist wirklich unglaublich!«

Ich würde darauf bestehen, und in der Zehnuhrpause würde ich – immer noch hinkend – auf die Suche nach Pégomas gehen; meine Freunde würden mir nachkommen und mich mit Gewalt zurückhalten wollen, während ich mich wütend und mit zornigem Geschrei dagegen verwahrte – und zum Schluß wäre es dann Berlaudier, der Pégomas bestrafen würde.

Dieser Plan schien mir wunderbar, und im stillen lachte ich über meine Schlauheit, die ich diabolisch fand. Beruhigt und befriedigt wollte ich gerade einschlafen, als ich Josephs Stimme hörte: er kam den Gang herunter, um zu Bett zu gehen, und sang halblaut:

»Singend öffnet der Sieg uns
die Schranke nach vorn...«

Da fühlte ich meine Wangen brennen und steckte meinen Kopf unter die Bettdecke.

Ein Fußtritt gegen das Schienbein, zwei Faustschläge ins Gesicht, war das der Mühe wert, eine unwürdige Komödie zu spielen, die wahrscheinlich niemanden, keinesfalls aber mich selbst täuschen würde? Was hätte mein Vater, was hätte Paul gesagt, wenn sie meine Feigheit erfahren hätten? Nachdem ich es versprochen hatte, würde ich Pégomas angreifen, und wenn er mich zu Boden schlüge, würde ich aufstehen und den Angriff wiederholen, zweimal, dreimal, zehnmal, bis er schreiend vor Angst davonliefe, und wenn ich mit blaugeschlagenen Augen und schiefer Nase aus dem Zweikampf hervorginge, würden meine Freunde mich im Triumph herumtragen, denn nichts ist schöner als ein verwundeter Sieger...

Ruhig, mit weit offenen Augen prüfte ich im Dunkel der Nacht alle Möglichkeiten meines Erfolges.

Ich hatte mich noch nie ernsthaft geschlagen. In der Volksschule hatte meine Eigenschaft als Sohn von Joseph mir immer völlige Unantastbarkeit gesichert; im Gymnasium hatte die Angst vor Nachsitzen mich von den Schlachten ferngehalten. Aber im Verlauf der ziemlich gewaltsamen Spiele, wie zum Beispiel: »Angriff auf die Postkutsche« oder »Der rasende Roland« hatte ich den Beweis einer recht beachtlichen Geschicklichkeit in der schwierigen Kunst, anderen ein Bein zu stellen, bewiesen. In den vorgetäuschten Boxkämpfen hatte meine rasante Schnelligkeit den Gegner oft überrascht; eines Tages hatte ich sogar aus Versehen Rémusats Auge blaugeschlagen, der daraufhin den denkwürdigen Satz sprach: »Ich weiß schon, daß du es nicht absichtlich getan hast; du ahnst eben gar nicht, wie stark du bist!«

Eine wertvolle Feststellung; die Erinnerung daran stärkte mich wunderbar. Andererseits erinnerte ich mich, daß mir oft Nick Carters so liebes Armumdrehen gelungen war, wenn ich mit Lagneau oder Nelps spielte, und auch die Manschetten von unten nach oben, die Nat Pinkertons Ruhm ausmachten. Gezwungen, meinen Bizeps zu betrachten, hatte ich zudem seit kurzem festgestellt, daß er endlich Form bekam und meine Muskeln hart wie Holz waren. Alle diese Überlegungen erfüllten mich mit Vertrauen, und ich beschloß, umgehend einzuschlafen, um ›fit‹ für die Schlacht zu sein.

Meine Nacht war trotzdem sehr bewegt, denn bis zum Morgen bekämpfte ich den fürchterlichen Pégomas.

Er war wirklich sehr stark, aber ich war viel schneller als er und überhäufte ihn mit einem Hagel von Geraden, Kinnhaken und Swings. Zuerst schlug ich ihm beide Augen blau durch elegante Gerade, die Beifall auslösten; dann zielte ich auf seine Nase, die weich wie ein Kopfkissen war, und sie vergrößerte sich augenblicklich enorm.

Er zitterte vor Furcht und Haß, aber anstatt die Flucht zu ergreifen, bearbeitete er mich mit schrecklichen Fußtritten, denen ich mit Froschsprüngen von übernatürlicher Leichtigkeit geschickt auswich... Als ich aufwachte, hielt ich sein linkes Handgelenk in beiden Händen, denn ich hatte durch eine Drehung à la Nick Carter seinen Arm ausgekugelt und wollte ihn gerade niederschlagen, während Lagneau versuchte, mich zurückzuhalten, und sagte: »Gut so, jetzt reicht es!«

Ich kam während der ersten Pause ins Gymnasium. Als ich im leeren Arbeitsraum meine Bluse auszog, tauchten Lagneau, Oliva, Berlaudier und einige andere auf; sogar zwei Interne aus dem Arbeitsraum von nebenan, Ben Seboul, ein Afrikaner, und der kleine Japaner, der »Zitrönchen« genannt wurde.

Alle sahen mich neugierig an, und der Spaßvogel Berlaudier sagte: »Also du bist immer noch entschlossen?«

Ich antwortete ernst: »Ich habe mein Wort gegeben.«

Lagneau, sichtlich beunruhigt, rief: »Nie hast du dein Wort gegeben! Du hast ganz einfach gesagt...«

»Ich habe gesagt, daß ich Pégomas in die Fresse schlagen will, und das werde ich Punkt zehn Uhr tun.«

»Du kannst es tun, wenn du willst«, sagte Vigilanti. »Aber niemand verlangt es von dir.«

Alle befürchteten das Schlimmste für mich, weil sie meinen nächtlichen Sieg nicht miterlebt hatten.

Da erschien Carrère, der seine linke Hand im Durchgehen auf die Pulte stützte, um weniger stark zu hinken.

Ich glaubte, er sei gekommen, um mir den Kampf zu verbieten, aber mit ernstem Gesicht, das schön wie ein Männergesicht war, sagte er: »Ich bin stolz, dein Freund zu sein, und ich finde es sehr gut, daß du einen Jungen angreifen willst, der bestimmt viel stärker ist als du. Ich bin sicher, du wirst ihn durchprügeln, denn du schlägst dich für die Ehre. Was du zu fürchten hast, ist Nachsitzen oder Arrest. Aber da kann ich dir helfen: Poil d'Azur wird die Pause überwachen. Für gewöhnlich sagt er nichts und zu niemandem, aber eine Schlägerei könnte ihn schon interessieren. Also werde ich es auf mich nehmen, ihn zu beschäftigen und ihn um einen Hinweis für eine Algebra-Aufgabe zu bitten... Für ihn sind die X wie weiche Karamelbonbons; du kannst dich also in Ruhe schlagen.«

Zitrönchen zwitscherte mit seiner diskreten Stimme: »Komm mit mir auf den Hof, dann zeige ich dir einen Trick!«

»Was für einen Trick?«

Liebenswürdig erklärte er: »Du nimmst seinen Mittelfinger und drehst ihn um. Das kracht, der Finger bleibt in der Luft stehen, und der Bursche fängt sofort an zu heulen.«

»Das ist zu umständlich«, sagte Ben Seboul. »Du gibst ihm einen Tritt in den Magen, dann bückt er sich und du hebst dein Knie, um seiner Nase zu begegnen und die platzt dann wie eine Feige.«

»Ihr seid sehr freundlich«, sagte ich, »aber ich weiß selbst, was ich tun werde.«

»Oh«, spöttelte Berlaudier, »was du ihm tun wirst, weißt du, aber was er dir tun wird, das weißt du nicht. Wenn er dich zerstückelt, ich habe auf alle Fälle eine Rolle Klebepapier.«

»Du halt den Mund!« sagte ich brutal. »Mach mich nicht nervös, sonst fange ich mit dir an!«

Ich machte mit vorgebeugten Schultern und geballten Fäusten einen Schritt auf ihn zu.

Da machte Berlaudier ein ängstliches Gesicht, hob die Arme zum Himmel und schrie mit übertrieben schriller Mädchenstimme: »Zu Hilfe, Mama! Er will mich schlagen! Zu Hilfe!«

Und unter allgemeinem Gelächter flüchtete er sich auf den Hof. Aber der Trommelwirbel des Tambours und der Eintritt M. Payres machten der Komödie ein Ende.

Vor der blutigen Pause mußte ich noch eine Stunde französische Grammatik und eine Lateinstunde über mich ergehen lassen. Sokrates' ferne Stimme sprach immer mal wieder über seinen geliebten absoluten Ablativ. Lagneau, erregt in Erwartung des Trauerspiels, bot mir aus dem Mundwinkel Pläne für den Kampf an.

»Wenn du willst, werde ich zuerst mit ihm sprechen. Du kommst von rückwärts...«

»Nein, ich will ihn Aug in Aug angreifen!« flüsterte ich.

»Laß mich dir sagen...«

Ich hätte es ihn gern sagen lassen, aber Sokrates ließ ihn nicht.

»Monsieur Lagneau, ich sehe einen beunruhigenden Tic auf Ihrem Gesicht, man könnte meinen, Sie hätten den Mund unter dem linken Ohr. Wenn Sie zwei Nachsitzestunden zu vermeiden wünschen, rate ich Ihnen, den Mund unter Ihre Nase zurückzuverlegen.«

Lagneau war also zum Schweigen verurteilt, aber Berlaudier zeigte mir von weitem die Klebepapierrolle. Ich tat so, als bemerkte ich sie nicht. Ich saß mit gekreuzten Armen, wie die braven Schüler es tun; in Wirklichkeit geschah es, um meinen Bizeps zu befühlen, den ich erzittern und anschwellen ließ, um ihn zum Kampf vorzubereiten. Aber die Zeit verging nicht; Ameisen kribbelten in meinen Beinen, der absolute Ablativ hatte die Tafel angefüllt, Lagneau ließ seine Knie auf den Fußspitzen tanzen und kräuselte die Oberfläche der Tinte im Tintenfaß. Durch die Platanen badete die Junisonne den verlassenen Hof, in dem vielleicht bald das Blut fließen würde, in grüngoldenem Licht... Nein, ich hatte keine Angst mehr und fühlte mich bereit, Olivas Nase, den Ruhm des Arbeitsraumes und die Ehre meines Namens zu rächen; aber ich fand es wirklich peinlich, daß ich so lange bereit sein mußte, und horchte mit allen Sinnen auf das Glockenspiel der Turmuhr: endlich schlug die kleine Glocke einmal; das war »fünf vor«, und der Tambour schlug zum Angriff.

Im Gedränge des Hinausgehens eilte ich entschlossen zur Tür von Klasse 6 B. Links von mir ging Lagneau, Berlaudier rechts, und etwa zehn Interne folgten uns. Oliva, dessen Nase blau geworden war, lief uns entgegen, Nelps begleitete ihn.

»Geh nicht hinein!« sagte Oliva zu mir. »Es war nicht recht von mir, dir das zu erzählen. Geh nicht hinein!«

Ich schob ihn höflich beiseite und entdeckte Pégomas: an einen Pfeiler gelehnt, stopfte er ein Hörnchen zwischen seine dicken Backen. Er war einen Kopf größer als ich, aber doch nicht so groß wie in meinen Angstvorstellungen, und da eine kleine Fettfalte unter seinem Kinn zu sehen war, gefiel ich mir im Glauben, er sei wirklich voll Suppe.

Inmitten allgemeinen Schweigens pflanzte ich mich vor ihm auf und sagte: »Bist du Pégomas?«

Er antwortete, wollüstig sein Hörnchen kauend, mit großartiger Einfachheit: »Jawohl – um dich vollzuscheißen.«

Aber ich nahm diese höhnische Beleidigung nicht weiter zur Kenntnis.

»Wie es scheint, hast du gesagt, alle Halbpensionäre seien Schleimscheißer und die Stipendiaten Hungerleider. Hast du den Mut, das zu wiederholen?«

Auf diese in drohendem Ton vorgebrachte Einleitung hatte ich gerechnet, um meinen Gegner einzuschüchtern, und hoffte insgeheim, daß er billige Entschuldigungen vorbringen werde. Aber er sah mich mit verächtlichem Erstaunen an und verkündete, jedes Wort betonend: »Die Halbpensionäre sind Schleimscheißer und die Stipendiaten Hungerleider. Der Beweis ist, daß die Regierung euch hier zu essen gibt, weil ihr zu Hause nichts zu beißen habt.«

Und damit stopfte er sich die zweite Hälfte des Hörnchens in die Schnauze.

Empörter Aufruhr erfaßte die Menge, und ich war plötzlich von kochendem Zorn entflammt und wütend wie eine wilde Katze. Dieser Dickwanst voller Suppe hatte von Josephs Armut gesprochen! Mit einem einzigen Sprung stürzte ich mich auf ihn und schlug ihm von unten mit der flachen Hand, aus allen meinen Kräften, die die Wut verdoppelte, unter die Nasenlöcher. Es war Nat Pinkertons Schlag, »der den Gegner verwirrt«. Der meinige hatte einen zweifachen Erfolg, denn ich stülpte ihm nicht nur die Nase zur Decke der Galerie, sondern nebenbei rammte meine flache Hand auch das halbe Hörnchen – das spitzig war – tief in den Schlund des Opfers. Im gleichen Augenblick erhielt ich einen recht brutalen Schlag auf mein linkes Auge, dann hörte ich das abscheuliche Geräusch eines jammervollen Rülpsens, gefolgt von plätscherndem Erbrechen. Ich trat einen Schritt rückwärts, warf mich von neuem auf ihn und schlug ihn zweimal in die Magengrube. Während er die Reste des Hörnchens erbrach, krümmte er sich und drehte mir den Rücken zu, einen breiten Hintern darbietend: ich stützte meinen Absatz darauf und warf den Burschen mit einem gewaltigen Stoß auf den Hof, wo er platt auf dem Bauch ausgestreckt liegenblieb, während die Zuschauer mit großem Geschrei Beifall klatschten.

Ich war ihm nachgerannt und schrie zu seiner waagerechten Hinternfront hinunter: »Steh auf, Feigling! Steh auf! Ich bin noch lange nicht fertig mit dir! Jetzt geht's erst los!«

Er drehte sich auf die Seite und überhäufte mich mit sinnlosen Pöbeleien, während Vigilanti mir riet: »Spring auf seinen Bauch!«

Ich wollte ihn gerade mit Füßen treten, als Oliva und Nelps mich an den Armen packten und ich die Stimme von Lagneau die Worte meines Traumes sprechen hörte: »Gut so! Gut so! Jetzt reicht es!«

Plötzlich richtete der dicke Bengel sich auf, und ich stieß meine Freunde zurück, um mich ihm entgegen zu werfen.

Aber Poil d'Azur, den mathematischen Verführungskünsten von Carrère entwischt, tauchte hinter dem Pfeiler auf, und zum erstenmal drückte sein Gesicht ein gewisses Interesse für die Wirklichkeit aus; der große Feigling schrie ihm entgegen: »Monsieur! Monsieur! Sehen Sie, was er mir getan hat!«

Da er mit dem Gesicht nach vorn gefallen war, hatte er sich die Oberlippe aufgerissen, die blutete und vor unseren Augen anschwoll. Poil d'Azur betrachtete diese Begleiterscheinung mit lebhafter Neugier, dann antwortete er ohne die geringste Rührung: »Ich sehe es! Übrigens habe ich alles gesehen und gehört! Aufhören.«

Pégomas beharrte verblüfft: »Es war ein Halbinterner. Der dort ist es!« Und er zeigte mit dem Finger auf mich.

»Ich weiß«, sagte Poil d'Azur. »Ich weiß!«

Dann schwieg er nachdenklich. Ich erwartete regungslos die verhängnisvollen Worte, die die Strafe für meinen Sieg bestimmen würden; vielleicht überlegte er, mich zum Oberaufseher zu führen?

Der Tambour trommelte lange, aber vergeblich. Die uns umgebende Menge der Neugierigen blieb bewegungslos und stumm in Erwartung des Urteils.

Da runzelte Poil d'Azur plötzlich die Augenbrauen und sagte energisch: »Was ist los? Haben Sie den Trommler nicht gehört? Gehen Sie auseinander.«

Er drehte uns den Rücken und entfernte sich ruhig durch das Gedränge der Schüler, während meine Freunde trunken vor Stolz und Freude mir ein triumphales Geleit bis zum englischen Klassenzimmer gaben.

Dieser Sieg erregte in den Internatshöfen großes Aufsehen. Lagneau erzählte die Schlacht auf die Weise Homers und sagte zum Schluß: »Wenn ich nicht dort gewesen wäre, hätte er ihn getötet!«

Berlaudier diskutierte die Angelegenheit als Techniker und würdigte vor allem den Schlag unter die Nase mit der flachen Hand, den ich in einem Kreis von Kennern mehrere Male vorführte.

Um den Triumph voll zu machen, war mein Auge durch den einzigen Schlag, den ich erhalten hatte, ruhmvoll angeschwollen; zuerst färbte es sich rötlich, im Laufe des Nachmittags schmückte es sich dann mit Reizen in vielen Farben, die die schönste Wirkung hervorriefen. Es war wirklich ein glorreicher Tag, kaum verdüstert durch Angst vor den möglichen Folgen meines Sieges, denn die Haltung Poil d'Azurs blieb weiter geheimnisvoll für uns. Die einen glaubten, daß die wenigen Worte, die er gesprochen hatte, seine ganze Reaktion darstellten, und hielten die Angelegenheit für endgültig abgeschlossen. Andere fürchteten, daß er auf die geschwollene Oberlippe von Pégomas zurückkommen könnte und die Kunde meines Ruhmes bis zu den immer weit geöffneten Ohren des Zensors vordringen würde. Da diese beunruhigende Annahme erst den nächsten Tag betraf – also zukünftige Zeiten – entschloß ich mich, vorerst nicht daran zu denken und in Frieden meine Beförderung zu genießen.

Während der Arbeitsstunde betrachtete M. Payre mich interessiert und kam näher, um zu fragen, »wer mich dermaßen zugerichtet hätte«. Ich antwortete bescheiden, daß mir beim Handballspiel ein Ball ins Auge geflogen wäre; eine absolut glaubwürdige Erklärung, die am Abend auch von Joseph ohne Gegenfrage hingenommen wurde.

Am nächsten Morgen knöpfte ich gerade im leeren Arbeitsraum meine Bluse zu und unterhielt mich dabei mit Schmidt und Lagneau. Die Geschwulst unter meinem Auge war zurückgegangen, aber die Farbenpracht hatte sich verstärkt, denn es war mir gelungen, durch nächtliche Abreibung die Heilwirkung der Umschläge aufzuheben, mit denen meine Mutter die ruhmvolle Quetschung, deren Wert sie nicht kannte, bedroht hatte.

Lagneau war gerade dabei, sie zu bewundern, als der Pedell-Trommler seine Büste in der offenen Tür sehen ließ, mir ein Zeichen gab und rief: »Zum Herrn Zensor!«

Lagneau sagte erschrocken mit leiser Stimme: »Da haben wir's! Poil d'Azur hat einen Bericht gemacht!«

Diese schreckliche Neuigkeit schlug mir direkt auf die Magengrube, ich muß blaß geworden sein, denn der gute Schmidt bemühte sich, mich zu beruhigen: »Was riskierst du schon?« sagte er. »Vielleicht zwei Stunden Nachsitzen. Also, mir würde der Arrest keine Angst einjagen; das wirkt sich weder auf die Schularbeiten noch auf die Betragensnote aus. Du wolltest deinen Freund verteidigen; dafür müßte man dich mit einem Orden auszeichnen.«

»Vielleicht«, sagte ich. »Aber wenn man mir mein Stipendium nimmt?«

Da kam Vigilanti herein, Oliva folgte ihm.

»Was?« rief er. »Also, das wäre ja ein Verbrechen! Ich sage dir, er wird dich verwarnen und sonst nichts!«

Oliva war ganz zerknirscht. »Ich will mit dir gehen und sagen, daß alles meine Schuld ist!«

»Das ist nicht wahr!« erwiderte Lagneau. »Der Dicke voll Suppe ist an allem schuld! Sag du dem Zensor, daß Pégomas dich angegriffen hat, und alle werden dasselbe sagen.«

»Das wäre nicht ehrenhaft!« sagte Vigilanti ernst, »denn es ist nicht wahr!«

»Was?« schrie Lagneau empört, »wir haben doch wohl das Recht zu schwören, daß Pégomas mit einem Faustschlag auf die Nase angefangen hat! Man braucht ja nicht zu sagen, daß es die Nase von Oliva war!«

»Er hat recht!« erklärte Schmidt. »Wir kommen alle mit!«

Wieder erschien die schiefe Büste des Pedells in der Tür, und er rief: »Also, was ist los? Kommt er oder kommt er nicht?«

Wir gingen zusammen auf den Gang, wo der Pedell mich in ganzer Größe erwartete. Als er meine Freunde sah, fragte er: »Was wollen denn die? Alle miteinander?«

»Wir sind Zeugen!« sagte Lagneau. »Man wird dem Zensor sagen, daß er im Recht ist und daß der andere angefangen hat.«

»Na, wenn der angefangen hat, war es aber ein gewaltiger Irrtum«, sagte der Pedell... »Er hat eine Nase wie ein Säufer und einen Mund, aus dem es nur noch pfeift. Und sein Vater schlägt einen Höllenlärm. Er fragt den Zensor, ob das hier ein Gymnasium oder ein Schlachthaus ist.«

Da erschrak ich wirklich, und selbst Lagneau schien ängstlich.

»Sein Vater ist gekommen?«

»Er ist gekommen, und er ist noch da – er, der Herr Zensor und Monsieur Berniolle, der gerade alles erklärt.«

M. Berniolle, das war Poil d'Azur. Ich begriff, daß ich verloren war, und stützte mich auf Lagneaus Schulter.

»Und trotzdem hast du es richtig gemacht!« sagte Vigilanti. »Dein Gewissen ist auf deiner Seite!«

Mein Gewissen! Was konnte es mir schon helfen, mein Gewissen? Wenn Pégomas verstümmelt war, würde man sicher ein Disziplinarverfahren gegen mich einleiten, ich würde mein Stipendium verlieren, und es blieb kein anderer Ausweg, als mit Lili in die Hügel zu fliehen...

Oliva ging vor mir, drehte sich von Zeit zu Zeit um und sah mich demütig an.

Ich begann ihn zu verabscheuen. Er war wirklich mein böser Geist! Bei der Prüfung für die Stipendien hatte er mir den ersten Platz gestohlen, nun würde ich seinetwegen und für seine Nase vom Gymnasium gejagt werden, zur großen Schande meines Vaters. Ich verfluchte ihn aus Herzensgrund und bereute bitterlich diesen katastrophalen Sieg, der mich aufs Schafott bringen und meine Familie entehren würde... Außerdem dachte ich plötzlich an diesen wütenden Vater, der vielleicht die Absicht hatte, mich vor aller Welt zu ohrfeigen... Na, das wäre der Gipfel. Bei dieser Vorstellung zog meine Brust sich zusammen, und ich war gezwungen, stehenzubleiben und tief zu atmen, unter den verängstigten Blicken meiner Freunde. Der Pedell, der uns voranging, drehte sich um und sagte noch einmal:

»Na also, kommt ihr jetzt?«

Endlich waren wir vor der Doppeltür angelangt, aus der seit Jahren täglich so viele Verurteilte herausgekommen waren; ich hatte sie noch nie überschritten, und wieder blieb ich stehen.

Der Pedell schob ohne die geringste Rührung mein Gefolge zur Seite, nahm mich um die Schultern, klopfte diskret, horchte, öffnete die Tür, stieß mich nach vorn und schloß die Tür hinter mir.

Zuerst sah ich den Rücken von Poil d'Azur; er stand aufrecht, seine linke Hand umfaßte über seinem Hinterteil das rechte Handgelenk. Auf der anderen Seite des Schreibtisches saß der Herr Zensor unbeweglich vor einem aufgeschlagenen Register.

Links von Poil d'Azur sah man den Rücken von Pégomas; als ich eintrat, drehte er mir sein Gesicht zu. Mit Bestürzung sah ich seine angeschwollenen Lippen und seine entstellte Nase, gelb wie der Safran in der Bouillabaisse. Man mußte an eine Karnevalsmaske denken, deren unfreiwillige und vielleicht endgültige Grimasse meine Grausamkeit verkündete. Einen Augenblick hatte ich gehofft, daß mein blaugeschlagenes Auge, unterstützt durch die Zurschaustellung von Olivas Nase, die Schäden verkleinern würde, die der Externe erlitten hatte; aber der Vergleich unserer Verletzungen mit dieser brennendroten Katastrophe hätte unseren Fall nur verschlimmern können, also verzichtete ich von vornherein darauf.

Neben Pégomas stand ein sehr großer, elegant gekleideter Herr in einem marineblauen Anzug, der einen grauen Filzhut in der Hand hielt. Der kleine Finger dieser Hand war mit einem dicken, goldenen Ring geschmückt, der ein Vermögen gekostet haben mußte. Als ich die Augen erhob, sah ich, daß er rothaarig war wie Clementine. Sie hatte oft voll Stolz gesagt: ›Die Rothaarigen sind entweder ganz gut oder ganz schlecht...‹ Von welcher Art war wohl dieser hier! Man konnte es auf den ersten Blick nicht beurteilen, aber nach den Eröffnungen des Pedells fürchtete ich, daß er kein Guter war... Ich bemerkte, daß Poil d'Azur sprach. Im Ton völliger Gleichgültigkeit wie einer, der eine Schulaufgabe hersagt, murmelte er: »In diesem Augenblick hörte ich, wie der Schüler Pégomas mit Nachdruck sagte: ›Die Halbpensionäre sind Schleimscheißer und die Stipendiaten sind Hungerleider; der Beweis dafür ist, daß man sie im Gymnasium essen läßt, weil es bei ihnen zu Hause nichts zu beißen gibt...‹ Und dann...«

»Erlauben Sie«, sagte der Herr mit dem Ring, »entschuldigen Sie, wenn ich Sie unterbreche.«

Er wandte sich an seinen Sohn und fragte: »Gibst du zu, diese Worte ausgesprochen zu haben?«

Pégomas, scheelen Blickes, artikulierte mühsam mit seinem

Fleischklumpen von Mund: »Ich habe es gesagt, weil es die Wahrheit ist.«

Einen kurzen Moment herrschte Schweigen, unterdessen zog der Rothaarige zu meiner Überraschung seinen Ring vom Finger, während der Herr Zensor mit hochgezogenen Augenbrauen Pégomas strafend ansah; er wollte gerade sprechen, fand jedoch keine Zeit mehr dazu.

Die rechte Hand des Rothaarigen knallte mit einer blitzschnellen Bewegung eine kleine Ohrfeige auf die Backe des Beleidigers, der zitterte und schwankte.

Der Herr Zensor lächelte, während der Richter seinen Ring wieder überstreifte und sich zu mir umdrehte: »Mein junger Freund«, sagte er, »ich gratuliere Ihnen, daß Sie diesen Dummkopf zurechtgewiesen haben, wie es sich gehört, und ich hoffe, daß der Herr Zensor diesen bedauerlichen Vorfall keine Folgen haben läßt.«

Dann nahm er seinen Sohn bei der Schulter: »Entschuldige dich bei diesem Jungen!« sagte er.

Pégomas starrte mich verstört an. Auf den ausdrücklichen Befehl seines Vaters antwortete er nur: »Ich weiß nicht, was ich sagen soll.«

»Wiederhole: es tut mir leid, diese gehässigen Worte gesagt zu haben, und ich bitte dich, sie zu vergessen.«

Er zögerte, sah sich nach allen Seiten um, schloß die Augen und wiederholte stockend den Satz.

»Gut«, sagte Herr Pégomas. »Und jetzt, Herr Zensor, bitte ich Sie selbst um Verzeihung, daß Sie ihre kostbare Zeit durch mich verloren, haben; dieses Abenteuer, das mein Sohn mir auf seine Weise berichtet hatte, war der Aufklärung wert.«

Der Herr Zensor begleitete ihn mit einigen höflichen Worten zur Tür. Aber als er sie aufmachte, fiel der zusammengekauerte Lagneau, der mit dem Ohr an die Tür gepreßt war, nach vorn und Herrn Pégomas auf die Brust, als wollte er ihn abhorchen; sein überraschter Kranker stieß ihn ziemlich heftig zurück, was Lagneau erlaubte, die Flucht zu ergreifen, ohne daß er erkannt wurde.

Die beiden Pégomas waren fort. Der Herr Zensor kam zu mir, hob mein Kinn mit der Spitze des Zeigefingers hoch, untersuchte mein Auge und sagte: »Das wird nicht schlimm!«

Und da der Tambour trommelte, sagte er noch: »Dank der Großzügigkeit von Herrn Pégomas werden Sie dieses Mal nicht bestraft. Sie können gehen!«

Hocherfreut ging ich hinaus. Auf dem Gang fand ich nicht nur meine ehrlichen, falschen Zeugen, sondern auch noch ein Dutzend anderer ›Stützen‹, die der treue Lagneau auf seiner Flucht angeworben hatte. Sie lachten vor Vergnügen, bewunderten mich und hängten sich an meine Schultern. Der kleine Oliva lächelte nervös, und seiner bläulichen Nase entlang lief die Spur einer Freudenträne, aber er wagte nicht, mir näherzukommen; da stieß ich die anderen zurück und drückte den Urheber meines Ruhmes ans Herz.

Gleich am nächsten Morgen riß ich drei Knöpfe von meiner Bluse ab, so daß an ihrer Stelle drei kleine, ausgefranste Löcher zurückblieben; dann trennte ich eine Steppnaht auf, zerriß den unverwüstlichen Lüsterstoff, den meine Mutter ausgesucht hatte, und rollte meine Socken über die Schuhe.

Von diesem Tag an warf Pégomas, wenn er mich auf den Hof kommen sah, mir jedesmal einen scheelen Blick zu, rannte im Schutz der Mauer fort oder flüchtete mit einer Halbkreiswendung unter einen Pfeiler der Galerie, und das frischte meinen guten Ruf immer wieder auf.

Ich genoß ihn friedlich, ohne neue Schlägereien zu suchen; ich dachte an die andere Hälfte des Hörnchens, denn ich wußte sehr gut, daß das spitze Ende dieses Gebäcks, so unvorsichtig vor der Schlacht in den Mund geschoben, die Hauptwaffe meines Sieges gewesen war; unvernünftig, zu hoffen, das Schicksal würde mir immer Gegner mit einem spitzen Hörnchen im Schlund anbieten...

Darum zeigte ich meine Kraft nur durch die Autorität meines Blickes, die geruhsame Gewalttätigkeit meiner Worte und die sich immer von neuem wiederholende Flucht von Pégomas.

Auf diese Weise bestätigte sich am Schluß des Schuljahres in der sechsten Klasse mühelos meine Persönlichkeit. Ich behauptete endgültig den Platz eines gefährlichen Kämpfers, der begangenes Unrecht wiedergutmacht.

Weitere Erfolge von Marcel Pagnol

Eine Kindheit in der Provence
Marcel – Marcel und Isabelle
488 Seiten, SONDERREIHE
Leinen

Die Wasser der Hügel
Roman
436 Seiten, SONDERREIHE
Leinen

Die Zeit der Liebe
384 Seiten, Leinen

Langen-Müller

Die Schauspielerin, die Theatergeschichte machte. Idol und Symbol einer glanzvollen Theater-Epoche. Die Bergner.
344 Seiten/40 S. s/w-Fotos

Die Erinnerungen eines großen Komödianten mit Geist, Würde und Witz.
256 Seiten/80 s/w-Fotos

Die Memoiren der Dietrich. Marlene Dietrich – wie sie sich selbst sieht, ihr Leben, ihre Karriere, ihre Freunde, ihre Zeit.
374 Seiten/24 S. s/w-Fotos

Johannes Heesters, wie ihn Millionen lieben. Sein Buch, schillernd und bunt wie sein Leben. Beste Unterhaltung!
320 Seiten/24. S. Abb.

Leseprobe

Eine eindringliche Erzählung
aus dem Alltag eines sibirischen Dorfes

Band 7020

Maria fehlen 1000 Rubel in der Kasse – durch Gutmütigkeit. Das ist das Ergebnis einer Überprüfung. Maria hat nur eine Chance: Wenn sie das Geld in ein paar Tagen aufbringt, bleibt ihr das Gefängnis erspart.

Maria und ihr Mann Kusma begeben sich auf erniedrigende Bittgänge durch das Dorf. Ihnen begegnet Hilfsbereitschaft, ja Freundschaft, aber auch Egoismus, primitiver Geiz, hämische Schadenfreude. Was überwiegt am Ende? Davon hängt Marias Schicksal ab…

Valentin Rasputin, geboren 1937 in Sibirien, studierte an der Universität von Irkutsk Philologie. Bevor er 1966 freier Schriftsteller wurde, betätigte er sich als Journalist in Irkutsk und Krasnojarsk. Er lebt heute in Moskau.

Valentin Rasputin gehört zu den neuen Talenten, die im letzten Jahrzehnt das Gesicht der russischen Literatur entscheidend mitgeprägt haben.

Kusma erwachte, weil der um die Ecke biegende Wagen sein grelles Licht gegen das Fenster schleuderte, im Zimmer war es plötzlich taghell.

Der blendende Schein fuhr tastend über die Decke, glitt die Wand hinab, schwenkte nach rechts und verschwand. Dann verstummte auch das Brummen des Motors, es war wieder still und dunkel, und in der völligen Stille und Dunkelheit empfand er den eben hereingedrungenen Lichtstrahl wie ein geheimes Zeichen.

Kusma erhob sich, griff nach einer Zigarette und setzte sich auf den Schemel am Fenster. Paffend sah er auf die Straße hinaus, die aufglimmende Zigarette schien nun auch Signale auszusenden. In der spiegelnden Scheibe sah er bei jedem Zug sein abgespanntes, in den letzten Tagen spitz gewordenes Gesicht, das gleich wieder unterging in der uferlosen Dunkelheit. Kein Licht und kein Laut. Kusma überlegte, daß es gegen Morgen sicher schneien, endlos schneien würde, wie ein weißer Segen käme es vom Himmel.

Er legte sich wieder neben Maria und schlief ein. Ihm träumte, er führe in dem Lastwagen, der ihn geweckt hatte. Die Scheinwerfer waren erloschen, der Wagen fuhr durch stockdunkle Nacht, doch plötzlich flammten die Scheinwerfer auf und beleuchteten ein Haus, und der Wagen stoppte. Kusma stieg aus und klopfte ans Fenster.

„Was wünschen Sie?“ fragte eine Stimme von drinnen.

„Geld für Maria“, antwortete er.

Man brachte ihm Geld, und der Wagen fuhr weiter. Doch sobald ein Haus am Weg auftauchte, in dem Geld zu haben war, kam ein rätselhafter Mechanismus in Bewegung, und die Scheinwerfer flammten auf. Wieder klopfte er ans Fenster, und wieder erfolgte die Frage:

„Was wünschen Sie?“

„Geld für Maria.“

LESEPROBE

Da erwachte Kusma zum zweitenmal.

Stockfinstere Nacht. Nach wie vor kein Licht und kein Laut, es war kaum zu glauben, daß trotz Finsternis und Schweigen nichts geschah, daß es zur bestimmten Stunde tagen und der neue Morgen anbrechen würde.

Kusma lag wach und dachte nach. Wie Regengüsse stürzten von oben die pfeifenden Laute eines Düsenjägers herab, verebbten sogleich mit wachsender Entfernung. Es wurde wieder still, aber jetzt schien das Schweigen trügerisch, als müsse sich gleich etwas ereignen. Es dauerte eine Weile, bis sein banges Gefühl sich legte.

Kusma erwog, ob er fahren solle oder nicht. Er hatte schon gestern und vorgestern gegrübelt, aber da hatte er noch Zeit zum Überlegen gehabt, brauchte sich noch nicht endgültig zu entscheiden, nun blieb ihm keine Zeit mehr. Würde er heute früh nicht fahren, wäre es zu spät. Jetzt hieß es sich entscheiden. Natürlich mußte er fahren. Schluß mit dem qualvollen Hin und Her. Hier gab es keinen mehr, an den er sich hätte wenden können. Bei Morgenanbruch würde er aufstehen und gleich zum Bus gehen. Er schloß die Augen, sein Entschluß war gefaßt, jetzt konnte er schlafen. Schlafen, nichts als schlafen. Er wollte sich in den Schlaf hüllen wie in eine Decke, sich darein verkriechen, aber der Schlaf kam nicht. Ihm war, als liege er an einem Lagerfeuer: Er konnte sich drehen, wie er wollte, mal fror die eine, mal die andere Seite. Er schlief und schlief doch nicht, erneut glaubte er zu fahren und wußte zugleich, daß er bloß die Augen zu öffnen brauchte, um hellwach zu werden. Er drehte sich auf die andere Seite – es war noch immer tiefe Nacht.

Früher Morgen. Kusma steht auf und sieht zum Fenster hinaus. Es schneit nicht, aber die diesige Luft verspricht Schnee. Die trübe, unfreundliche Morgendämmerung zieht gleichsam widerstrebend auf. Mit hängendem Kopf läuft ein Hund an den Fenstern vorüber und biegt um die Ecke. Kein Mensch ist zu sehen. Von Norden schlägt ein Windstoß gegen die Holzwand. Nach einer Weile folgt wieder eine Bö, dann noch eine.

LESEPROBE

Kusma geht in die Küche und sagt zu Maria, die am Herd hantiert:

„Mach mir irgendwas zurecht, zum Mitnehmen, ich will los."

„In die Stadt?" fragt Maria besorgt.

„Ja."

Sie wischt die Hände an der Schürze ab und setzt sich an den Herd, sie verkneift die Augen vor der Glut, die ihr Gesicht trifft.

„Er gibt uns nichts", meint sie.

„Weißt du zufällig, wo der Umschlag mit der Adresse ist?" fragt Kusma.

„Sicher in der guten Stube, wenn er überhaupt noch da ist."

Die Kinder schlafen. Kusma findet den Umschlag und kommt in die Küche zurück.

„Hast du ihn gefunden?"

„Ja."

„Er gibt uns nichts", wiederholt Maria.

Kusma setzt sich an den Tisch und ißt schweigend. Er weiß ja auch nicht, ob der Bruder etwas geben wird, das weiß schließlich keiner. In der Küche wird es heiß. Die Katze reibt sich schnurrend an seinem Bein, er stößt sie beiseite.

„Kommst du wieder?" fragt Maria.

Er schiebt den Teller weg und versinkt in Nachdenken. Buckelnd wetzt die Katze in der Ecke die Krallen, dann nähert sie sich wieder und schmiegt sich an Kusmas Bein. Er erhebt sich, schweigt, weil er nicht recht weiß, was er Maria zum Abschied sagen soll, und geht zur Tür.

Als er den Mantel überzieht, hört er Maria weinen. Er muß weg, denn der Omnibus fährt zeitig. Soll sie weinen, wenn sie nicht anders kann.

Draußen braust der Wind, alles schwankt, ächzt und knarrt.

Im Omnibus ist es kalt, der Gegenwind bläst durch die Ritzen. Die Straße macht eine Biegung, nun kommt der

Wind von der Seite; sogleich beginnen die Scheiben zu klirren, hochgewirbelte Blätter und sandfeine unsichtbare Steinchen fegen gegen die Fenster. Kein Zweifel, dieser Wind wird Frost und Schnee bringen, und dann kommt der Winter, es ist ja schon Ende Oktober.

Kusma sitzt auf der letzten Bank am Fenster. Es ist nicht voll, vorn sind auch Plätze frei, aber er hat keine Lust aufzustehen. Den Kopf zwischen die Schultern gezogen, schaut er hinaus. Draußen gibt es zwanzig Kilometer weit nur das eine: Wind, Wind und noch mal Wind: Wind in den Wäldern, Wind auf den Feldern, Wind in den Dörfern.

Die Fahrgäste schweigen. Das Unwetter macht sie mürrisch und wortkarg. Wenn einer auch mal ein halblautes Wort hinwirft, ist es kaum zu verstehen. Man hat nicht mal Lust zum Denken. Jeder sitzt bloß da, hält sich, wenn es sehr rüttelt, an der Lehne des Vordersitzes fest und setzt sich dann wieder bequemer, man ist ausschließlich mit dem Fahren beschäftigt.

Bei einer Steigung versucht Kusma das Jaulen des Windes und das des Motors auseinanderzuhalten, aber beide Geräusche verschwimmen ineinander, man hört nur ein einziges Heulen. Gleich hinter der Steigung beginnt ein Dorf. Der Bus hält vor dem Kolchoskontor, aber niemand steigt zu. Kusma betrachtet die lange verödete Straße, durch die der Wind wie durch ein Rohr rast.

Der Omnibus fährt weiter. Der Fahrer, ein junger Mann, sieht über die Schulter nach den Fahrgästen und fischt eine Zigarette aus der Tasche. Erfreut greift sich Kusma an die Stirn: Er hat die Zigaretten völlig vergessen. Gleich darauf durchzieht krauser, bläulicher Rauch den Omnibus.

Wieder ein Dorf. Vor einer Gaststätte stoppt der Fahrer und steht auf.

„Pause“, sagt er. „Wer frühstücken möchte, bitte aussteigen, wir haben ja noch eine lange Fahrt vor uns.“

Kusma hat keinen Hunger, er steigt aus, um sich die Füße zu vertreten. Neben der Gaststätte ist ein Laden, genau so einer wie in seinem Dorf. Kusma steigt die hohe Vortreppe hinauf, öffnet die Tür. Alles genau wie daheim: auf der einen Seite Lebensmittel, auf der anderen Konsumgüter. Am Ladentisch unterhalten sich drei Frauen; die Verkäuferin, die Arme über der Brust verschränkt, hört gelangweilt zu. Sie ist jünger als Maria, und bei ihr scheint alles in bester Ordnung, sie ist die Ruhe selbst.

Kusma tritt an den heißen Ofen und wärmt sich die Hände. Von hier kann er durchs Schaufenster sehen, wenn der Fahrer die Gaststätte verläßt. Ein Fensterladen klappert im Wind, die Verkäuferin und die Frauen drehen sich nach Kusma um. Am liebsten würde er zu den Frauen gehen und der Verkäuferin sagen, daß der Laden in seinem Dorf genauso aussieht und daß seine Maria auch anderthalb Jahre hinterm Ladentisch gestanden hat. Aber er rührt sich nicht von der Stelle. Der Wind rüttelt wieder am Fensterladen, und wieder drehen sich die Frauen nach Kusma um.

Er weiß genau, daß der Wind sich erst heute erhoben hat, denn als er nachts aufstand, war es noch windstill; und doch läßt ihn das Gefühl nicht los, daß der Wind schon tagelang übers Land braust.

Vor fünf Tagen war ein Mann gekommen, um die Vierzig herum, vielleicht auch etwas älter, dem Äußeren nach weder vom Lande noch aus der Stadt, in hellem Wettermantel, mit Schaftstiefeln und einer Schirmmütze, Maria war nicht daheim, und der Fremde hatte ihr ausrichten lassen, den Laden morgen nicht zu öffnen, er sei da, um Inventur zu machen.

Anderntags begann die Überprüfung. Als Kusma in der Mittagszeit auf einen Sprung in den Laden kam, sah es dort wüst aus. Maria und der Verkaufsstellenprüfer schleppten alle Büchsen, Kisten und Packungen zum Ladentisch und zählten sie dutzendmal nach, aus dem Warenlager hatten sie die große Waage geholt und wuchteten die Säcke mit Zukker, Salz und Graupen darauf, kratzten mit einem Messer Butter vom Pergamentpapier, trugen leere klirrende Flaschen aus einer Ecke in die andere und stocherten die letzten festgeklebten Fruchtbonbons aus einer Kiste. Mit einem Bleistift hinterm Ohr rannte der Prüfer eifrig zwischen den hochaufgetürmten Büchsen und Kisten umher, zählte sie fast ohne hinzusehen halblaut zusammen, schob buchstäblich mit allen fünf Fingern die Kugeln des Rechenbretts hin und her, nannte Zahlen und ließ den Bleistift mit einem kurzen Kopfrucken geschickt in die Hand fallen. Man merkte, daß er von seiner Sache etwas verstand.

Maria kam spät nach Hause, ihr Gesicht zeigte einen gequälten Ausdruck.

„Wie steht's?" erkundigte sich Kusma vorsichtig.

„Noch nicht klar. Morgen sind die Konsumgüter dran. Dann weiß ich erst, wie's steht."

Sie schrie die Kinder an, die irgend etwas angestellt hatten, und legte sich gleich hin. Kusma ging ins Freie. In der Nachbarschaft sengte man ein geschlachtetes Schwein ab, der angenehme kräftige Geruch zog durchs ganze Dorf. Die Kartoffelernte war vorüber, die Bauern rüsteten zum Fest und warteten auf den Winter. Die anstrengende Erntearbeit war geschafft, jetzt gab's eine Atempause, man konnte verschnaufen, feiern, beschaulich den eignen Gedanken nachhängen. Vorerst war es noch still, aber in einer Woche würde es im Dorf hoch hergehen, die Bauern würden sich alle Feste einfallen lassen, die alten und die neuen, untergehakt von Hof zu Hof ziehen, grölen und singen, sich wieder in Erinnerungen an den Krieg ergehen und einander am Tisch alle Kränkungen verzeihen.

Kusma kehrte ins Haus zurück, wies die Kinder an, nicht mehr lange aufzubleiben, und ging schlafen. Maria schlief, er hörte nicht einmal ihre Atemzüge. Er schlummerte ein, aber die Kinder vollführten in ihrem Zimmer einen solchen Lärm, daß er aufstand und sie zur Ruhe ermahnte. Es wurde still. Nach einer Weile schlugen draußen die Hunde an und verstummten gleich wieder.

Als Kusma morgens aufwachte, war Maria schon weg. Er frühstückte und fuhr für den ganzen Tag in die zweite Brigade – der Kolchosvorsitzende hatte ihm am Vortag aufgetragen, nach dem Gemüsekeller zu sehen und festzustellen, was an Baumaterial für die Renovierung benötigt würde. Über all diesen Dingen vergaß Kusma völlig die Ladenkontrolle, erst als er sich am Abend seinem Haus näherte, fiel es ihm wieder ein. Vitja, sein Ältester, saß auf der Vortreppe; sobald er den Vater erblickte, lief er ins Haus. Was hat er bloß? überlegte Kusma, ihn befiel eine schlimme Ahnung, und er eilte hinein.

Er wurde erwartet. Maria saß mit verweinten Augen am Tisch. Der Verkaufsstellenprüfer hockte auf einem Schemel an der Tür. Verlegen, fast schuldbewußt begrüßte er den Hausherrn. Die vier Kinder hatten sich wie die Orgelpfeifen am russischen Ofen aufgebaut. Kusma begriff sofort. Ohne Fragen zu stellen, zog er die lehmigen Stiefel aus und ging barfuß in die Schlafstube, um die Hausschuhe zu holen. Er fand sie nicht. Er kam zurück, suchte an der Tür, fand sie auch dort nicht und fragte die Kinder: „Habt ihr meine Hausschuhe gesehn?“

Maria hielt nicht länger an sich, sie brach in Tränen aus und lief nach nebenan. Ohne ein Zeichen der Verwunderung sah Kusma ihr mit starrem Blick nach und herrschte die Kinder an: „Krieg ich endlich meine Hausschuhe, oder soll ich bis morgen warten?“

Er sah, wie sie einer hinter dem andern, als hingen sie an einer Schnur, losmarschierten, in den Ecken herumstöberten, unter die Betten spähten, im Gänsemarsch von Stube zu Stube zogen, und wurde immer verwirrter, er wußte nicht, was er tun oder sagen sollte.

Endlich wurden die Hausschuhe gefunden. Kusma fuhr mit den bloßen Füßen hinein und ging zu Maria. Die Hände vors Gesicht geschlagen, lag sie schluchzend auf dem Bett. Er drehte ihr Gesicht zu sich herum und fragte:

„Wieviel?“

„Tau-tausend.“

„Wie – in neuer Währung?“

Maria gab keine Antwort. Sie drehte sich weg, schlug erneut die Hände vors Gesicht und brach in Schluchzen aus. Beim Anblick ihres zuckenden Körpers verlor Kusma für einen Augenblick das Gefühl für Zeit und Gegenwart – so furchtbar und überraschend war der Schlag. Dann erwachte er wie aus einem tiefen Traum, ging in die Stube, wo der

Prüfer saß, und wies ihn mit einer Handbewegung an den Tisch. Der Mann folgte der Aufforderung. Kusma griff nach einer Zigarette und brannte sie nervös an. Er wollte erst einmal sein inneres Gleichgewicht wiedererlangen. Er rauchte in so hastigen Zügen, als trinke er Wasser. Im Zimmer der Kinder gellte plötzlich eine überlautstarke Stimme aus dem Radio, Kusma zuckte zusammen.

„Abschalten!“

Die Kinder trapsten in der gleichen strengen Reihenfolge einer hinter dem andern in ihre Stube, und die Stimme verstummte. Als Kusma den Kopf hob, standen sie schon wieder am Ofen, bereit, jeden Wink des Vaters zu befolgen. Allmählich verrauchte sein Zorn, sie begannen ihm leid zu tun. Die Kinder traf keinerlei Schuld. Er sagte dem Prüfer: „Also ganz ehrlich wie in der Beichte: Wir haben nichts genommen, nicht ein bißchen. Ich sag das ausdrücklich in Gegenwart der Kinder, weil ich nicht lügen könnte, wenn sie dabei sind. Siehst ja, wir wohnen sehr bescheiden, aber an fremdem Gut vergreifen wir uns nicht.“

Der Mann schwieg.

„Kannst du erklären, wie so viel zusammengekommen ist? Tausend, ja?“

„Stimmt, Tausend sind's“, bestätigte der.

„In neuer Währung?“

„In der alten wird nicht mehr gerechnet.“

„Aber das ist doch irrsinnig viel Geld“, äußerte Kusma nachdenklich. „So viel hab ich noch nie in der Hand gehalten. Wir haben beim Kolchos eine Anleihe von siebenhundert Rubeln aufgenommen, als wir das Haus bauten, das war schon sehr viel Geld, wir haben es immer noch nicht zurückgezahlt. Und diesmal sind es tausend. Ich begreife, daß man sich verrechnen kann, sagen wir, um dreißig, vierzig, meinetwegen um hundert Rubel, aber um tausend? Du scheinst lange genug zu arbeiten und mußt wissen, wie so was passiert.“

„Keine Ahnung.“ Der Prüfer schüttelte den Kopf.

„Vielleicht haben die vom Bezirkskonsum Maria bei der Abrechnung übers Ohr gehauen?“

„Weiß nicht. Möglich wär's. Mit ihrer Bildung scheint's nicht weit her zu sein."

„Von Bildung ist keine Rede, mit dem bißchen Wissen, das sie hat, kann man höchstens den Lohn nachrechnen, nicht aber die Ladenkasse. Wie oft habe ich ihr gesagt: Laß dich nicht ein auf Sachen, die du nicht verstehst! Aber es war keiner da, der's machte, und sie ließ sich breitschlagen. Nachher schien ja auch alles glatt zu gehen."

„Hat sie die Ware immer selbst geholt?" erkundigte sich der Prüfer.

„Nein. Wer gerade hinfuhr, den ließ sie's mitbringen."

„Auch schlecht. Das durfte sie nicht tun."

„Tja . . ."

„Und die Hauptsache: Ein ganzes Jahr ohne Inventur."

Sie verstummten, in der Stille hörte man Marias Schluchzen aus der Schlafstube. In der Nähe ging eine Haustür auf, ein Lied schallte daraus auf die Straße, summte wie eine Hummel vorbei. Marias Weinen klang jetzt noch lauter, jeder Schluchzer war wie ein ins Wasser platschender Stein.

„Was soll jetzt werden?" fragte Kusma. Es blieb unklar, an wen er sich eigentlich wandte.

Der Prüfer warf einen Blick auf die Kinder.

„Geht raus!" herrschte Kusma die Kinder an, und sie trippelten im Gänsemarsch in ihre Stube.

„Ich fahre morgen weiter", begann der Prüfer halblaut, indem er näher an Kusma heranrückte: „Ich habe noch in zwei Verkaufsstellen Inventur zu machen. Das ist eine Arbeit von etwa fünf Tagen. Na und in fünf Tagen", er druckste. „Also mit einem Wort, wenn ihr in der Zeit das Geld beschafft und einzahlt . . . Sie verstehen mich sicher?"

„Natürlich, ich verstehe", erwiderte Kusma.

„Ich sehe ja, es sind Kinder da", sagte der Prüfer. „Wenn Maria vor Gericht kommt, wird sie verurteilt und muß ihre Zeit absitzen."

Kusma sah ihm mit einem kläglichen Lächeln ins Gesicht.

„Bloß merken Sie sich: Das darf kein Mensch erfahren. Ich bin nicht berechtigt, so was zu machen. Ich riskiere selber viel dabei."

LESEPROBE

„Klar, klar."

„Beschaffen Sie das Geld, dann wollen wir versuchen, die Sache zu vertuschen."

„Tausend Rubel", sagte Kusma.

„Ja."

„Verstehe, tausend Rubel, eintausend Rubel also. Das kriegen wir zusammen. Man darf sie nicht vor Gericht stellen. Wir sind schon lange zusammen, haben Kinder."

Der Prüfer erhob sich.

„Hab Dank", sagte Kusma und drückte dem andern mit einem Kopfnicken die Hand. Der Prüfer ging. Dann hörte Kusma die Gartenpforte knarren, vor den Fenstern erklangen die Schritte des Fremden und erstarben allmählich.

Kusma war allein. Er ging in die Küche, setzte sich an den ungeheizten Ofen und ließ den Kopf hängen. So saß er lange da, ohne irgendeinen Gedanken. Er hatte keine Kraft mehr zu denken, hockte völlig erstarrt, nur sein Kopf sank immer tiefer. So verging eine Stunde, eine zweite, es wurde Nacht.

„Papa!"

Langsam hob Kusma den Kopf. Vitja stand vor ihm, barfuß, im Turnhemd.

„Was willst du?"

„Papa, wird sich bei uns alles wieder einrenken?"

Kusma nickte. Aber Vitja ging noch nicht, er wollte die Bestätigung gesagt haben.

„Aber natürlich!" antwortete Kusma. „Und wenn wir Bäume ausreißen müssen, aber Mutter lassen wir uns nicht wegnehmen. Wir sind doch fünf Männer, wir müssen und werden es schaffen."

„Darf ich den andern sagen, daß alles ins reine kommt?"

„Sag's ihnen nur: Und wenn wir Bäume ausreißen müssen, aber Mutter lassen wir uns nicht wegnehmen.

Vitja war beruhigt und ging.